U0096938

民國文化與文學研究文叢

十　編

李　怡　主編

第6冊

戰國策派的美學思想初探

高阿蕊、張武軍　著

國家圖書館出版品預行編目資料

戰國策派的美學思想初探／高阿蕊、張武軍 著 — 初版 — 新北市：花木蘭文化事業有限公司，2018〔民107〕

目 2+156 面；19×26 公分

（民國文化與文學研究文叢 十編；第6冊）

ISBN 978-986-485-523-0（精裝）

1. 中國美學史 2. 文學流派 3. 文學評論

820.9 107011803

民國文化與文學研究文叢
十 編 第 六 冊 ISBN：978-986-485-523-0

戰國策派的美學思想初探

作　　者 高阿蕊、張武軍
主　　編 李 怡
企　　劃 四川大學中國詩歌研究院
總 編 輯 杜潔祥
副總編輯 楊嘉樂
編　　輯 許郁翎、王 筑 美術編輯 陳逸婷
出　　版 花木蘭文化事業有限公司
發 行 人 高小娟
聯絡地址 235 新北市中和區中安街七二號十三樓
電話：02-2923-1455／傳眞：02-2923-1452
網　　址 http://www.huamulan.tw 信箱 hml 810518@gmail.com
印　　刷 普羅文化出版廣告事業
初　　版 2018年9月
全書字數 138173字
定　　價 十編14冊（精裝）新台幣26,000元

戰國策派的美學思想初探

高阿蕊、張武軍 著

作者簡介

高阿蕊（1977.1.6～），陝西長安縣人，畢業於西南大學文學院美學專業，博士，現為重慶電子工程職業學院專職教師，副教授。研究專業：中西美學以及中國現當代文學研究。

張武軍（1977年～），陝西大荔人，西南大學教授，博士生導師，主要研究方向為現代文學。

提　要

本書以戰國策派兩位核心人物陳銓和林同濟為代表，通過對他們的美學思想的勾勒和梳理，達成對戰國策派美學思想的初探。本書稿共分三部分，上編是研究陳銓的，陳銓是戰國策派的頭號人物，其美學思想一直未受學界重視。這部分引入王國維，通過梳理他們之間的淵源，尤其是他們和《紅樓夢》的關係，提出他們各自的美學主張。由此來確證研究陳銓的意義以及陳銓在中國現代美學史上的不容忽視的價值。隨後提出陳銓在四十年代的美學觀念，陳銓受尼采的影響，結合抗戰時期中國的實際，建立起強力意志論。它以強力為善，以強力為美，由此形成了以強力為標準的善惡觀、美學觀。這顯示出他和王國維不同的美學價值。

下編是研究林同濟的，林同濟是戰國策派的另一位核心人物，他在美學理論上的貢獻比陳銓更加顯著。他對中國現代美學最大的貢獻在於他構建了一套完整的力本體論哲學和美學。他不僅有力本體論的哲學觀和美學觀，不僅有對崇高的尚力人格和審美主體的呼喚，更重要的是，林同濟還為中國美學提供了新的審美範疇，那就是恐怖、狂歡、虔恪。林同濟的美學體系由此完整呈現出來。這三個審美範疇的提出，標誌著林同濟和戰國策派在中國美學史上地位的確立。

最後需要指出的是，儘管陳銓和林同濟反覆倡導哲學、美學上的獨立價值，甚至極力追求形而上的意義，但由於他們現實的政治情懷和急切的民族情懷，使得他們的美學主張不免有自相矛盾的地方。

西南大學中央高校基本科研項目創新團隊項目（swu1709101，swu1509393）階段性成果。

在民國史料中重新發現現代文學
——《民國文化與文學研究文叢》第十輯引言

李　怡

研究中國現代文學需要有更大的文學的視野，也就是說，能夠成爲「文學研究」關注的對象應該更爲充分和廣泛，甚至是更多的「文學之外」的色彩斑斕的各種文字現象「大文學」現象需要的是更廣闊的史料，是爲「大史料」。如何才能發現「文學」之「大」，進而擴充我們的「史料」範圍呢？這就需要還原現代文學的歷史現場，在客觀的「民國」空間中容納各種現代、非現代的文學現象，這就叫做「在民國史料中重新發現攜帶文學」。

但是這樣一個結論卻可能讓人疑竇重重：文獻史料是一切學術工作的基礎，無論什麼時代、無論什麼國度，都理當如此。如果這是一個簡單的常識，那麼，我們這個判斷可能就有點奇怪了：爲什麼要如此強調「在民國史料中發現」呢？其實，在這裡我們想強調的是：文獻史料的發掘、整理並不像表面上看去那麼簡單，並不是只需要冷靜、耐性和客觀就能夠獲得，它依然承受了意識形態的種種印記，文獻史料的發掘、運用同時也是一件具有特殊思想意味的工作。

對於現代文學學科而言，系統的文獻史料工作開始於 1980 年代以後，即所謂的「新時期」。沒有當時思想領域的撥亂反正，就不會有對大量現代文學現象的重新評價，就不會有對胡適等自由主義作家的「平反」，甚至也不會有對 1930 年代左翼文學的重新認識，中國社科院主持的「文學史史料彙編」工程更不復存在。而且，這樣的文獻史料的發掘整理也依然存在一個逐步展開的過程，其展開的速度、程度都取決於思想開放的速度和程度。例如在一開始，我們對文學史的思想認識和歷史描述中出現了「主流」說——當然是將左翼文學的發生發展視作不容置疑的「主流」，這樣一來至少比認定文學史只存在一種聲音要好：有「主流」就有「支流」，甚至還可以有「逆流」。這些「主」「次」之分無論多麼簡陋和經不起推敲，也都在事實上爲多種文學現象的出場（即便是羞羞答答的出場）打開了通道。

即便如此，在二三十年前，要更充分地、更自由地呈現現代文學的史料也還是阻力重重。因爲，更大的歷史認知框架首先規定了那個時代的社會性質：民國不是歷史進程的客觀時段，而是包含著鮮明的意識形態判斷的對象，更常見的稱謂是「舊中國」「舊社會」。在這樣一種認知框架下，百年來的中國文學發展史常常被描繪爲一部你死我活的 「階級鬥爭史」，是「新中國」戰勝「民國」的歷史，也是「黨的」「人民的」「正義」的力量不斷戰勝「封建的」「反動的」「腐朽的」力量的歷史。

這樣的歷史認知框架產生了 1980 年代的「三流」文學——「主流」「支流」和「逆流」。當然，我們能夠讀到的主要是「主流」的史料，能夠理所當然進入討論話題的也屬於「主流文學現象」——就是在今天，也依然通過對「歷史進步方向」「新文學主潮」的種種認定不斷圈定了文獻史料的發現領域，影響著我們文獻整理的態度和視野。例如因爲確立了「五四」新文學的「方向」，一切偏離這一方向的文學走向和文化傾向都飽受質疑，在很長一段時期中難以獲得足夠充分的重視：接近國民黨官方的文學潮流如此，保守主義的文學如此，市民通俗文學如此，舊體詩詞更是如此。甚至對一些文體發展史的描述也遵循這一模式。例如我們的認知框架一旦認定從《嘗試集》到《女神》再到「新月派」「現代派」以及「中國新詩派」就是現代新詩的發展軌跡，那麼，游離於這一線索之外的可能數量更多的新詩文本包括詩人本身就可能遭遇被忽視、被淹沒的命運，無法進入文獻研究的視野，例如稍稍晚於《嘗試集》的葉伯和的《詩歌集》，以及創作數量眾多卻被小說家身份所遮蔽的詩人徐舒。再比如小說史領域，因爲我們將魯迅的《狂人日記》判定爲「現代第一篇白話小說」，就根本不再顧及四川作家李劼人早在 1918 年之前就發表過白話小說的事實。

同樣的情況也出現在文學思潮的認定框架中。過去的文學史研究是將抗戰文學的中心與主流定位於抗日救亡，這樣，出現在當時的許多豐富而複雜的文學現象就只有備受冷落了。長期以來，我們重視的就僅僅是抗戰歌謠、「歷史劇」等等，描述的中心也是重慶的「進步作家」。西南聯大位居抗戰「邊緣」的昆明，自然就不受重視。即便是抗戰陪都的重慶，也僅僅以「文協」或接近中國共產黨的作家爲中心。近年來，隨著這些抗戰文學認知的逐步更新，西南聯大的文學活動才引起了相當的關注，而重慶文壇在抗戰歷史劇之外的、處於「邊緣」的如北碚復旦大學等的文學活動也開始成爲碩士甚至博士論文的選題。這無疑得益於學術界在觀念上的重大變化：從「一切爲了抗戰」到「抗戰爲了人」的重大變化。文學作爲關注人類精神生活的重要方式，最有價値的恰恰是它能夠記錄和展示人在不同生存境遇中的心靈變化。

在我看來，能夠引起文學史認知框架重要突破的原因就在於我們的現代文學史觀正越來越回到對國家歷史情態的尊重，同時解構過去那種以政黨爲中心的歷史評價體系。而推動這種觀念革新的，就是現代文學研究的「民國視野」的出現。中國現代文學發生於民國，與民國的體制有關，與民國的社會環境有關，與民國的精神氛圍有關，也與民國本身的歷史命運有關。這本來是個簡單的事實，但是對於習慣於二元對立鬥爭邏輯的我們來說，卻意味著一種歷史框架的大解構和大重建——只有當作爲歷史概念的「民國」能夠「祛除」意識形態色彩、成爲歷史描述的時間定位與背景呈現之時，現代歷史（包括文學史）最豐富多彩的景象才眞正凸顯了出來。

最近 10 來年，現代文學研究出現了對「民國」的重視，「民國文學史」「民國史視角」「民國機制」「民國性」等研究方法漸次提出，有力地推動了學術的發展。正是在這樣的新的思想方法的啓迪下，我們才眞正突破了新中國／舊中國的對立認知，發現了現代文學的廣闊天地：中國文學的歷史性巨變出現在清末民初，此時的中國開始步入了「現代」，一個全新的歷史空間得以打開。在這個新的歷史空間中，伴隨著文化交融、體制變革以及近代知識分子的艱苦求索，中國文學的樣式、構成和格局都發生了巨大的變化。具體而言，就是在「民國」之中發生著前所未有的嬗變——雖然錢基博說當時的某些前朝遺民不認「民國」，自己在無奈中啓用了文學的「現代」之名，但事實上，視「民國乃敵國」的文化人畢竟稀少——中國的「現代」之路就是因爲有了「民國」的旗幟才光明正大地開闢出來。大多數的「現代」作家還是願意將自己的夢想寄託在這樣一個「人民之國」——民國，並且在如此的「新中國」中積累自己的「現代」經驗。中國的「現代經驗」孕育於「民國」，或者說「民國」開啓了中國人眞正的「現代」經驗「新中國」與「民國」原本不是對立的意義，自清末以降，如何建構起一個「人民之國」的「新中國」就是幾代民族先賢與新知識階層的強烈願望。可惜的是，在現實的「新中國」建立之後，為了清算歷史的舊賬，在批判民國腐朽政權的同時，我們來不及為曾經光榮的「民國理想」留下一席之地。久而久之「民國」就等同於「民國政府」，「民國」的記憶幾乎完全被北洋軍閥、國民黨反動派所淤塞，恰恰其中最值得珍惜的部分——民國文化被一再排除。殊不知，後者也包含了中國共產黨及許多進步文化力量的努力和奮鬥。當「民國文化」不能獲得必要的尊重，現代中國文學（文化）的遺產實際上也就被大大簡化了。

民國時期的中國文學也是民國文化當然的組成部分，當文化的記憶被簡化甚至刪除，那麼其中的文學的史料與文獻也就屈指可數了。在今天，在今後，現代文學文獻史料的進一步發掘整理，就有必要正視民國歷史的豐富與複雜，在祛除意識形態干擾的前提下將歷史交還給歷史自己。

嚴格說來，我們也是這些民國文獻搜集整理的見證人。民國文獻，是中華民族自古代轉向現代的精神歷程的最重要的記錄。但是，歲月流逝，政治變動，都一再使這些珍貴的文獻面臨散失、淹沒的命運，如何更及時地搜集、整理、出版這些珍貴的財富，越來越顯得刻不容緩！十五年前，我在重慶張天授老先生家讀到大量的民國珍品，張先生是重慶復旦大學的畢業生，收藏多種抗戰時期文學期刊和文學出版物。十五年之後，張老先生已經不在人世，大量珍品不知所終。三年前，我和張堂錡教授一起拜訪了臺灣政治大學的名譽教授尉天驄先生，在他家翻閱整套的《赤光》雜誌。《赤光》是中國共產黨旅法支部的機關刊物，由周恩來與當時的領導人任卓宣負責，鄧小平親自刻印鋼板，這幾位參與者的大名已經足以說明《赤光》的歷史價值了。三年後的今天，激情四溢的尉先生已經因為車禍失去行動能力，再也不能親臨研討現場為大家展示他的珍藏了。作為歷史文物的見證人，更悲哀的可能還在於，我們或許同時也會成為這些歷史即將消失的見證人！如果我們這一代人還不能為這些文獻的保存、出版做出切實的努力，那麼，這段文化歷史的文獻就可能最後消失。為了搜求、保存現代文學文獻，還有許許多多的學人節衣縮食，竭盡所能，將自己原本狹小的蝸居改造成了歷史的檔案館，文獻史料在客廳、臥室甚至過道堆積如山。中國社科院文學所的劉福春教授可謂中國新詩收藏第一人，這「第一人」的位置卻凝聚了他無數的付出，其中充滿了一位歷史保存人的種種辛酸：他每天都不得不在文獻的過道中側身穿行，他的家人從大人到小孩每一位都被書砸傷劃傷過！民國歷史文獻不僅銘記在我們的思想中，也直接在我們的身體上留下了斑斑印痕！

由此一來，好像更是證明了這些民國文獻的珍貴性，證明了這些文獻收藏的特殊意義。在我們看來，其中所包含的還是一代代文學的創造者、一代代文獻的收藏人的誠摯和理想。在一個理想不斷喪失的時代，我們如果能夠小心地呵護這些歷史記憶，並將這樣的記憶轉化成我們自己的記憶，那就是文學之福音，也是歷史之福音。

民國時期的中國文學是色彩、品種、形態都無比豐富的 「大文學」。「大文學」就理所當然地需要「大史料」——無限廣闊的史料範圍，沒有禁區的文獻收藏，堅持不懈的研究整理。這既需要觀念的更新，也需要來自社會多個階層——學術界、出版界、讀書界、收藏界——的共同的理想和情懷。

2018 年 6 月 28 日於成都

目次

緒　論

一、緣　起

「戰國策派」是抗戰時期誕生的一個比較寬泛的文化流派，他們的理論核心是「尚力」。1940 年 4 月以雲南大學和西南聯大的林同濟、陳銓、雷海宗爲首的一批知識分子〔註 1〕在昆明創辦了《戰國策》半月刊雜誌（1940.4～1941.7，共 17 期），後來又在重慶的《大公報》副刊上開闢了《戰國》週刊（1941.12.3～1942.7.1，共 31 期），因爲這兩個同仁刊物的名稱，這群圍繞在刊物周圍的知識分子常被稱爲「戰國策派」，或者「戰國」派。《戰國策》發刊詞明確表明了他們這一派別的理論特徵：「本刊如一『交響曲』（Symphony）以『大政治』爲『力母題』，抱定非紅非白，非左非右，民族至上，國家至上之主旨，向吾國在世界大政治角逐中取得勝利之途邁進。」〔註 2〕除這兩個刊物外，戰國策派的同仁還辦有其他一些刊物，出版過一些專著，如陳銓於 1943 年在重慶創刊的《民族文學》，陳銓、林同濟主編的《時代之波》、林同濟與雷海宗合著的《文化形態史觀》，陳銓編著的《從叔本華到尼采》等。總體來說，戰國策派的成員都是一批頗有學養的高級知識分子，陳銓從清華赴美後又赴德留學，先後獲文學學士、哲學碩士、政治學博士學位；林同濟由清華赴美留學，先後獲政治學碩士

〔註 1〕創刊之初有 26 位「本刊特約執筆人」，分別爲：林同濟、雷海宗、陳銓、賀麟、朱光潛、費孝通、沈從文、郭岱西、吉人、二水、丁澤、陳碧生、沈來秋、尹及、王迅中、洪思齊、唐密、洪紱、童嶲、疾風、曾昭掄、何永佶、曹卣、星客、上官碧、仃口。其中，唐密爲陳銓筆名：尹及爲何永佶筆名；上官碧爲沈從文筆名。

〔註 2〕《戰國策》的發刊詞，載自《戰國策》第 2 期，1940 年 4 月 15 日。

和博士學位，不過林同濟在美讀書期間特別專修西方文學史，同時他最偏好哲學；雷海宗由清華公費赴美，獲哲學博士學位；賀麟由清華赴美讀書，獲哲學學士、碩士學位，後又轉入德國攻讀哲學博士學位。從陳銓、林同濟、雷海宗、賀麟這四位戰國策派的核心人物的學術背景來看，他們基本上都以文學和哲學見長。陳銓不僅具有哲學博士學位，以研究德國哲學見長，同時他還精通德國文學，此外他也是一個卓有成就的文藝理論批評家和作家。林同濟有著深厚的西方文學功底，又有著濃厚的哲學素養，尤其對德國的叔本華、尼采以及中國的莊子有自己獨特的見解。雷海宗擁有哲學博士學位，擅長用西方的哲學觀念研究中國歷史文化。賀麟是中西比較哲學家、黑格爾研究專家，也是中國新儒家的代表人物之一。此外，在上述幾位核心人物的周圍，還有像吳宓這樣的中西文學比較大家，朱光潛這樣的精通中西美學的大學者。從戰國策派上述人物的學歷和研究專長來看，哲學和文藝學（文藝理論）應該是我們研究戰國策派最合理的切入點。眾所周知，美學是哲學和文藝學兩者之間的一個交叉學科，因而，研究戰國策派的美學不僅是可行的，而且是必要的，是對戰國策派這一理論派別最符合歷史原貌的展示。

戰國策派的理論核心是尚力，這一點學界基本認可，不論是正面的肯定還是反面的批判，都把尚力視爲戰國策派的理論之本。事實上，自近代以來，高舉尚力旗幟的流派和個人並不稀少。近代以來，伴隨著西方列強的入侵，古老的中國不僅在政治經濟上遭遇了前所未有的危機，在思想文化上也遇到了前所未有的挑戰。在這種種的變化中，對力的推崇和嚮往逐漸增強，尚力思潮在這種氛圍中也形成。歸根究底，這種思潮的興起和發展源自近代中國的衰落。先進的知識分子在亡國的危機中不斷地尋求強國強民之路。他們在一個接一個的尋求中發現器物上的西化——洋務運動，制度上的革新——戊戌變法都不能改變古老的中國，最終將目光對準了中國幾千年來的文化以及在這個文化下形成的國民性。他們認爲傳統文化不僅歷史悠久、博大精深，而且在天人合一、剛柔相濟的平和靜穆之下具有「柔性」的特徵，在倫理綱常的規範之下具有尚德輕力的取向。「子不語怪力亂神」，力量或者對力量的崇尚在儒家文化中完全沒有了地位。而在這種文化浸潤之下的國民也具有了相同的特質，是家國中的孝子、忠臣，周身充滿了德性和中庸的氣息，缺乏活力和創造力，整個生命力趨於萎縮，特別越到封建社會末期，更是如此。先進的知識分子認爲這種文化要爲近代中國的屈辱負責。尚力思潮就是對這種文化的一種糾偏，和這種柔性文化相反，它提倡一種充滿力量和活力的文化和人格。研究者認爲：「近代尚力思潮的湧起，標誌著一種以『力的啓蒙』爲主調的剛性文化在中國的崛起。」〔註 3〕

這股思潮在中國近代大致有三個階段。第一個階段是鴉片戰爭之後到辛亥革命前後，其間的知識分子們，如嚴復、梁啓超等認識到中國傳統文化已經沒有生命力了，它呈現出柔性的特質。如嚴復認爲在傳統文化的禁錮下，近代中國「民力已恭，民智已卑，民德已薄。」「中國者，固病夫也。」〔註 4〕這不僅言明近代中國人不僅身體上無力，精神上更是缺乏力量。此時這些知識分子們從西方引入了進化論，力圖對這種文化和人性進行診治。嚴復、梁啓超、康有爲、譚嗣同、魯迅、郭沫若等都受過進化論的影響。進化論是一種新的世界觀、方法論，它給中國人灌輸了一種新的精神：要生存就要自強、自立，要「與天爭勝」，「勝天爲治」。〔註 5〕這種精神是傳統中國所沒有的。從嚴復把斯賓塞的「德、智、體」，翻譯爲「德、智、力」〔註 6〕也可見當時的知識分子對力的呼喚。不過這個時期的「尚力」側重的是個體或國家的外在力量。第二個階段是五四前後，這個時期知識分子的思想特別活躍，不僅是他們的言論和作品，他們自身的行爲也譜寫了一曲活力充沛的交響樂。他們發起「白話文運動」，高呼「打倒孔家店」，主張「民主」「科學」，提倡「個性解放」，要把中國和傳統文化之間的紐帶割裂，重造新的文化。魯迅《摩羅詩力說》中的「摩羅詩力」精神——反抗與尚力、《文化偏執論》中的「意力」和「強力」、郭沫若《女神》中的狂放與激情等等，開啓了文學作品中一個新的風貌。這種新的精神和傾向也和此時期叔本華、尼采的傳播有著密切關係。不僅如此，這個時期社會上更是湧動著新的風潮，大量的知識分子和青年選擇留學，新的婚戀觀正在產生，新式的學校不斷興辦……整個社會發生著巨大的變化，這種變化無疑不再是復歸傳統的柔性文化，不再是旨在作家國中的孝子忠臣，而是一種以力爲核心的新的文化的創造。第三個階段是抗日戰

〔註 3〕郭國燦、吳慶華：《「力」的省思——淺談近代尚力思潮》，《體育博覽》，1990 年第 5 期。

〔註 4〕嚴復：《原強》，龔書鐸主編：《中國通史參考資料》近代部分下冊，北京：中華書局，1965 年 8 月，第 53～72 頁。

〔註 5〕赫胥黎：《天演論》，嚴復譯，鄭州：中州古籍出版社，1998 年版，第 441 頁。

〔註 6〕嚴復：《原強》，龔書鐸主編：《中國通史參考資料》近代部分下冊，北京：中華書局，1965 年 8 月，第 53～72 頁。

爭時期，這個時期由於亡國滅種的危機日益嚴重，尚力思潮已經由五四時期的張揚恣肆轉入了實在的構想和建設，已由對個體精神和社會精神的重塑擴展到更深層次地探討、重造一種新的本體論以及文化。戰國策派就在這樣的一個歷史語境中登場，該流派是抗戰時期提倡「尚力」的代表，也是中國自近代以來尚力思潮的頂點。

那麼相比於之前高舉尚力旗幟的流派或個人，戰國策派的獨特性在什麼地方呢？我以爲，只有從哲學和美學的高度給戰國策派一個較爲準確的定位，戰國策派的理論意義才有可能被最大限度挖掘出來。總體來說，戰國策派的尚力並非停留在簡單的政治層面，而是突入到哲學和美學領域，開創了中國力本體論的哲學和美學體系。陳銓建立了屬於自己的強力意志哲學和美學，創立了屬於自己的美學理念和文藝主張。他和王國維的複雜關係，既成爲進一步研究、豐富王國維的視角，更成爲關照陳銓美學思想的絕好切入點。林同濟建立了力本體論的哲學和美學體系，同時構建了自己的美學範疇，這顯示出他在中西美學融合基礎上創新的能力。

二、對以往研究思路的梳理

在對戰國策派的尚力哲學和美學思想展開研究之前，必須先對戰國策派以往的研究進行一個簡要的回顧，對過去的研究思路進行簡單的梳理和評析。總體而言，對該流派的研究主要有兩種傾向，其一自該流派誕生到新時期開始，對它的研究，不管是批判還是肯定主要是以政治標準作爲衡量、評價的基礎；其二從新時期開始，也就是 80 年代以後，對它的正名和研究主要是從民族國家的立場出發。另外雖也有涉及到該流派和德國唯意志論的代表叔本華、尼采關係的文章和論著，但往往沒有把戰國策派作爲一個獨立的主體來研究，抑或對它總體上仍是持批判態度的。

（一）對戰國策派研究的一個重要方式就是以政治標準來替代學術評價

抗戰時期，戰國策派一經亮相，就引人注目。他們所提出的一系列理論主張，如「英雄崇拜」、「超人哲學」、「恐怖・狂歡・虔恪文藝創作三母題」、「民族文學」等在當時的文化界、文藝界引起巨大爭議；緊接著又圍繞著《野玫瑰》掀起一系列爭論。對戰國策派的評價也是聚訟紛紜、莫衷一是。不過，當時聲勢最浩大的就是左翼文化界對戰國策派的猛烈批判，這既是國共兩黨政治鬥爭在文化領域裏的折射，又體現出左翼對非馬克思主義思潮的警惕。眾所周知，戰國策派雖然是由一群高級知識分子組成，他們因其西學背景而不乏自由民主的精神，但是他們畢竟是依託體制而生存，因此他們的主張在政治立場上顯然是迎合了國民黨官方的意圖。戰國策派所宣揚的國家至上、民族至上恰恰是國民黨抗戰時期的主導意識形態。另一方面，戰國策派作爲頗有西學素養的知識分子，他們有著較爲系統的理論淵源，並且這些理論大都是與馬克思主義學說相悖的非理性思潮或唯心學說；更重要的還在於，戰國策派常常從學理的角度對馬克思學說進行批判，這讓左翼人士無法接受。

儘管左翼對戰國策派的批判火藥味很重（也就是所謂的戰國策派宣揚法西斯主義），但是最初仍著眼於學理上的批判。1940 年底開始，胡繩相繼寫了《論英雄與英雄主義》、《論反理性主義的逆流》等文章，批判戰國策派錯誤的美學認知。胡繩把戰國策派以及他們的理論淵源都歸結爲非理性主義的逆流，並且認爲當時的戰爭是正義對非正義，也即理性對非理性，因爲科學理性追求的是實事求是、民主自由，而非理性則是沒落的資本主義階段——帝國主義的腐朽本質的體現。他說，伴隨著資產階級的反動和沒落，「於是在文化上也崛起了反理性主義的思想，這種反理性主義表現在哲學上就是直覺主義，神秘主義，唾棄客觀的觀察與思考而推崇朦朧的直覺與盲目的意志」〔註 7〕。胡繩認爲，法西斯思想是非理性思潮的集中體現，他舉未來主義創始人馬里內蒂（馬利納諦（Marinetti）通譯爲馬里內蒂）和唯意志論哲學代表尼采爲例證。「意大利的法西斯主義的詩人——所謂未來主義的藝術的創始人——馬利納諦（Marinetti）曾經歌頌戰爭說，『戰爭是美麗的，因爲它建立了力與平靜的諧和』；『戰爭是美麗的，因爲它使槍聲、大炮聲，休止時的沉默，以及腐爛時芬芳的氣味，都和諧起來了』；『戰爭是美麗的，因爲它創造了新的建築術，例如巨大的軍用車輛，飛機飛行時的幾何學以及焚燒著的村莊中的螺旋形的黑煙』；『戰爭是美麗的，因爲他使男人的身體更加年輕，女人的身體更加可愛』；等等。」〔註8〕這是胡繩對馬里內蒂的觀點的舉證，然後總結說，馬里內蒂的「新美學」就是建立在

〔註 7〕胡繩：《論反理性主義的逆流》，重慶《讀書月報》第 2 卷 10 期刊，1941 年 1 月 1 日，收入《理性與自由——在抗日戰爭時期的文化思想批評論文集》，生活・讀書・新知三聯書店出版，1946 年，第 1～9 頁。

〔註 8〕胡繩：《論反理性主義的逆流》，重慶《讀書月報》第 2 卷 10 期刊，1941 年 1 月 1 日，收入《理性與自由——在抗日戰爭時期的文化思想批評論文集》，生活・讀書・新知三聯書店出版，1946 年，第 1～9 頁。

戰爭和力的基礎上。緊接著，胡繩過渡到說戰國策派的美學主張也是歌頌戰爭和力，因此戰國策派的美學思想也是法西斯的。與此同時，胡繩提出法西斯追捧尼采，而戰國策派也追捧尼采，因而戰國策派思想也具有法西斯性，這是毋庸置疑的。儘管胡繩的批判上綱上線，但是仍然想著眼於學術的批判——即從哲學和美學上展開批判。這說明在當時的左翼這方，也意識到戰國策派理論核心是體現在哲學和美學上。胡繩的理論武器就是馬克思主義的唯物發展觀，他甚至運用了科學、自由、民主等原本屬於資產階級的意識來批判戰國策派，把他們的美學、哲學及其理論來源都歸結爲非理性的。拋卻價值立場不表，應該說胡繩的歸納是準確的，不論是尼采、叔本華抑或是和戰國策派美學觀念相近的未來主義的馬里內蒂，在西方的美學和文藝理論發展史上都屬於非理性的，他們的確是對啓蒙以來的理性傳統的巨大反撥。不過，儘管他們中的一些人在政治立場上與法西斯有所牽連，但是在思想文化上，在哲學和美學理念上，他們並非胡繩所說的具有法西斯的性質，屬於必將滅亡的腐朽的沒落資本主義思想的體現。恰恰相反，他們開啓了後來影響巨大的現代性的文藝、美學、哲學思潮。這也表明，承繼了叔本華、尼采以及其他非理性主義思潮如弗洛伊德學說等的戰國策派，開創了中國眞正的現代性的非理性主義美學思潮，爲中國文藝的現代性作出了哲學和美學上支撐。這將是本書的寫作的起點，也是最終的落腳點。

胡繩的文章之後，伴隨著《大公報・戰國副刊》的創刊及戰國策派思想影響的日益擴大，左翼也開始了有組織的大規模批判。當時的批判文章主要集中在左翼刊物《群眾》雜誌和《新華日報》上，批判的調子越來越高，政治意識形態的批判逐漸取代學理的批判。1942 年，漢夫撰文《「戰國」派的法西斯主義實質》，全面否定了戰國策派的意義和價值。此後，不少左翼人都響應「法西斯主義實質」的觀點，從各個方面對戰國策派展開批判。儘管從此之後的批判越來越趨向意識形態，批判的觀點也越來越牽強，但是左翼人批判的切入點基本上都是哲學和美學。例如歐陽凡海的《什麼是「戰國」派的文藝》，批判戰國策派美學上的神秘主義和野蠻的法西斯主義。歐陽凡海考察了戰國策派的理論淵源，指出戰國策派發展了康德以來的唯心主義觀點、非理性思維，因此戰國策派的眼睛裏「世界是不可認識」、「根本沒有條理」，「便必然的會把客觀世界當成一個神幻世界，因此，宇宙間的一切變動，對他們便必然引起一種神秘感，正好比原始野蠻人種對自然界的風雨雷電不能理解而引起的神秘感是一樣的，於是他們和原始野蠻人一樣發生了『恐怖』了，『恐怖』過去，忽然看見天朗氣清，客觀世界的風暴忽然變成了溫暖與和平，他們又覺得神秘不可解，於是便狂歡起來。『狂歡』儘管『狂歡』，『恐怖』儘管『恐怖』，客觀世界仍然還是神秘不可解，於是最後頂禮崇拜了，用獨及的術語，就叫做『虔恪』，說是『自我與時空之上，發現了一個絕對之體』」〔註 9〕。很顯然，歐陽凡海基本沿用了胡繩的思路，指出了戰國策派和林同濟的美學觀、文學觀的神秘主義，不過很顯然，他對林同濟的恐怖、狂歡、虔恪存有想當然的曲解，並在此基礎上進行冷嘲熱諷式的批判。從歐陽凡海的文章我們不難看出，他對西方的美學，包括康德、尼采、叔本華等人美學思想的認知很隔膜，沒有進入到這些美學家和他們思想的內部，只是籠統地用唯物與唯心，科學、理性與神秘和非理性等來批判。因此，歐陽凡海最後索性指出：「儘管『戰國』派轉彎抹角 ，裝出博學的樣子，引用易卜生，引用托爾斯泰，引用康德，引用笛卡爾，引用叔本華，但剝掉它的一切五花八門的外衣，它眞正的靈魂還是尼采的超人主義。無論是獨及的『虔恪』，『自由亂創造』還是陳銓的『英雄崇拜』『天才』學說，其實都是尼采的超人論在中國的重複。」〔註 10〕歐陽凡海認爲，陳銓、林同濟等是「嘗試著想運用尼采的這些思想來建立『戰國』派的文藝理論」〔註 11〕。事實上，歐陽凡海的判斷並不離題，然而有關尼采的思想，特別是美學思想，歐陽凡海缺乏學理上的認知、分析和評判，更不用說學理地評析戰國策派在尼采美學思想基礎上的創新。歐陽凡海的思路總歸起來，就是批判尼采的超人哲學是如何成爲法西斯的反動理論工具，尼采的整個哲學都是反動的，那麼吸收了尼采思想的戰國策派也自然就不例外，同樣是法西斯性的。

左翼對尼采法西斯性質的界定，並非建立在他們對尼采思想切實分析的基礎之上，大都是沿襲蘇聯的觀點。1938 年，蘇聯人勃倫蒂涅爾的《尼采哲學與法西斯主義之批判》〔註 12〕由段洛夫在中國翻譯出版，這本書成了左翼

〔註 9〕歐陽凡海：《什麼是「戰國」派的文藝》，《群眾》7 卷 7 期，1942 年 4 月 15 日。

〔註 10〕歐陽凡海：《什麼是「戰國」派的文藝》，《群眾》7 卷 7 期，1942 年 4 月 15 日。

〔註 11〕歐陽凡海：《什麼是「戰國」派的文藝》，《群眾》7 卷 7 期，1942 年 4 月 15 日。

〔註 12〕勃倫蒂涅爾：《尼采哲學與法西斯主義之批判》，段洛夫譯，潮鋒出版社，1938 年。

批判尼采的理論武器。勃倫蒂涅爾運用階級分析學說，站在馬克思主義的立場上，批判了尼采對戰爭和超人的歌頌，批判了尼采對力的崇拜。勃倫蒂涅爾的尼采觀對當時的左翼人以及後來中國大陸產生了深遠影響，可以說，建國後，大陸基本上延續了勃倫蒂涅爾對尼采的法西斯主義的批判。這樣一來，包括歐陽凡海在內的諸多左翼人，以此為武器，展開對尼采和戰國策派的批判。他們本身和尼采思想有很大的隔膜，更別說這些蘇聯的尼采觀又往往是從日語版本轉譯過來形成的，經過了幾次轉譯。而戰國策派的核心人物，林同濟、陳銓等人則熟稔德國哲學，尤其精通叔本華和尼采。這樣就注定了左翼和戰國策派之間理論資源上的不均等，因而左翼的批判在學理上顯然無法和戰國策派諸位博士抗衡。他們只有借助意識形態的分歧來做文章。和以往的思想界、哲學家、文化界的論爭不同，戰國策派面對左翼氣勢洶洶的指責，鮮有回應，他們依然從容地構建自己的理論體系。於是左翼人士的調子越定越高，而學理尤其是有關哲學和美學的分析批判成分卻越來越少，而戰國策派也就更無法進行回應，因此左翼和戰國策派之間其實並沒有形成眞正的論爭。

考察左翼人士對戰國策派的評判，我們無法否認雙方在意識形態上的分歧，但很顯然，戰國策派並沒有把自己視為左翼意識形態的對立面，他們從來沒有肯定過皇權或獨裁統治，恰恰相反，他們極力反對皇權和獨裁對個體獨立、自由和創造性的壓制。今天，當我們回過頭來再度審視這場批判時，我們必須意識到，左翼文化界對戰國策派的批判儘管上綱上線，扣大帽子，但不少人還是針對著戰國策派的哲學和美學思想來開火的。與此同時，我們還應當設身處地地思考左翼人士當年的處境，畢竟他們和當時的體制較為疏遠，儘管他們用意識形態的理論批判戰國策派，但顯然沒有對戰國策派構成任何實質的「政治傷害」。此外，左翼把戰國策派認定為法西斯性質，還有出於批判策略的考量。考察當時左翼的批判，他們不僅把戰國策派視為自己的對立面，還似乎把戰國策派視為整個中國政府、甚至是反法西斯盟國的對立面，因此他們著重指責戰國策派美化漢奸〔註 13〕，批判戰國策派反民族反國家，批判戰國策派反對民主自由觀念等等。一言以蔽之，左翼對戰國策派的批判是以意識形態上的評價來取代學理上的分析。建國後，當年的左翼人已經不再是抗戰時期處於在野的位置，這個時候，他們對戰國策派已經不是再

〔註 13〕左翼不少人士當時撰文批判陳銓在《野玫瑰》中對漢奸王立民的美化。

用爭論的語氣，而直接是定性的批判。頗有意味的是，他們把戰國策視爲法西斯的重點是他們和國民黨政府的密切關係，例如批判陳銓的《野玫瑰》，從過去集中在對漢奸王立民美化的批判上轉到了對陳銓塑造了特務夏豔華的批判上。

國共兩黨在抗戰後的政治分歧，使得一切非解放區正統馬克思主義、毛澤東思想的文化觀念和哲學理念都受到清算，就連原國統區的左翼人士都不例外，更別說和國民黨意識形態關係密切的戰國策派了。所以，後來對戰國策派的批判從原本抗戰時期的意識形態之爭完全演變爲政治掛帥的定性，而建國後對戰國策派特務、法西斯的定性則就根本無需學理支撐了，因爲當年在野的左翼人已然權力在手，戰國策派受到的不光是言語上的攻擊和批判，而且包含了肉體和精神上的實際性的政治傷害。建國後，大陸學界把戰國策派定性爲服務於國民黨法西斯的反動流派，各級文學史、哲學史、思想史教程或專著中，無一例外地把他們看作是反動的逆流，這些著作對戰國策派的描述也都是政治上的口誅筆伐，或者說以先入爲主的政治評判來尋找學理依據，自然這樣的學理分析徹底變樣了。今天我們稍加分析就可發現，建國後對戰國策派的批判與左翼人當時的批判相比，言詞並不見得多麼激烈，但學理較以前少得可憐。抗戰時期，儘管以胡繩和歐陽凡海爲代表的左翼文人對戰國策派的批判不乏上綱上線，但他們也的確意識到了他們和戰國策派在理論上最大的區別，那就是馬克思主義唯物主義哲學、美學觀和非理性主義哲學、美學思潮之間的差異。然而，抗戰之後，尤其是建國後，對戰國策派的批判主要站在政治立場上。自此，政治評判徹底取代了學理評價。

（二）對戰國策派的平反和肯定全然是從民族國家的立場上進行的，遮蓋了該流派最基本的特色。

上世紀 80 年代以來，伴隨著撥亂反正的展開，學術界也開始了一系列的正名和平反熱潮，在這樣的背景下，戰國策派也慢慢地獲得了一些肯定。有關上世紀八九十年代以來戰國策派被學界平反的歷程，已有的博士論文和專著已經有較爲詳細的描述，如江沛的《戰國策派思潮研究》〔註 14〕、宮富的博士論文《民族想像與國家敘事——「戰國策派」的文化思想與文學形態研

〔註 14〕江沛：《戰國策派思潮研究》，博士論文，天津人民出版社 2001 年出版。此書第一章第二點（第 19～33 頁）題爲「學術史的整理」，描述了戰國策派被政治打壓以及在上世紀 80 年代後被學界平反的歷程。

究》〔註 15〕、路曉冰的博士論文《文化綜合格局中的戰國策派》〔註 16〕，此外還有一些碩士論文和有關戰國策派研究綜述的論文〔註 17〕，都詳細論及了戰國策派在學界被平反的歷程，因此本文不再贅述。在這些平反的文章中，有這麼一個主導思路，即都是從民族國家立場上的平反。這種平反不僅從民族主義角度對戰國策派給予政治立場上的還原和肯定，而且把戰國策派思潮都納入到現代民族國家建設的宏大敘事中，從文化和文學的現代性上給予戰國策派價值肯定。「民族想像」和「國家敘事」成爲合乎學術熱點的言說方式，民族國家中的「想像」這個關鍵詞出自安德森的著作《想像的共同體：民族主義的起源和散佈》。面對眾說紛紜的民族主義理論，安德森對於民族主義的界定別具一格：「它（民族）是一種想像的政治共同體——並且，它是被想像爲本質上是有限的，同時也享有主權的共同體。」〔註 18〕安德森特別指出：「18世紀初興起的兩種想象形式——小說和報紙——爲『重視』民族著重想像共同體提供了技術的手段。」〔註 19〕在安德森和隨後的一些理論繼承者看來，民族國家被想像，也就預示著現代性的開始，這樣民族想像、國家敘事就和現代性價值關聯起來。安德森的這一研究理念和模式傳入國內後，迅速被眾多研究者追捧，幾乎成爲一種強勢的可操作模式。有學者就指出：「現代民族國家是一個『想像的共同體』，民族主義是現代性的重要內容之一，是一種現代的『世界觀』，是一種新的話語和歷史實踐。」〔註 20〕在這樣的「現代性」

〔註 15〕宮富：《民族想像與國家敘事——「戰國策派」的文化思想與文學形態研究》，博士論文，浙江大學人文學院，2004 年。該博士論文第一章第二節題爲「學術回顧」，描述了戰國策派被打壓和平反的歷程。

〔註 16〕路曉冰：《文化綜合格局中的戰國策派》，博士論文，山東大學，2006 年。該博士論文第三章題目爲「從對戰國策的批判看現代文化批判的常規模式」，描述了戰國策派如何被稱爲法西斯主義以及在上世紀 80 年代後如何被平反的歷程。

〔註 17〕如余永和的《廿年來的戰國策派研究》，《遼寧行政學院學報》，2007 年第 5 期；史金豪的《對戰國策批判的批判》，《廣西右江民族師專學報》，2000 年 6 月；都論及了戰國策派的平反歷程。

〔註 18〕〔美〕本尼迪克特・安德森（Benedict Anderson）：《想像的共同體——民族主義的起源與散步》，吳叡人譯，世紀出版集團上海人民出版社，2005 年 4 月第 1 版，第 6 頁。

〔註 19〕〔美〕本尼迪克特・安德森（Benedict Anderson）：《想像的共同體——民族主義的起源與散步》，吳叡人譯，世紀出版集團上海人民出版社，2005 年 4 月第 1 版，第 6 頁。

〔註 20〕曠新年：《民族國家想像與中國現代文學》，《文學評論》，2003 年 1 期。

價值評判體系下，過去那些被批判的國民黨的民族主義文學、文化開始獲得了「意義」的新生。30 年代的國民黨的民族主義文藝和文化思潮，以及 40 年代的「戰國策派」，就是在這種情況下成爲熱點。江沛的《戰國策派思潮研究》、魏小奮的《戰國策派：抗戰語境裏的文化反思》，宮富的《民族想像和國家敘事——「戰國策派」的文化思想和文學形態研究》、路曉冰的《文化綜合格局中的戰國策派》、倪偉的博士論文《「民族」想像與國家統制——1928～1948 年南京政府的文藝政策及文學運動》、賀豔的碩士論文《「戰國策派」：關於國家和民族的敘述和文學想像》等，都論及了戰國策派民族國家立場的「現代性」價值。尤其是宮富的《民族想像和國家敘事——「戰國策派」的文化思想和文學形態研究》和賀豔的碩士論文《「戰國策派」：關於國家和民族的敘述和文學想像》最具有代表性，兩者的著重點就在戰國策派民族國家的現代性想像上。此外還有王應平的論文《戰國策派與民族國家文學的現代建構》等也有同樣的主旨。這些有關民族國家想像和現代性評判的論文所關注的仍不是戰國策派自身的美學思潮和文學理念，而是它的民族國家性。因此，這些研究戰國策派的論文，看似超越政治立場，從現代性價值理論高度給予戰國策派很高的評價，事實上還不如抗戰時期對戰國策派上綱上線的批判文章，畢竟後者所針對的還是戰國策派最核心的哲學和美學理念上。也就是說，當今從民族主義、國家敘事、現代性等角度評價戰國策派，看似合乎學術潮流和學術熱點，實際上卻遠遠離開了戰國策派自身的價值，遠離了戰國策派核心人物的專業之本——哲學和美學。

另外，還有一些談論叔本華和尼采與中國哲學、美學、文藝學關係的著作和論文，它們的確談到了戰國策派的美學意義和文藝理論價值。如閔抗生的《尼采，及其在中國的旅行》〔註 21〕，殷克琪的《尼采與中國現代文學》〔註 22〕，金惠敏的《評說「超人」：尼采在中國的百年解讀》〔註 23〕，李均的《超人哲學淺說：尼采在中國》〔註 24〕，黃懷軍的《中國現代作家與尼采》〔註 25〕等，都或多或少涉及了戰國策派或其核心人物陳銓、林同濟在吸收和傳播尼

〔註 21〕閔抗生：《尼采，及其在中國的旅行》，當代中國出版社，2000 年。

〔註 22〕殷克琪：《尼采與中國現代文學》，南京大學出版社，2000 年。

〔註 23〕金惠敏：《評説「超人」：尼采在中國的百年解讀》，北京社會科學文獻出版社，2009 年。

〔註 24〕李均：《超人哲學淺説：尼采在中國》，南昌：江西高校出版社，2009 年。

〔註 25〕黃懷軍：《中國現代作家與尼采》，湖南師範大學出版社，2009 年。

采哲學美學上的貢獻；成海鷹、成芳合著的《唯意志論哲學在中國》也談及了戰國策派在傳播叔本華、尼采哲學美學上的成就。不過，這些重在論述叔本華、尼采在中國旅行的專著，只是把戰國策派看作外來美學、哲學的傳輸工具，而不是積極主動的、有自覺創新的哲學、美學團體。可貴的是，一些學者從梳理和發現中國現代尚力美學概況的角度談到了戰國策派的美學意義，如王本朝的《論近現代尚力美學思潮》〔註26〕、《論中國現代尚力文藝思想》〔註27〕、《閒適與尚力：中國現代審美價值的裂變》〔註28〕，郭國燦的《近代尚力思潮的演變及其文化意義》〔註29〕等等。這些論著觸及到了戰國策派的美學價值和意義，體現出學界對戰國策派美學地位的認可。不過，上述論文都沒有專門論述該流派的美學思想和價值。

縱觀上世紀80年代以來的戰國策派研究論文，專門從美學角度分析和評價的論文實在少得可憐，只有馮憲光的《「戰國派」美學思想的淵源——評〈寄語中國藝術人〉》是一篇深入分析戰國策派美學思想及其淵源的論文，也是迄今爲止唯一的一篇專論戰國策派美學思想的論文。不過，正像作者所說的，「揭露出『戰國派』唯意志主義的實質，才能抓住其美學觀的根本特徵。弄清楚這一點，可以更準確、更深刻地批評『戰國派』美學觀的反動實質」〔註30〕，馮文儘管認可戰國策派的美學意義，可惜卻只有對戰國策派的美學批判，沒有對其美學價值進行正面闡發。王學振的《抗戰文學語境中的戰國策派文論》〔註31〕，論及了戰國策派「悲劇精神」的美學意義，這算是爲數不多的對戰國策派美學價值的正面肯定，但這篇論文更多著眼於戰國策派文學意義的分析，而不是美學意義的全面闡述。

總的說來，從哲學和美學角度來研究戰國策派的，基本都屬於批判性的，

〔註26〕王本朝：《論近現代尚力美學思潮》，《湖北大學學報》，1993年4期。

〔註27〕王本朝：《論中國現代尚力文藝思想》，《中州學刊》，1995年第4期。

〔註28〕王本朝：《閒適與尚力：中國現代審美價值的裂變》，《貴州社會科學》，2009年12月。

〔註29〕郭國燦：《近代尚力思潮的演變及其文化意義》《學習與探索》，1990年第2期。

〔註30〕馮憲光：《「戰國派」美學思想的淵源——評〈寄語中國藝術人〉》，載重慶地區中國抗戰文學研究會、四川省社會科學院文學研究所編：《國統區抗戰文藝研究論文集》，重慶出版社，1984年12月。

〔註31〕王學振：《抗戰文學語境中的戰國策派文論》，《重慶社會科學》，2005年10期。

而平反的論文卻大多脫離了戰國策派的哲學和美學價值，主要是從民族國家和現代性立場給予戰國策派價值上的肯定。還有一些論著是從尼采、叔本華、意志論哲學美學在中國旅行的角度肯定了戰國策派的哲學和美學意義，但很顯然，戰國策派不是作爲獨立的主體被論述的。通過對已有的研究成果的分析和研究思路的梳理，本書確立自己的切入點，那就是回到戰國策派本身，回到他們最核心的也是爲他們所擅長的哲學、美學上，並發掘其獨特創新性，充分肯定其在美學上的價值，給予戰國策派在中國美學史上應有的地位。

三、本文的思路和基本內容

在已有的戰國策派研究基礎上，本書旨在論述戰國策派的美學，因此，對於學界已經做的比較充分的史料梳理、成員構成等不過多涉獵。本書確立了兩位核心人物，陳銓和林同濟，以期通過對他們的美學思想的初步勾勒和梳理，來達成對戰國策派美學思想的探討。本書選取陳銓和林同濟作爲論述對象是基於這樣的考慮：首先，陳銓和林同濟是戰國策派絕對的核心人物，選取他們二人作爲論述的核心具備代表性；其次，他們二人在美學上的貢獻尤其突出。當然，戰國策派還有另外兩個主要人物，雷海宗和賀麟，不過雷海宗的主要貢獻在史學上，所以對其涉獵較少。賀麟確有一些對哲學、文學以及美學的看法，不過他的美學方面的論文大都在抗戰之前完成（如他攻讀碩士時的論文《道德價值和美學價值》，以及一些探討斯賓諾莎的哲學和美學的論文），對於成型於 40 年代戰國策派的美學思想沒有多大影響，所以不專門論說。另外，戰國策派其他成員的美學思想和藝術見解，包括所謂外圍人員的美學思想等等，因爲其不成體系，過於龐雜和零散，本書也暫時不做過多涉獵，留待以後不斷補充論述。

本書分爲上下兩編，上編是「強力意志的美學思想——陳銓對王國維的繼承與超越」，下編是「力本體論哲學、美學的構建——林同濟對中國現代美學的貢獻」。

陳銓是戰國策派的頭號人物，自然成爲本書論述戰國策派美學思想的首要對象。過去，學界對陳銓的關注主要集中在他的文學創作上，往往忽略了他文學創作的美學支撐。然而，如何找到一個有關陳銓美學思想的切入點，這顯得至關重要。本書並不採取從陳銓的文學創作中去歸納其美學思想的方法，而是直接突入到他的美學理論領域。爲此，我選取了王國維作爲參照，以此來論述陳銓的美學貢獻。王國維在中國美學史上的地位毋庸置疑。眾所周知，王國維引入西方叔本華等人的思想來做《紅樓夢評論》，奠定了他在中國近現代美學史上的地位。他從叔本華的哲學和美學思想出發，認爲《紅樓夢》的價值在於它的悲劇性，這標誌著中國現代美學的開端。本書選取王國維作爲陳銓美學思想的參照，是基於下述兩方面的緣由：首先，陳銓在抗戰時期用德國唯意志派的思想重新闡釋《紅樓夢》，他寫了兩篇論文，一是《叔本華與紅樓夢》，一是《尼采與紅樓夢》。由此可見，陳銓和王國維採用的方法相同，都是從德國唯意志派的視角來闡述《紅樓夢》，並在此基礎上構建了各自的美學思想。這樣一來，陳銓和王國維的美學思想的比較就成爲典型的平行研究範式。其次，王國維和陳銓的美學思想研究，還可以從影響研究的角度來展開。陳銓是王國維的學生，當年在清華作學生時即已受到王國維以及他所寫的《紅樓夢評論》的影響，並且持續到抗戰時期。事實上，1925 年陳銓就讀清華學校期間所作的讀後感——《讀王國維先生紅樓夢評論之後》，是直接對王國維《紅樓夢評論》的再評論，而在 40 年代抗戰時期，陳銓明確表示他既受到王國維的影響，又離開了王國維美學思想。當陳銓用叔本華、尼采的哲學、美學來闡述《紅樓夢》時，他已經有了和王國維相比較，建立自己美學觀的自覺。因此，把王國維和陳銓放在一起比較分析他們之間的美學觀念的異同，不僅是可行的，而且是大有必要的。王國維就成了一把很好的標尺，陳銓究竟是豐富了王國維所開創的美學觀念呢？還是修正了王國維理解叔本華等人的片面性呢？抑或是陳銓通過引入叔本華、尼采構建了新的美學體系呢？無論上述哪一種爲主，都注定了陳銓以及戰國策派在中國美學史上是無法被繞開的。本書上編部分著重論述陳銓在繼承王國維美學思想的基礎上，如何超越王國維構建自己獨立的美學理念。

本書上編分爲兩章。第一章爲「《紅樓夢》闡釋：共同的美學起點和不同的理論走向」。陳銓借用叔本華、尼采的理論來分析、評價《紅樓夢》，這和王國維的《紅樓夢評論》思維模式相同，他們二人有共同的視角，共同的美學起點；他們都認可德國唯意志派的美學觀，認爲意志是人生社會的本質，並且都看到了《紅樓夢》中蘊藏著的悲劇美學意義。但是王國維更多接受了德國叔本華的生存意志論，走向了悲觀主義，認爲藝術和美不涉及利害關係；而陳銓則在接受叔本華意志論的基礎之上，進一步走向了尼采，並反過來批判叔本華的悲觀主義，最終形成了和王國維不同的理論走向。第二章爲「強力意志美學的構建」，包含四節，第一節是「強力意志的哲學基礎與道德言說」，論述陳銓借用叔本華、尼采的思想構建了自己的強力意志觀，在此之下他把強力看做善，看做美，對道德進行一種強力的言說。第二節是「強力意志支撐下的英雄崇拜與審美驚異」。「英雄崇拜」就是對強力的崇拜，是一種嶄新的審美崇拜，是以力爲美的顯現。在此論題中，陳銓提出了「驚異」審美觀。第三節是「強力意志主導下的審美精神：狂飆運動與浮士德精神」。在強力意志支撐下，陳銓極力倡導一種新的審美精神，即他所借鑒的德國狂飆突進精神和浮士德精神。這是一種和傳統中國精神傾向完全不同的另一種積極向上的充滿動感和力感的「內心的新精神」。它以眞善美爲永恆目標，以積極的浪漫主義精神爲核心，呈現出一種新的美學精神。這種審美精神也體現在他的悲劇觀中。第四節是「強力意志的審美體現：『浪漫』（崇高）的悲劇觀」。在強力意志的支撐下，陳銓形成了自己的浪漫悲劇觀，這是一種新的浪漫崇高悲劇觀。王國維的悲劇觀雖開了現代悲劇的先河，但卻是「幽美」形態的悲劇，是走出了傳統卻還沒有走到西方的「在路上」的悲劇，而陳銓的悲劇觀則完全掙脫了傳統「悲情」悲劇的範疇，擺脫了和中國傳統精神相合的叔本華的影響，建立了浪漫的崇高悲劇，帶給現代中國一種嶄新的悲劇理念。雖然說陳銓的美學思想帶有很強的現實性，它被包裹在陳銓對社會、政治、文化、文學的種種論述中，但是就哲學美學而言他確實構建了一種嶄新的尚力美學思想，並以此爲支撐構建了一種新的道德觀、新的審美精神、新的英雄崇拜、新的悲劇觀念，這也是他在王國維之後對中國現代美學史的貢獻所在。

本書下編論述戰國策派另一個核心人物林同濟的美學貢獻。在戰國策派諸位同仁中，眞正純粹從哲學的高度來探討中國的社會和歷史，從美學的高度來看待中國的人生和文藝，是提出了力本體論哲學和美學的林同濟。本書下編的內容就以此爲中心展開，題爲「力本體論哲學、美學的構建——林同濟對中國現代美學的貢獻」。下編分爲三章，各章的思路和基本內容約略如下：

第一章論述林同濟的力本體論哲學觀。林同濟的力本體論哲學觀是他的美學思想的基礎，因此，要全面深入瞭解林同濟的美學思想，就不能不首先探析他的力本體論哲學觀。林同濟構建的力本體論哲學主要從兩個維度展開：一是從宇宙本體的層面，他從西方哥白尼天文學中總結出西方近代以來一直是哥白尼宇宙觀，即宇宙的本體是力，宇宙的運行、變化都依賴於力；

二是從人的本體層面，林同濟通過對中國漢字的字源考察和分析，結合他豐富的中西文化知識，提出了中西文化之初，人們都是以力爲本，以力爲美。富有意義的是，林同濟在人本層面的力本體論主要從美學感受展開，而在宇宙力本體的層面上林同濟最後歸結爲「力之美」。由此可見，林同濟的力本體論哲學既是從美學感受出發，又最終落腳到美學層面上，這也展示出林同濟在美學理論構建上的自覺。林同濟的理論自覺還體現在他用力本體論對中國德感文化的哲學批判，在林同濟看來，正是後來逐漸興盛的儒家文化壓制了中國人的力本體觀，要進一步構建力本體論的美學思想，就不能不對中國的儒家文化進行哲學上的清算和批判，尤其是要批判從倫理道德以及善惡的角度來看待「力」和「美」的方式。

第二章論述林同濟對新的審美主體的呼喚。林同濟在抗戰時期，曾大聲呼喚一些新的人格類型或風格類型的出現。他曾指出，中國人整體上屬於爸爸式風格，西方人屬於情哥式風格；戰國之前，中國是大夫士型人格爲主導，戰國之後逐漸變成士大夫型人格佔統治地位；在抗戰時期，林同濟呼喚的是尼采筆下的超人風格、戰士型人格。事實上，林同濟所談論的這些人格類型或者風格類型，不是像一般論者那樣著眼於寬泛的文化層面，而是更看重其美學意義。在林同濟看來，藝術創造是人格最好的表現，有什麼樣的人格類型，在藝術上就會形成相應的風格類型和審美類型。由此看來，林同濟所謂的人格類型、人的風格類型近於美學上的審美主體、藝術創造主體等概念。總體來說，在林同濟的比較論述中，我們可大致發現，情哥式人格表明西方人和西方藝術推崇情慾的本能力量，爸爸式人格表明中國人和中國藝術更看重倫理道德的價值；大夫士型人格體現出戰國前的知識分子和文化藝術更重個性和自我創造力；士大夫型人格則表明戰國後的文人和文化藝術體現出柔道和中庸特徵；超人式人格和戰士人格的呼喚體現林同濟對新的尙力人格和新的尙力藝術的呼喚。

第三章論述林同濟新的審美範疇的構建。林同濟不僅有力本體論的哲學觀和美學觀，不僅有對崇高的尙力人格和審美主體的呼喚，更重要的是，林同濟還爲中國美學提供了新的審美範疇，那就是恐怖、狂歡、虔恪。林同濟的美學體系由此完整呈現出來。這三個審美範疇的提出，標誌著林同濟和戰國策派在中國美學史上地位的確立。不論是恐怖還是狂歡，抑或是虔恪，都帶有形而上的哲學意義，都是向生命悲劇的挑戰，都是有關人的有限和客體無窮之間矛盾衝突的探討。這三個審美範疇的提出根源於林同濟的力本體論，經由以力爲美的審美主體的闡發，達到了對人生悲劇的強力應對和藝術超越的高度。恐怖美體現出有限的主體被無限的客體壓倒時所激發出的抗爭力；狂歡美體現出有限主體戰勝無限客體時藐視一切的創造力；虔恪美體現出有限主體和無限客體經由恐怖、狂歡之後所達到的一種相互交融的至高審美境界。恐怖、狂歡、虔恪三個審美範疇是林同濟對中西美學理念的有機融合，體現出他以及戰國策派對中國現代美學的卓越貢獻。

最後，本書以餘論的方式論及了戰國策派美學理念的不足以及時代悲劇性。戰國策派儘管反覆倡導哲學、美學、文學藝術上的獨立價值，追求形而上的意義，但他們又不可避免地投入到現實的政治和民族戰爭中來，這就造成了他們美學理念上的悖論以及他們當時和其後的悲劇性遭遇。此外，餘論還提出了對戰國策派美學進一步研究的可能，包括如何辨析戰國策派內部美學思想的複雜差異；如何處理戰國策派外圍人物和核心人物在美學思想上的關聯和差異，等等。總之，本書的研究只是一個起點，而不是對戰國策派美學思想的全面總結和定位，很多東西還有待後續的研究。

上編：強力意志的美學思想
——陳銓對王國維的繼承與超越

第一章　《紅樓夢》闡釋：共同的美學起點和不同的理論走向

在中國現代美學史上，王國維是一個舉足輕重的人物。雖然學界對於誰是中國現代美學史的第一人頗有異議，但大家基本上公認王國維憑藉《紅樓夢評論》開創了不同於中國古典美學的另一個美學體系——中國現代美學體系，自此中國美學進入了一個新的階段。彭峰評價他「尤其是在美學類型的意義上，確實可以說王國維是中國現代美學的眞正奠基人」〔註 1〕。聶振斌說，「王國維的美學思想是中國美學理論從自發狀態走向自覺的標誌，從此中國人開始自覺地建設美學學科的獨立體系」〔註 2〕。王國維的開創之處不在於他對評論對象的選擇，而在於他使用的方法以及得出的結論。

王國維之後，對《紅樓夢》進行評價的人很多，爲人所熟悉的有胡適、俞平伯、魯迅、周揚、王蒙等。儘管後來評論的重點並非在美學範疇上，但是學界還是極力發掘他們評價《紅樓夢》和王國維的異同，進而力圖對他們的美學思想加以提煉和總結。〔註 3〕例如魯迅的《紅樓夢》評論的美學意義可歸納爲這麼幾點：一、「《紅樓夢》是小悲劇，是社會上常有的事情」。〔註 4〕

〔註 1〕彭峰：《引進與變異——西方美學在中國》，首都師範大學出版社，2006 年 7 月，第 19 頁。

〔註 2〕聶振斌：《中國近代美學思想史》，中國社會科學出版社，1991 年，第 156 頁。

〔註 3〕例如，徐敏的《〈紅樓夢〉悲劇的近代思考》主要對王國維和魯迅對《紅樓夢》的異同做詳細論述，但是她主要從文化的層面進行考量，對他們的美學思想涉及較少。

〔註 4〕魯迅：《論睜了眼看》，魯迅全集第 1 卷，人民文學出版社，1981 年，第 243 頁。

二、《紅樓夢》的價值在於他開創了一種新人生觀，即直面人生，不遮掩，不僞飾。三、《紅樓夢》審美的無功利性。魯迅注意到了藝術和人生的距離，不同身份的人在閱讀《紅樓夢》時如果不保持和生活的距離，就會帶入不同的功利目的，進而影響對作品的把握。和王國維同樣，魯迅也看到了《紅樓夢》的價值在它的悲劇性和它的直面人生，但是魯迅更多是從社會人生的角度著眼的。在魯迅的論述中，最有價值的是在他對《紅樓夢》的種種看法中，他自身的那種孤勇的、近乎崇高的美學品格顯露了出來。在悲劇的人生中，魯迅不像王國維那樣選擇叔本華的解脫道路，而是選擇尼采的道路，繼續前行，成爲「過客」。他不談解脫，他要於痛苦中「肩住黑暗的閘門」〔註 5〕，這就是魯迅之於《紅樓夢》的意義所在。魯迅的這種美學品格延續了他 1907 年發表的《摩羅詩力說》中的美學思想，而眾所周知，這篇文章和尼采的關係密切。

在王國維的《紅樓夢評論》之後，還有一個人基本沿用王國維的思維模式對《紅樓夢》作美學評論，而他卻在很大程度爲美學界所忽略。這個人就是陳銓。陳銓寫過三篇評《紅樓夢》的文章，這三篇文章和王國維都有很大的關係。第一篇是 1925 年陳銓就讀清華學校期間所作的讀後感——《讀王國維先生紅樓夢評論之後》，是直接對王國維《紅樓夢評論》的再評論。另外兩篇是陳銓四十年代用德國唯意志派的思想重新闡釋《紅樓夢》的評論：一是《叔本華與紅樓夢》，一是《尼采與紅樓夢》，這和王國維採用的方法相同，都是以德國唯意志派爲評介角度。更有意思的是，陳銓和王國維之間還有直接的思想承繼關係。準確地說，他們之間有師生情誼。1921 年，在當時的留美預備學校——清華學校裏，除了吳宓外，王國維也對當時的陳銓產生過重要影響。雖無直接資料顯示他們兩人之間的交往，但陳銓曾在後來的文章中，著重談到王國維《紅樓夢評論》對他的影響。1925 年他說，「近讀王國維先生以前所著之《紅樓夢評論》一文，其見底之高，爲自來評《紅樓夢》者所未曾有」，「茲略述其大概，並隨筆表出我個人之意見」。〔註 6〕四十年代，他追憶道，「二十年前作者還在清華作中學生的時候，有一天得著機會讀王靜庵先

〔註 5〕參見魯迅《我們現在怎樣做父親》，魯迅全集第 1 卷，人民文學出版社，1981 年，第 133 頁。

〔註 6〕陳銓：《讀王國維先生紅樓夢評論之後》，呂啓祥、林東海主編：《紅樓夢研究希見資料彙編》，北京：人民出版社，2001 年 8 月，第 148 頁。

生一篇文章《紅樓夢評論》」，「迄今事過境遷，我的思想，在這二十年中間，和叔本華曹雪芹已相去甚遠，然而靜庵先生《紅樓夢評論》，始終是第一篇影響我思想的文章，曹雪芹叔本華至今還供給我少年時期豐富優美的回憶」。〔註7〕可見陳銓40年代借用叔本華和尼采的理論重新評價《紅樓夢》時，既是沿著王國維思路的繼續深入，又是離開王國維，另走了一條屬於他自己的美學道路。由此不難看出，陳銓在強調王國維對自己影響的同時，也暗含著構建自己美學體系的想法。

陳銓比王國維有更加豐厚的西學素養，特別是德國哲學和美學的素養。王國維雖也留學，但是是在日本，主攻物理學，他接受的西學主要是在國內憑自己的興趣和努力獲得的。而陳銓則不同，他直接在德國本土，師從黑格爾研究專家查德·克羅納爾，系統地研究了康德、黑格爾、叔本華、尼采等人的。然而，王國維和陳銓以同樣的理論武器對《紅樓夢》作出評價，且陳銓的理論素養更深厚、更完備，王國維卻成爲現代美學第一人，陳銓則悄無聲息。

陳銓在美學史上寂寂無聞，但是在文學流派中卻鼎鼎大名，而他的大名卻是由於長久以來他以及他所屬的戰國策派被定性爲替國民黨、法西斯張目，他們長時間都處於被批判而被打入冷宮的狀態。今天，學界基本完成了對陳銓政治污點的平反，也開始了對其文學思想意義的重視，然而對其美學價值的探討，迄今還是一個空白。王國維和陳銓之間特殊的聯繫，使得對陳銓的研究有了一個嶄新的視角和突破點。他們兩人之間既有共同的美學起點，如他們都採用了相同的理論視角，更有不同的學術方向和美學理念。這樣，研究他們各自對於《紅樓夢》的評論就有了很大的學術價值，特別是對於陳銓。而對此的深究，顯然不完全是給陳銓政治平反這樣簡單的舉措，而是關係到對中國現代美學思想的豐富與發展的重大課題。

第一節　王國維和陳銓的《紅樓夢》闡釋

王國維和陳銓對《紅樓夢》的闡釋都是以德國的唯意志論爲理論資源的。王國維主要從叔本華的理論入手分析《紅樓夢》，而陳銓則是從叔本華轉向了尼采，對《紅樓夢》作出了新的闡釋。

〔註7〕陳銓：《叔本華與紅樓夢》，《今日評論》4卷2期，1940年7月14日。

王國維在《紅樓夢評論》中，向德國的康德、叔本華、尼采，特別是叔本華借鑒，融合中國的道家思想，對《紅樓夢》進行文學的和哲學、美學的解讀和評論。他認爲「故美術之爲物，欲者不觀，觀者不欲」，認爲美之兩種形式——優美和壯美在藝術中所引發的情感都是「存於使人忘物我之關係」。〔註 8〕這些都和傳統美學大相徑庭，具有現代美學的典型特徵。據此他指出：「《紅樓夢》者，悲劇中之悲劇也。其美學上之價值即存乎此。」〔註 9〕

在這篇論文中，王國維從老莊著眼〔註 10〕，以叔本華的意志論爲視角，條分縷析地剖析了「欲」和生活的關係，得出生活、欲、痛苦三位一體的結論。這裡的「欲」即是叔本華的意志。在王國維看來，世界就如叔本華所認爲那樣，是無休無止的痛苦。一個欲望緊接著另一個欲望出現，即使所有欲望都實現了，但隨即會感到無聊、空虛，仍是痛苦。這正如叔本華所說：「所以人生是在痛苦和無聊之間像鐘擺一樣的來回擺動著；事實上痛苦和無聊兩者也就是人生的兩種最後成分。」〔註 11〕王國維以老莊的厭世思想和叔本華的悲觀主義思想構築了他的悲觀主義人生思想體系。這樣就必須面臨一個問題，即如何獲得自由，擺脫痛苦？王國維的回答對於傳統中國來說是驚世駭俗的，那就是：藝術是無功利性的，可以讓人暫時擺脫各種利害關係，從而擺脫痛苦，獲得自由。這個回答讓他和傳統的美學揮手告別。傳統的美學一向注重美的實用性，經世性，美和善一直糾結在一起，藝術往往和功用密不可分。王國維反對傳統美學把文學藝術作爲政治的工具、手段，反對「文以載道」，主張文學藝術的「無用之用」〔註 12〕。之後，於 1907 年提出了「一切之美皆形式之美也」〔註 13〕，更遠離了中國傳統美學。王國維和傳統美學告別的另一個方式，是他在康德、叔本華等的影響下直接對「美」作出界定，

〔註 8〕王國維：《紅樓夢評論》，《王國維文學美學論著集》，北嶽文藝出版社，1987 年 4 月，第 4 頁。

〔註 9〕王國維：《紅樓夢評論》，《王國維文學美學論著集》，北嶽文藝出版社，1987 年 4 月，第 14 頁。

〔註 10〕王國維在這裡談老莊，主要是從老莊的厭世思想著眼的。

〔註 11〕叔本華：《作爲意志和表象的世界》，石沖白譯，商務印書館，1982 年版，第 427 頁。

〔註 12〕王國維：《孔子之美育主義》，《王國維文集》第 3 卷，中國文史出版社，1997 年，第 158 頁。

〔註 13〕王國維：《古雅之在美學上之位置》，《王國維文學美學論著集》，北嶽文藝出版社，1987 年 4 月，第 38 頁。

對美的本質和形式予以論述，而不像中國傳統美學那樣更多的是對美的範疇、命題進行感悟性的解說。他提出美有兩種，一爲優美，一爲壯美，兩者的共同特點是使人擺脫意志，忘掉欲望和痛苦。對照這兩種無功利性的美，王國維還提出了一個範疇——眩惑，它和優美、壯美不同，它使人回到生活的各種欲望中。而欲望即意味著痛苦，這和王國維對藝術和美的期許不同，可見他對眩惑是持否定態度的。

由此王國維認爲《紅樓夢》「壯美之部分，較多於優美之部分，而眩惑之原質殆絕焉」，整部書不是叫人沉溺於生活欲望，而是使人擺脫欲望，獲得如魚掙脫漁網，鳥掙脫樊籠的快樂和愉悅。〔註 14〕這種解脫思想來源於叔本華。叔本華認爲要擺脫意志造成的痛苦，一靠哲學和藝術，一靠禁欲，禁絕所有的欲望。可見王國維和叔本華一樣都是悲觀主義者，他開創了現代美學，而他的精神則傾向悲觀主義。這和中國古代美學的開創期——先秦時期的美學精神不一樣，先秦美學雖不直接談美，但在美學品格上呈現出一種生生不息的、昂揚的精神。而王國維的美學精神卻契合了之後幾千年在儒家思想影響，在專制政治統轄之下形成的消極美學精神，呈現出一種靜觀的、缺乏生命力的狀態。

陳銓寫於二十年代的《讀王國維先生紅樓夢評論之後》是讀後感性質的，在這篇章文章中他已顯現出極高的判斷力和鑒賞力。當時陳銓顯然對於叔本華的悲觀主義思想是有一定認同的。他說通過閱讀《紅樓夢評論》可以明確「宇宙人生之眞相」，也認可「美術之原理及其功用」，即他接受了世界是痛苦的，藝術是無功利的，優美和壯美是美的兩種形態，都具有擺脫物我關係的功用等思想。〔註 15〕同時他也已經看到了王國維思想的缺陷所在，於是發出這樣的質疑：「王先生評《紅樓夢》之根本觀察點，蓋發源於叔本華之哲學思想。然而《紅樓夢》作者與叔本華二人之所見是否能相合至如此程度，吾人不能無疑？」〔註 16〕他尤其對王國維所接受的解脫思想不贊同，並且認爲《紅樓夢》的精神不在於解脫。在文章的末尾，他提出了自己的觀點：「第一

〔註 14〕參見王國維《紅樓夢評論》，《王國維文學美學論著集》，北嶽文藝出版社，1987 年 4 月，第 12 頁。

〔註 15〕詳見陳銓：《讀王國維先生紅樓夢評論之後》，呂啓祥、林東海主編：《紅樓夢研究希見資料彙編》，北京：人民出版社，2001 年 8 月，第 155 頁。

〔註 16〕陳銓：《讀王國維先生紅樓夢評論之後》，呂啓祥、林東海主編：《紅樓夢研究希見資料彙編》，北京：人民出版社，2001 年 8 月，第 158 頁。

有生活就有痛苦，不過看主觀爲轉移。」「第二，要免痛苦，不再拒絕生活之欲，而在認識眞正之情。」「第三，《紅樓夢》之精神，不在解脫，而在言情。」「第四，《紅樓夢》之價值，不在造成『無的世界』，而在造成『情的世界』。」〔註 17〕概括來說陳銓在二十年代接受了叔本華的一部分悲觀主義的思想，他對於王國維既有讚賞，同時也有自己的不同於他的看法。他特別主張人生應該建立在「超出一切物質至上的」「情的世界」，而《紅樓夢》就是這樣的一部「言情悲劇」，書中的大小人物的悲劇都是因爲情的不順而造成的。〔註 18〕

到四十年代，陳銓的觀點發生了很大的變化，他對《紅樓夢》的評論也採用了王國維的方式，以西學爲切入點，從德國的叔本華談起。但是談叔本華和紅樓夢的關係，卻是爲了用尼采的觀點來批判前者。

在《叔本華與紅樓夢》一文中，他介紹了叔本華的意志論，用叔本華的解脫思想分析《紅樓夢》。雖然陳銓對叔本華、王國維思想中的悲觀主義以及《紅樓夢》當中的出世思想是否定的，但是他對於他們的價值和意義是相當肯定的。他說：「不但在個人方面，就拿中國的文藝界來說，二十年以來，還沒有產生曹雪芹那樣偉大的小說家，關於《紅樓夢》評論，始終沒有逃出索隱和版本批評的範圍。像靜庵先生那樣有見識的文藝批評家，還寥若晨星，至於叔本華那樣和人生發生密切關係的哲學家，在中國也沒有多見。」〔註 19〕可以看出陳銓對於王國維的《紅樓夢評論》在紅學研究史上的地位是有清晰認識的；而對於叔本華，他特別讚揚其哲學思想和人生的密切關係，並由此批評當時中國的思想界較少關注現實人生，只顧埋頭做學問。在這篇文章中，陳銓明確介紹了叔本華的哲學思想——唯意志論，他認爲：「對人生求解脫，是叔本華哲學一切問題的中心，也是曹雪芹《紅樓夢》一切問題的中心。」〔註 20〕用叔本華的解脫思想闡述《紅樓夢》的思想主題成了他這篇論文的重心所在。他從宏觀和微觀兩個層面詳細論述了《紅樓夢》的解脫思想。宏觀上解脫的第一步是辨別眞假。《紅樓夢》展示了世界的一切皆是虛幻的，所以作品中不僅有賈府還有甄府，不僅有賈寶玉還有甄寶玉。第二步要消除人我的種

〔註 17〕陳銓：《讀王國維先生紅樓夢評論之後》，呂啓祥、林東海主編：《紅樓夢研究希見資料彙編》，北京：人民出版社，2001 年 8 月，第 159 頁。

〔註 18〕參見陳銓《讀王國維先生紅樓夢評論之後》，呂啓祥、林東海主編：《紅樓夢研究希見資料彙編》，北京：人民出版社，2001 年 8 月，第 156 頁。

〔註 19〕陳銓：《叔本華與紅樓夢》，《今日評論》4 卷 2 期，1940 年 7 月 14 日。

〔註 20〕陳銓：《叔本華與紅樓夢》，《今日評論》4 卷 2 期，1940 年 7 月 14 日。

種關係，擺脫意志。第三步是拋棄儒家傳統的入世思想。微觀方面從主人公賈寶玉的解脫之途來看人生的解脫，寶玉最終克服了欲望中最難擺脫的男女之欲，出世了。王國維的解脫思想來自叔本華，但最終有所質疑。在這一點上陳銓和王國維相同的是他們都質疑這種解脫思想，但王國維僅僅停留在質疑的層面上。王國維說：「然則舉世界之人類，而盡入於解脫之域，則所謂宇宙者，不誠無物也與？」〔註21〕又說：「夫由叔氏之哲學說，則一切人類及萬物之根本，一也。故充叔氏拒絕意志之說，非一切人類及萬物，各拒絕其物活之意志，則一人之意志，亦不可得而拒絕。何則？」〔註22〕而陳銓則不僅質疑，而且另闢蹊徑，他從生命本身出發否定這種解脫的可能性：「假如生存的意志，力量是這樣偉大，那麼要永遠擺脫，恐怕也是差不多不可能的事情」〔註23〕。在文章末尾，陳銓提出這種思想的價值和可能與否要靠尼采思想來觀照。很明顯陳銓不贊成這種悲觀主義。

這樣就產生了《尼采與紅樓夢》一文。在該文中陳銓集中介紹了尼采的思想以及尼采和叔本華的關係。尼采和叔本華一樣看到人生的痛苦性，但是尼采看清楚之後，承受一切，努力生活，遠離了叔本華的悲觀論。尼采向希臘悲劇、科學尋求，但又一一離開，他不能接受「希臘悲劇」在面對人生時的勉強性，不能接受科學導致的理性主義的獨霸天下，遮蔽了生命的本質。此時他發現了「權力意志」。陳銓認爲，「叔本華哲學中間最嚴重的問題，就是怎樣擺脫意志，尼采哲學中間最嚴重的問題，就是怎樣鼓勵意志」〔註24〕，這既是叔本華和尼采的不同，也是陳銓和王國維的不同之處。就此，陳銓對於《紅樓夢》中傳達出的解脫思想予以了批判，他從「自然」和「社會」兩個角度認爲曹雪芹的悲觀主義是不可取的。「自然」即尼采的「強力意志」，是一種要發展自己，要活得精彩，要擁有力量的熱望。「社會」即民族、國家的當下情勢。他說：「在太平盛世，一個國家，多有幾位悲觀遁世的賈寶玉，本來也無足輕重，在民族危急存亡的時候，大多數的賢人哲士，一個個拋棄

〔註21〕王國維：《紅樓夢評論》，《王國維文學美學論著集》，北嶽文藝出版社，1987年4月，第15頁。

〔註22〕王國維：《紅樓夢評論》，《王國維文學美學論著集》，北嶽文藝出版社，1987年4月，第17頁。

〔註23〕陳銓：《叔本華與紅樓夢》，《今日評論》4卷2期，1940年7月14日。

〔註24〕陳銓：《尼采與紅樓夢》，《文學批評的新動向》，正中書局，1943年5月，第178頁。

人生，逃卸責任，奴隸牛馬的生活，轉瞬就要降臨，假如全民族不即刻消亡，生命沉重的擔子，行將如何擔負？」〔註 25〕這明顯見出，陳銓對《紅樓夢》批判是以抗戰時期的嚴峻現實為出發點的。尼采談強力意志、天才、超人，是從人類、世界、文化的層面入手的，而陳銓則要現實很多。

從陳銓關於《紅樓夢》的闡釋可以看出：他和王國維在《紅樓夢》評論上既有相同點，但更多的是不同的觀點和結論，而這些都緊緊地和德國的叔本華和尼采糾纏在一起。如果說對叔本華的肯定源於陳銓受到王國維的影響，那麼轉向尼采則標誌著陳銓構建自己美學思想的方向。

第二節　從叔本華到尼采——陳銓和王國維美學理念的分野

王國維和陳銓從同一種視角出發評價《紅樓夢》。王國維從叔本華的哲學思想出發，提出一種嶄新的美學觀點——藝術的無功利性，又具體分析了美的兩種形態，並運用到《紅樓夢》上面，提出《紅樓夢》的美學價值在它的悲劇性上。而陳銓也從叔本華出發，他承繼了王國維和叔本華的一部分思想，但朝著另一條道路前進。

在《叔本華與紅樓夢》這一篇文章中，陳銓並沒有沿著王國維的方法直接談美的本質以及美的具體形態，在以後的論文中他也很少直接去談美，他的美學觀淹沒在他對於社會人生以及文藝的種種論述中。這也是學界為什麼一直關注的是陳銓以及戰國策派的政治歷史思想以及文藝觀。在《叔本華與紅樓夢》的末尾部分，陳銓已經流露出不認可王國維關於《紅樓夢》悲劇性的看法，他也沒有在王國維開闢的現代美學上繼續前行。在陳銓的《尼采與紅樓夢》中，這種思想得到了進一步的發展，他明確地說：「假如叔本華的哲學同曹雪芹一樣，在消除生存意志，對人生求解脫，那麼起初受叔本華影響最大，後來反對叔本華最激烈的尼采，他的思想過程，正是批評紅樓夢最好的資料。」〔註 26〕在該文中陳銓集中介紹了尼采的「權力意志」論，對它加以肯定和讚美，並用它來批判《紅樓夢》當中的悲觀主義思想。

〔註 25〕陳銓：《尼采與紅樓夢》，《文學批評的新動向》，正中書局，1943 年 5 月，第 180 頁。

〔註 26〕陳銓：《尼采與紅樓夢》，《文學批評的新動向》，正中書局，1943 年 5 月，第 174 頁。

「權力意志」是尼采和陳銓思想的基石，但很長時間內它被解釋爲對政治權力的追求，和法西斯畫上等號。人們往往就此認爲尼采的思想是德國納粹主義的思想基礎，這也是陳銓以及戰國策派屢屢受到批判的重要原因所在。在陳銓看來，「權力意志」卻是「一個最偉大的生命力量」〔註 27〕。「人類不但要求生存，他還要求權力，生存沒有權力，生存就沒有精彩。權力意志最強烈的時候，人類可以戰勝死亡，生存意志，再也不能支配他」。〔註 28〕可見權力意志的重心所在就是生命的力量，是一股不可遏止的蓬蓬勃勃的具有超越性的力量美，它是對人生的積極肯定和發揚。尼采的這種「意志」現在一般有兩個譯名，一個是陳銓文章中的「權力意志」，一個是很多研究者所譯的「強力意志」。筆者認爲「強力意志」更能夠體現尼采的本意，也更貼合於陳銓對於「權力意志」的解讀。

和尼采的強力意志不同，叔本華的生存意志更強調人順從生命本身的欲望，而欲望帶給人的只有痛苦，所以叔本華最終從意志論走向了否定意志論，這是一種悖論，也是叔本華悲觀主義思想的體現。而尼采的強力意志著眼於人類的進步，文化的發展。由此尼采的超人論產生了，超人正是強力意志的代表，是活得精彩，將生命所有力量都噴射出來的完美人類。正如陳銓所形容的：「他是整個人類生命的象徵，他是世界文化進步的標誌。」〔註 29〕這裡，正可以消除人們對於陳銓以及戰國策派的誤解：其實陳銓他們並沒有爲法西斯主義搖旗吶喊，也沒有鼓吹戰爭，他們對於戰爭的肯定，只是出於認爲在安樂環境中人們陷入「泄瀉沓沓宴安鴆毒」〔註 30〕的狀況，失去了生命的激情和力量。

通過對尼采和叔本華關係的梳理，陳銓批判了《紅樓夢》當中的悲觀主義思想。而這也正是陳銓著《尼采與紅樓夢》的目的所在。此時他的思想已經和二十年前發生了很大的變化。這種變化的原因，一方面在於他思想的變化，同時也在於此時他對於現實社會更加關注。二十年代陳銓基本上還是未

〔註 27〕陳銓：《尼采與紅樓夢》，《文學批評的新動向》，正中書局，1943 年 5 月，第 178 頁。
〔註 28〕陳銓：《尼采與紅樓夢》，《文學批評的新動向》，正中書局，1943 年 5 月，第 178 頁。
〔註 29〕陳銓：《尼采與紅樓夢》，《文學批評的新動向》，正中書局，1943 年 5 月，第 179 頁。
〔註 30〕陳銓：《尼采與紅樓夢》，《文學批評的新動向》，正中書局，1943 年 5 月，第 178 頁。

出校門的學子，那時他對叔本華很讚賞，但是發現叔本華的解脫思想實現不了，於是他提出「情的世界」是擺脫痛苦的唯一方式，這是他認爲的積極的方法。但顯然這種理論經受不住現實的腥風血雨，從他此時期小說中大量出現的愛情悲劇也可看出，那些以愛情爲人生追求的人一個個毀滅了，而作爲美好人性、理想愛情象徵的女子也一個個被湮沒在殘酷的世界中。1928 年，他和同時代大多數的知識青年一樣懷揣著去異域尋求救國的想法留學了，先在美國，後轉到德國。三十年代初的德國很強大，各方面都有新的氣象，希特勒所在的國社黨當時力量已經開始強大，但還沒有獨裁。希特勒所在的國社黨用尼采的強力意志爲自己的言行確立合理性，世界還沒有認識到德國法西斯的眞正面目。很自然在近代尚力思潮影響下的知識分子很容易接受尼采的強力意志理論。陳銓就是這樣的一個個案代表。1934 年他回國，之後特別是四十年代面對日益嚴重的民族危機，他自然而然和林同濟、雷海宗等提出了「戰國時代重演」理論，以《戰國策》刊物爲中心形成了戰國策派。從一開始陳銓介入現實的想法就很強烈，因而不管是基於生命本身的要求也好，還是社會現狀的需求也好，陳銓從叔本華的生存意志轉向了尼采的權力意志。他雖然讚歎《紅樓夢》的藝術成就，但是對作者的人生宇宙觀以及《紅樓夢》中傳達出的悲觀主義並不認同。

結　語

王國維和陳銓在中國現代美學史上的地位不可同日而語，一個是開創者，一個默默無聞。但他們兩人都曾用德國唯意志論哲學和美學來闡述《紅樓夢》，並由此提出他們各自的美學主張，因此從平行研究的角度，陳銓完全可以和王國維相提並論。此外，他們兩人之間有師生之誼，陳銓直到抗戰也從不諱言王國維的《紅樓夢評論》對他的影響，這也就可從影響研究的角度對他們的美學思想做比較。不論是陳銓與王國維之間的師承淵源，還是陳銓與王國維有共同的視角和理論模式，都彰顯出陳銓和美學大師王國維有著割不斷的關聯。但是，陳銓的意義不僅在於他走了和王國維相同的道路，也不僅在於他作爲學生受到王國維美學思想的影響，他眞正的價值還在於他在繼承王國維基礎之上，實現了對王國維美學理念的超越。

20 世紀 20 年代陳銓讀書時，曾作文《讀王國維先生紅樓夢評論之後》，這篇讀後感式的評論，折射出陳銓當時的美學理念與王國維較爲接近。到了抗戰時期，陳銓不再是當年的青澀少年，而是成爲有自我主見的理論大家，他告別了自己的不成熟，也走上了和王國維不同的美學道路。雖然陳銓和王國維都認可德國唯意志論，認爲意志是人生社會的本質，並且都看到了《紅樓夢》中蘊藏著的悲觀出世主義，但是王國維更多接受了德國叔本華的生存意志論，走向了悲觀主義，而抗戰時期的陳銓則在接受叔本華意志論的基礎之上，進一步走向尼采，並反過來批判叔本華的悲觀主義。陳銓既和王國維有著斬不斷的關聯，又走上了和王國維不同的美學道路，正因爲此，陳銓注定在中國現代美學史上是不容被忽視的。

第二章　強力意志美學的構建

王國維的哲學美學思想來自叔本華、康德、席勒等，但主要是以叔本華的悲觀主義思想締造了他的人生悲觀主義思想。而陳銓的哲學美學思想來自叔本華和尼采的意志論思想。從二十年代起他就對叔本華的唯意志論哲學頗有認同之感，但對其思想中的悲觀主義卻不認同。出國留學後，特別是到德國的基爾大學系統學習了西方的哲學美學思想後，陳銓的思想傾向就更加明顯了。他非常傾心尼采的思想，這在他三十年代中後期的小說中有鮮明的體現，如《再見，冷荇》、《狂飆》等。1934 年陳銓回國後，很快寫作了一系列以尼采思想爲主題的論文，涉及尼采各個方面的思想：尼采思想的轉變，尼采的歷史觀，尼采論道德，尼采論政治，尼采談女性，尼采的無神論思想，以及用尼采的思想重新闡釋《紅樓夢》等等。這些論文以陳銓加入戰國策派爲分界線，呈現出不同的特點：三十年代的更加學理化，四十年代的則更具有現實性；三十年代的更多在於研究介紹，四十年代的則更側重以叔本華、尼采的思想構建了他的哲學美學思想體系。實際上這兩個階段也是不可分的，陳銓三十年代對尼采的介紹已經是一種構建，這種介紹帶有了陳銓本身的觀點。從這些文章可以看出他對於尼采的介紹主要集中在兩方面，一方面是尼采的「重估一切價值」，一方面是其積極的人生觀。而在陳銓四十年代哲學美學思想體系的構建中，他更加注重的是尼采的強力意志論以及他積極的人生觀。

第一節　強力意志的哲學基礎與道德言說

陳銓的強力意志觀的思想來源於德國的叔本華，特別是尼采，因而要研究陳銓的思想成因以及他所構建的強力意志哲學和美學就勢必要分析在陳銓的視野中叔本華和尼采是怎樣的關係，他吸收了他們思想中的哪一些又剔除了什麼。陳銓對叔本華和尼采的介紹和闡釋分爲兩個時期，前期集中在三十年代，以《從叔本華到尼采》一書最有研究價值。

在該書中，陳銓對尼采思想的轉變非常感興趣。特別是其中的《從叔本華到尼采》一文，詳盡地分析了尼采和叔本華的複雜關係和走向：尼采怎樣從開始「贊同時期」對叔本華的無比崇拜到「過渡時期」的質疑，到「反對時期」完全和叔本華分手，提出自己的強力意志觀和超人學說。其實從這篇論文也可以窺見陳銓和王國維之間的關係。陳銓對叔本華和尼采評價的一個重要維度就是他們的人生態度是否是積極的。他認爲尼采之所以背離叔本華是因爲叔本華的哲學觀是悲觀主義的。他非常贊同尼采的人生態度：世界的本質雖然是痛苦的，但是尼采是要在認識這一點的基礎上鼓起勇氣承受它。因而尼采先向希臘悲劇尋求，繼而轉向科學、理智等，最後終於衝出現代文化的迷霧，提出嶄新的觀點。陳銓歸納了尼采的觀點：第一，「要求力量的意志」〔註1〕，就是強力意志說。尼采認爲「人生的價值，完全在力量，不在幸福」。〔註2〕「他認爲一切的根本，不是快樂與不快樂的問題，乃是力量的問題。要求力量的意志，是達到人生光明的惟一方法。」〔註3〕第二，提出「超人」學說，這是尼采徹底擺脫叔本華之後，爲人類豎起的新目標。超人就是「要不斷地工作，不斷地努力，有勇氣去承受一切，克服一切，痛苦愈多，他人格表現越偉大」。〔註4〕第三，「古典的悲觀主義」論。這並不是尼采重新回歸到以前的悲觀主義，這種「古典的悲觀主義」，不是「叔本華的浪漫悲觀主義」，而是「狄阿立色斯的悲觀主義」，也即酒神式的悲觀主義。這兩種悲觀主義形成鮮明的對比。尼采這樣解釋叔本華的「浪漫悲觀主義」：「因爲它否定人生，想用藝術形而上學或者其他麻醉的方法來逃脫人生」。〔註5〕而他的「古典的悲觀主義」則「是健康的，不是

〔註1〕轉引自陳銓《從叔本華到尼采》，上海大東書局，1946年，第74頁。
〔註2〕轉引自陳銓《從叔本華到尼采》，上海大東書局，1946年，第68頁。
〔註3〕轉引自陳銓《從叔本華到尼采》，上海大東書局，1946年，第91頁。
〔註4〕轉引自陳銓《從叔本華到尼采》，上海大東書局，1946年，第91頁。
〔註5〕轉引自陳銓《從叔本華到尼采》，上海大東書局，1946年，第79頁。

病態的，是肯定的，不是否定的，是積極的，不是消極的，它看清楚了人生的痛苦，但是它有力量來忍受一切的痛苦，痛苦愈多，他感覺的快活反而愈大，所以這一種悲觀主義，是『強有力者的悲觀主義』。」〔註6〕這種悲觀主義和酒神精神是一致的，是對人生的肯定。這些思想既是陳銓對尼采思想的把握，也是他構建自己哲學美學思想的基礎和源泉。

到了四十年代，陳銓已經不滿足於只是介紹尼采的思想，他除了在《叔本華與紅樓夢》以及《尼采與紅樓夢》中大力介紹與高度認同尼采的思想外，在其他的文章中他直接闡釋、構建自己的唯意志論思想。整體來看，陳銓的強力意志論以尼采的強力意志爲主體，同時吸收了叔本華的生存意志、種族意志等積極的因素。

在《指環與正義》中他陳述了自己的觀點：「意志是人類一切行爲中心。生存意志是推動人類行爲最偉大的力量」〔註7〕；「道德是奴，意志是主。道德是現象，意志是本體」〔註8〕。他進一步還提出「人類不但要求生存，他還要求權力。生存沒有權力，就不是光榮的生存」〔註9〕；「人的生活最精彩的時候，就是權力意志最充分發揮的時候」〔註10〕。陳銓也如德國的唯意志派一樣認爲，意志是世界的本體，生存意志和強力意志都很重要，在生存意志的推動下，人類社會不斷發展；而強力意志和生存意志是唇齒相依的，沒有生命力的勃發，生存沒有意義，也沒有價值。在另一篇《論英雄崇拜》中，陳銓也強調意志是歷史演化的中心，這明顯是來自叔本華特別是尼采的強力意志思想，不過去除了叔本華意志論的悲觀性。

陳銓特殊的地方在於他的強力意志觀從一開始就是形而下的，和現實民族、國家的生存和發展是聯繫在一起，不像叔本華、尼采的觀點更多是從形而上來的高度來談的。儘管尼采一再反對形而上學，認爲它是毒藥，讓人忘卻現實，但實際上尼采的強力意志觀和陳銓相比，還是具有形而上的特徵。陳銓在多篇文章中反覆強調民族要生存、國家要光榮地屹立於世界上，呼喚在此生死存亡的時刻，多一些英雄出來，多一些國家的中堅分子出來，爲民族、國家做出驚天動地的事業。如他說：「國家傾覆，政權消亡，民族倒不一

〔註6〕轉引自陳銓《從叔本華到尼采》，上海大東書局，1946年，第79～80頁。
〔註7〕陳銓：《指環與正義》，《大公報》，1941年12月17日。
〔註8〕陳銓：《指環與正義》，《大公報》，1941年12月17日。
〔註9〕陳銓：《指環與正義》，《大公報》，1941年12月17日。
〔註10〕陳銓：《指環與正義》，《大公報》，1941年12月17日。

定絕滅。然而那時候的生存，只是奴隸牛馬的生存。所謂雖生若死，有骨氣的民族，不能忍受。」〔註 11〕又說：「一個國家或民族，是否能夠在世界取得光榮的地位，就看它國內中堅份子能否超過生存意志，達到權力意志」。〔註 12〕陳銓將生存意志、強力意志提升到了民族、國家的高度。他將叔本華、尼采的意志論思想中國化了，也形而下化了，多了現實色彩，少了哲理色彩。這裡會發現一個有趣的事實：陳銓的意志論思想中也特別看重生存意志，而在他前期對尼采思想轉變的描述中，他更推崇強力意志。筆者以為這也是陳銓的意志論思想的獨特之處。具體到四十年代的中國，國人和民族、國家首先面臨的是亡國亡種的危機，在此情境之下，陳銓的意志論思想自然也很看重生存意志。不過他的生存意志絕不是蠅營狗苟、苟且偷生之類的不光彩的生存意志，而是以強力意志為特徵的。實際上他的生存意志和強力意志是一體的，都是尼采式的強烈的、充盈的、不可遏止的生命的力量。

這也是陳銓不同於王國維的地方，王國維的意志論思想呈現出柔弱的、學理化的色彩。王國維也愛國，但他顯得更加平和一些。而陳銓的理論則既呈現出強力的取向，又滲透著強烈的現實介入的色彩。因此，陳銓對於力量非常推崇，從他的文章可推斷出他也如尼采一樣，認為力量是達到人生光明的唯一方法。在《指環與正義》中他明確指出：「民族和民族，國家和國家，團體和團體之間，永遠需要指環」。〔註 13〕又說：「指環就是力量，力量就是滿足生存的意志的根本法寶」。〔註 14〕不僅個人需要指環，民族、國家也需要指環。對於個人來說，「他們充滿了野心，他們不頹廢悲觀，不縱情肆欲，他們有一股朝氣，他們感覺到生命力量滔滔不竭的泉源，他們要生動，他們不幻想，他們指頭上總戴著指環，但不用他來為自己作威作福，而用來為國家創造出精彩，豐富，浪漫，壯烈的事業」〔註 15〕；對於民族、國家來說，「假如你問我什麼是四年來奮勇抗戰的中心意義，我以為莫過於借敵人的『不正義』，來硬鑄出我們的『指環』」。〔註 16〕在陳銓的描述中，「指環」具體到人本身就是一種不斷湧動著的生命力量，這和尼采的「強力」是相同的。尼采的「強力」就是一種蓬勃地不斷

〔註 11〕陳銓：《指環與正義》，《大公報》，1941 年 12 月 17 日。
〔註 12〕陳銓：《指環與正義》，《大公報》，1941 年 12 月 17 日。
〔註 13〕陳銓：《指環與正義》，《大公報》，1941 年 12 月 17 日。
〔註 14〕陳銓：《指環與正義》，《大公報》，1941 年 12 月 17 日。
〔註 15〕陳銓：《指環與正義》，《大公報》，1941 年 12 月 17 日。
〔註 16〕陳銓：《指環與正義》，《大公報》，1941 年 12 月 17 日。

要超越自己的生命力。而陳銓的這種強力的目標指向了民族、國家。

這也影響了陳銓對戰爭的看法。陳銓認爲戰爭是人類世界的常態，不管是個人、團體、民族、國家都要時刻擁有力量，在戰爭中爭取生存和發展。他說：「我看人類的歷史，永遠是一部戰爭史。無論什麼時代，都是戰國時代。」〔註17〕他認爲在戰爭中，人的精神狀態能爲之大改變，這和戰國策派對國民性的關注是一致。這種觀點和尼采對戰爭的看法是有關係的。在《尼采與紅樓夢》中，陳銓這樣闡釋尼采的思想：「世界是一個戰場，人生是一場惡鬥，只有在鬥爭中間，生命的力量才可以充分發展，一切拙劣平庸的份子，都歸天然淘汰，文化進步到最高峰，世界變成超人處理的世界。」〔註18〕在同時期的《尼采的政治思想》中，陳銓從廣義和狹義兩方面介紹了尼采的觀點。從廣義來說，「尼采認爲人生宇宙，充滿了衝突原素，社會與個人，外物與內心，內心與內心，無處不是戰場，無處不是戰爭。一個偉大的人物，全靠這一些戰爭，來磨煉他的意志，訓練他自己駕馭自己的能力。所以偉大的人物，常常都是痛苦的，然而痛苦愈多，他自己人格的表現也更精彩」〔註19〕。這種看法充滿了崇高色彩，也比較容易讓人接受。從狹義方面看，尼采也主張戰爭，因爲「第一，因爲戰爭可以使人類進化」，「從歷史方面來看，一個國家，一種文化，到了腐敗墮落的時候，往往經過一次戰爭，到可以消除積弊，發揚光大起來」。〔註20〕應該說陳銓的看法和他的中國化的強力意志觀非常契合，它吸收了尼采的觀點，更加注重從民族、國家的存亡以及和民族國家相關的國民性改造來闡釋戰爭，但失卻了尼采思想的豐富性，尤其是尼采關於戰爭中個體的人格昇華的思想。雖然單從文字看，會認爲他對戰爭的看法有很多偏激的地方，他的理論有法西斯主義的傾向，但實際上他並沒有鼓吹戰爭，他只是把尼采的思想實際化了，在某種程度上也政治化了。在這一點上，同爲戰國策派的林同濟要學理化一些。林同濟說：「我覺得讀尼采，第一秘訣是要先把它當作藝術看」。〔註21〕但是陳銓的價値也在於此，正是對強力意志的如此推崇，使得他思想的火花不斷迸射。強

〔註17〕陳銓：《指環與正義》，《大公報》，1941年12月17日。

〔註18〕陳銓：《尼采與紅樓夢》，《文學批評的新動向》，正中書局，1943年5月，第178頁。

〔註19〕陳銓：《尼采的政治思想》，《戰國策》第9期，1940年8月5日。

〔註20〕陳銓：《尼采的政治思想》，《戰國策》第9期，1940年8月5日。

〔註21〕林同濟：《我看尼采——〈從叔本華到尼采〉序言》，《從叔本華到尼采》，上海大東書局，1946年。

力意志、力成爲他思想鮮明的核心。

陳銓爲人所爭議的一個地方還在於他提出的新的道德觀。他用強力意志來重新審視何爲道德，何爲美。他提倡「主人道德」，否定「奴隸道德」。他以極端的語氣說：「中國處在生存競爭的時代，尼采的哲學，對於我們是否還有意義，這要看我們願作奴隸，還是願作主人，願意作人類，還是願意作猴子。因爲尼采的著作，根本不是爲奴隸猴子寫的。」〔註 22〕陳銓的看法雖然極端了些，但透露出他的道德觀是一種強力的道德觀，是以力爲美，爲善。這是和中國傳統的道德觀截然相反的。傳統的道德觀是以儒家的倫理綱常爲善爲美。那種善是一種順從的，失去主體的善；那種美是一種柔弱的，違反人類本性的畸形的美。只有在中國文化中才出現以婦女的「三寸金蓮」爲美的道德觀。雖然在戰國策派同仁中，陳銓對於傳統文化和道德批判較少，但在對德國尼采的介紹以及對狂飆運動的推崇中也隱含了對傳統文化諸多的不滿和批評。

這種新的強力道德和尼采以及德國的狂飆運動都有密切的關係。在《德國的狂飆運動》一文中，陳銓贊同海因賽的小說《亞丁黑羅》中流露出的思想：那就是「眞正的罪惡，就是儒弱；眞正的道德，就是『力』；最高尚的『善』，就是『美』，就是『力的表現』」〔註 23〕。這是一種嶄新的道德觀，是一種以力爲善、爲美的強力道德觀，這和尼采的思想是相同的。在陳銓的闡釋中，尼采認爲「所謂『善』的觀念，本來是指『高貴』『偉大』『勇敢』，所謂惡的觀念，本來是指『弱小』『謙讓』『柔順』」，只是在歷史的演變中弱者爲了保護自己，讓對自己有利的東西成了道德，而對自己不利的則成了不道德，於是力量、高貴、偉大、勇敢等就成了不道德的、惡的，而無力的就成了善的，道德的。〔註 24〕據此尼采提出了「主人道德」和「奴隸道德」。「奴隸道德」就是傳統的保護弱者的憐憫、柔弱等，這是不自然，不符合人的本性；而「主人道德」則是「眞正合乎自然的道德，就是權力意志的伸張，強者行動，弱者服從，道德就是龐大的力量，不顧一切的無情和勇敢」〔註 25〕。因而尼采反對憐憫，憐憫是一種柔弱的情感，而且究其實質，尼采認爲它是出於人自私的目的出發的：「憐憫的目的很少爲著別人的快樂，就像兇惡的目的很少爲

〔註 22〕陳銓：《從叔本華到尼采》，上海大東書局，1946 年，第 115 頁。
〔註 23〕陳銓：《德國的狂飆運動》，《戰國策》第 13 期，1940 年 10 月 11 日。
〔註 24〕轉引自陳銓《尼采的道德觀念》，《戰國策》第 12 期，1940 年 9 月 15 日。
〔註 25〕轉引自陳銓《尼采的道德觀念》，《戰國策》第 12 期，1940 年 9 月 15 日。

著別人的痛苦，根本相同」。〔註26〕而我們一般衡量道德標準的良心也不是人類本能的聲音，它是後天各種力量，諸如遺傳、環境、教育等共同影響的結果。尼采反對傳統道德，提出新道德的原因要歸結到他對於生命的認識。他說：「生命的目的，就是更多的生命。強壯的人，眞正的人，愛人生，不怕人生，他愛人生包含的一切，人生的危險、人生的遭遇、人生的眼淚……激烈的感情，不過是健康活力的符號，它要衝破人爲地束縛，它要打破道德的制裁，它要找尋有價値的生命，整個完美的生命。在一個偉大的人，一切的感情，都是合法的，都是必要的，因爲沒有他們，生人就無意義了。恨同愛一樣的重要，復仇和憐憫一樣的重要，欲望和貞操，憤怒和善良，同樣在生命中不能缺少。」〔註27〕可見尼采認爲生命就是要盡情地揮灑生命的激情。生命在尼采那裡是非理性和意志性的，因而尼采的新道德是反理性的、以力爲中心的。對此，陳銓是贊成的，也接受了這一點。不管是從他的思想體系，還是從抗戰時期的現實出發，他都肯定這種強力道德。

正因爲陳銓認爲有力的就是善的，就是美的，因而他讚賞宇宙間一切的偉大的力量，「如像火山的爆發，海潮的奔騰，雷電的轟擊」〔註28〕。在這種強力意志論和道德言說的支撐之下，陳銓、林同濟等提出「戰國時代重演論」，提倡「英雄崇拜」。陳銓認爲傳統人格太柔弱，提倡新的審美主體「英雄」，提倡「英雄崇拜」，希望鑄造新的國民性。英雄就是宇宙間偉大力量的代表，是崇高的，也是善的和美的。這種對力量的推崇，來自陳銓對歐洲文學的考察，他發現自康德的哲學之後，歐洲的思想界和社會發生了巨大的變化，「天才」、「意志」和「力量」成了一切問題的中心和努力的方向。這當中就包括尼采的強力意志論和超人說。

第二節　強力意志支撐下的英雄崇拜與審美驚異

陳銓的英雄崇拜主要來自尼采的超人理論，而王國維的天才說主要受到叔本華的影響。陳銓雖也談天才，但是和王國維的看法不盡相同。他從天才說走向了尼采的超人理論，建立了自己的英雄崇拜觀。這和王國維既相映成趣，也成了他們美學分野的一個重要方面。

〔註26〕轉引自陳銓《尼采的政治思想》，《戰國策》第9期，1940年8月5日。
〔註27〕轉引自陳銓《尼采的道德觀念》，《戰國策》第12期，1940年9月15日。
〔註28〕陳銓：《論英雄崇拜》，《戰國策》第4期，1940年5月15日。

王國維在《紅樓夢評論》中提出「美術」（藝術）可以把人從各種欲望和痛苦中解救出來，但是一般的人不能從現實的各種利害關係中解脫出來進行藝術創作，只有天才可以做到這一點。他說天才「以其所觀於自然人生中者復現之於美術中，而使中質以下之人，亦因其物之與己無關係，而超然於利害之外」。〔註29〕也就是說「美術」是天才的創造物，天才具有超越現實功利的特徵，這也賦予了美術相同的特徵。天才觀是王國維美學思想的重要組成部分，他的天才觀主要來自叔本華和康德。對於叔本華，王國維吸收了他在藝術上的觀點。王國維在文章闡述道：「獨天才者，由其知力之偉大，而全離意志之關係。故其觀物也，視他人爲深；而其創作之也，與自然爲一。故美者，實可謂天才之特許物也。」〔註30〕同時也接受了叔本華在社會人生方面悲觀主義的觀點，即認爲天才創造的藝術可以暫時讓人擺脫意志和痛苦，獲得平靜的快樂。天才是人群中的佼佼者，他能看到生存的痛苦，不像眾生渾渾噩噩地生，渾渾噩噩地死。越是天才，越有聰明睿智，但苦痛也越多。所以天才要求的慰藉也不是一般的東西，他只有從自己身上找尋快樂，在自己的藝術世界中體驗到快樂。在世人的眼中天才類似於瘋子，自行其道，自得其樂。王國維的天才論主要來自康德。他介紹康德等的觀點：「美術者天才之製作也」。〔註31〕天才不僅如康德所說是先天的、創造性的，典範性，而且也需要後天的努力，並且要有很高的道德修養。在《古雅之在美學上的位置》中，王國維緊接著天才提出了古雅。他接受了柏克、康德等的觀點，認爲優美和壯美是先天的、普遍的，是天才的創造。而古雅是後天的、經驗的，只存於藝術當中，不一定要靠天才的創作，一般人也可。王國維說：「苟其人格誠高，學問誠博，則雖無藝術上天才者，其製作亦不失爲古雅。」〔註32〕而且天才也不可能時時都有神來之筆，也要依靠古雅。在《紅樓夢評論》中王國維對天才的論述主要有兩處。一處他提出藝術和天才的關係，另一處他用天才觀來審視《紅樓夢》中的人物，他認爲《紅樓夢》之所以是徹頭徹尾的

〔註29〕王國維：《紅樓夢評論》，《王國維文學美學論著集》，北嶽文藝出版社，1987年，第3頁。

〔註30〕王國維：《叔本華之哲學及其教育學說》，《王國維文學美學論著集》，北嶽文藝出版社，1987年，第80頁。

〔註31〕轉引自王國維《古雅之在美學上之位置》，《王國維文學美學論著集》，北嶽文藝出版社，1987年，第37頁。

〔註32〕王國維：《古雅之在美學上之位置》，《王國維文學美學論著集》，北嶽文藝出版社，1987年，第40頁

悲劇，在於這悲劇是由平常人的平常生活造成的，意即寶玉們的悲劇是普通人的悲劇。他說：「且法斯德之苦痛，天才之苦痛；寶玉之苦痛，人人所有之苦痛也。」〔註33〕在王國維的視野中，《紅樓夢》中寶玉只是一個普通人，不是一個天才，他對於寶玉的看法更多是哲學、美學上的關照。

和王國維相比，陳銓的天才觀更多指的不是藝術領域內的，而是社會文化領域內的。在《尼采與紅樓夢》中陳銓談到只有在人類前進或退後，生命力量發展或被壓制的層面上，天才才有立足之地，因此「中庸之道，不是天才的作風」〔註34〕。而且「天才是人類的精華，是推動文化社會進步的原動力，是指揮群眾的司令官」〔註35〕。可見陳銓主要是從社會文化發展的層面來考察天才的。這和王國維是不同的，儘管王國維也說過，「天下大事多出於英雄天才之手，蚩蚩者直從風而靡耳」〔註36〕，但他並沒有以此統攝哲學美學上的天才。這樣，當陳銓以此來審視叔本華、尼采和曹雪芹以及《紅樓夢》的主人公——寶玉、《薩亞涂師賈》的主人公時薩亞涂師賈，就得出了他們都是天才，代表了人類不同的方向。他質問道，人們到底是願意採取曹雪芹的態度，還是尼采的態度；到底願意如寶玉一樣求解脫，還是願意如薩亞涂師賈一般走下山來。當然陳銓的態度是尼采的態度，他的方向是尼采的方向，他要如薩亞涂師賈一般積極地參與到社會中去。

對於天才，陳銓並不是不明了天才在哲學美學上的價值和意義，在《文學批評的新動向》一文中，他對於康德充滿了讚歎和敬仰之情。陳銓稱讚康德在哲學界的地位就如哥白尼在科學界的地位一樣，其貢獻就在於他把哲學研究的重心從世界轉到了人類本身上。對於康德的天才論，他充滿激情地描述道：「天才最大的特點，就是發明，仿傚不是天才，天才一定有與群眾不同的貢獻。」〔註37〕同時「天才須要有想像，一種富於創造能力的想像，雖然每一種藝術，都有一些基本的訓練，沒有受過這些基本的訓練，想像也許會

〔註33〕王國維：《紅樓夢評論》，《王國維文學美學論著集》，北嶽文藝出版社，1987年，第9頁。

〔註34〕陳銓：《尼采與紅樓夢》，《文學批評的新動向》，正中書局，1943年5月，第175頁。

〔註35〕陳銓：《尼采與紅樓夢》，《文學批評的新動向》，正中書局，1943年5月，第175頁。

〔註36〕王國維：《論平凡之教育主義》，《王國維遺書》第5冊，上海古籍書店，1983年版，第108頁。

〔註37〕陳銓：《文學批評的新動向》，《戰國策》第17期，1941年7月20日。

氾濫瘋狂，但是超過基本訓練的規律，對於天才想像是有害無益的。」〔註 38〕又說：「天才最重要的就是精神，精神代表生命的原素。」〔註 39〕因此「在哲學上康德提高人類的尊嚴，在美學上康德承認天才可以創造規律，根據這兩層的理論，康德無形中替文學批評的新動向，奠下了深厚的基礎」〔註 40〕。根據文學和批評的關係，自康德的「自我哲學」體系建立後，「人類的自我已經發現了，世界已經轉變了，天才，意志、力量，是一切問題的中心，創造發展，是全世界人類的共同努力的方向」〔註 41〕。這三點也成了陳銓思想的重要基石：他接受了尼采的強力意志觀；對力量非常推崇；天才也是他美學思想的重要組成部分。他反覆強調「文學創造，需要天才」，聲稱在「文學的領域裏，沒有平凡的人的足跡」〔註 42〕。這既是陳銓對於世界文化的理解，也是他對於中國社會文化的理解。從這個角度也可以解釋陳銓對於尼采的鍾愛，對於「戰國重演」理論的倡導。他說在康德的「自我哲學」之後「後來在十九世紀後半葉，尼采的『超人哲學』完成，這一股思想潮流，才算登峰造極」〔註 43〕。德國的狂飆運動也是處在這一個鏈條上，它帶給德國嶄新的氣象。難怪陳銓對於狂飆運動格外的推崇。在這一點上陳銓不同於王國維。雖然他們都從康德那裡吸收了很多關於天才的認識，但是陳銓側重於康德在人類轉型期的重大貢獻，更著意於康德關於天才的創造性和生命力的思想，這爲他接受尼采的強力意志做了很好的鋪墊；而王國維則主要從藝術上接受了康德的觀點，相對康德重視天才的先天性，他更重視人後天素養的養成。在一定程度上王國維回到了傳統文化的範疇中。

由此陳銓就和王國維、叔本華分手了，雖然叔本華也位於發現自我、強調自我這條線上，但他的總方向是否定人生，所以最終陳銓走向了尼采，他如尼采背離叔本華一般，遠離了王國維以及叔本華。在《尼采與紅樓夢》中，陳銓不滿王國維對寶玉的肯定，不滿王國維宣揚的叔本華的解脫思想，而提出要走撒亞涂師賈的路，也即超人的路。他這樣描述尼采的超人：「他的超人，要肯定地接受人生；抱樂觀主義；有積極的精神，充分發展他生命的力量；

〔註 38〕陳銓：《文學批評的新動向》，《戰國策》第 17 期，1941 年 7 月 20 日。
〔註 39〕陳銓：《文學批評的新動向》，《戰國策》第 17 期，1941 年 7 月 20 日。
〔註 40〕陳銓：《文學批評的新動向》，《戰國策》第 17 期，1941 年 7 月 20 日。
〔註 41〕陳銓：《文學批評的新動向》，《戰國策》第 17 期，1941 年 7 月 20 日。
〔註 42〕陳銓：《文學批評的新動向》，《戰國策》第 17 期，1941 年 7 月 20 日。
〔註 43〕陳銓：《文學批評的新動向》，《戰國策》第 17 期，1941 年 7 月 20 日。

伸張他權力的意志；不受傳統觀念的束縛；他聰明，他知道怎樣支配人類世界，打開嶄新的局面；他喜歡戰爭，時時刻刻他都是一員勇敢的戰士；他沒有死亡的恐懼，因爲他能夠戰勝死亡；他是整個人類生命的象徵，他是世界文化進步的標誌。」〔註 44〕在陳銓這裡，尼采的超人展現了生命的極致。在同時期的另一篇文章中，陳銓明確地界定了尼采的超人：「第一，尼采的超人，就是理想的人物，就是天才」；「第二，尼采的超人，就是人類的領袖」；「第三，尼采的超人，就是社會上的改革家，超人不能相信社會上已經有的價值，他們自己會創造新的價值。他們要把文化上一切的價值，重新估定」；「第四，尼采的超人，就是勇敢的戰士」。〔註 45〕從這兩處關於超人的論述，可以看出陳銓既注意到了尼采超人的理想性——超人是尼采理想中的新人類，同時又將尼采的超人完全現實化了——超人成了我們生活中可以遇到的具有強力意志的戰士。

這和陳銓在三十年代的論述很不一樣。陳銓三十年代更加關注尼采超人的理想性和人格上的崇高精神和審美意義。在那時的《從叔本華到尼采》一文中，他說「究竟尼采的『超人』什麼意思，現在許多學者，意見都還不能一致。不過我們在這裡頂要緊的，就是尼采到這個時候，已經完全擺脫了叔本華的悲觀主義，已經自己懸掛了他的新目標，每一個人都可照著他這個目標前進。」〔註 46〕也即超人是一種理想，是尼采理想的人類，是人類前進的理想。而且陳銓還引用了尼采的話來表達他對於超人特徵的理解：「最後他提出『超人』，超人要不斷地工作，不斷地努力，有勇氣去承受一切，克服一切，痛苦越多，他人格表現越偉大」〔註 47〕，也即超人的核心特徵是不斷地追求、不斷地努力、有勇氣直面現實殘酷的一面並且戰勝它。這體現出超人人格上的崇高性，極具浪漫主義的精神特徵。這種特徵也滲透在陳銓的「英雄崇拜」思想中。

這樣看來陳銓在三十年代對尼采超人的解讀更學術化一些，充滿了積極的浪漫主義精神和崇高精神，也更貼合尼采的原意。而到了四十年代，陳銓則將超人從理想層面，從人類的未來拉到了現實層面，超人成了一個好戰的、

〔註 44〕陳銓：《尼采與紅樓夢》，《文學批評的新動向》，正中書局，1943 年 5 月，第 178～179 頁。
〔註 45〕陳銓：《從叔本華到尼采》，上海大東書局，1946 年，第 111～113 頁。
〔註 46〕陳銓：《從叔本華到尼采》，上海大東書局，1946 年，第 74 頁。
〔註 47〕陳銓：《從叔本華到尼采》，上海大東書局，1946 年，第 91 頁。

具有充沛生命力的、對傳統和現實極度不滿而要創造一個新世界的戰士和領袖。很明顯，陳銓有意誤讀了尼采的超人，他要超人成爲其意志學說的載體和承擔者，去擔負起民族復興、國家強大的重任。這種現象在近現代的歷史上其實屢見不鮮，和知識分子強烈的現實介入性和憂國憂民的心理分不開。在這方面林同濟要理性一些。我們不能否認林同濟思想也具有這種特徵，但是相對而言，林同濟更加注重學理性和功用性之間的界限。在四十年代他給陳銓的《從叔本華到尼采》做了一個序，當中也談到他對於尼采的超人的理解，他說：「（一）超人必是具有最高度生命力的；（二）超人必是具有大自然的施予德性的。」〔註 48〕他注重超人的創造性和施予性，而且分析施予性的原因不在於憐憫或者同情等道德的觀念上，而在於生命本身，生命就要創造，創造的同時就是施予、爲他的過程。這和陳銓三十年代的看法有一個共同之處，就是從尼采本身看尼采，沒有加入現實功利性的解讀。

陳銓不僅對尼采的超人充滿了欽佩和讚美之情，而且將他中國化爲「英雄崇拜」，去除了他形而上的高蹈意義，賦予了他鮮明的現實特色。陳銓倡導英雄崇拜，認爲當時社會上缺乏對英雄的崇拜，這種現象對抗戰極爲不利。他說：「英雄崇拜』，不僅是一個人格修養的道德問題。同時也是一個最迫切的政治問題。中華民族能否永遠光榮地生存於世界，人類歷史能否迅速地推進於未來，恐怕要看我們對這個問題能否用新時代的眼光來把握它，解決它。」〔註 49〕這種英雄情結來源於他的強力意志本體論衍生出的歷史觀和道德觀。他說，「人類的意志是歷史演化的中心，英雄是人類意志的中心」〔註 50〕，因而英雄就是歷史發展的重要推動力量。同時，他認爲有力的便是善的、道德的，也是美的。因此人們要對英雄尊敬、崇拜，特別是在民族生死存亡的時刻。陳銓思想中的英雄和天才的含義是相同的。陳銓說：「天才就是英雄。英雄不僅是武力方面、政治宗教文學美術哲學科學各方面，創造領導的人，都是英雄。」〔註 51〕可見，陳銓認爲天才和英雄在某種程度上是相同的，不過天才更加側重於文學藝術方面，而英雄則更多是從社會發展層面上來界定的。不難看出，陳銓對英雄和英雄崇拜的闡釋具有政治化、功利化的色彩，

〔註 48〕參見林同濟《我看尼采——〈從叔本華到尼采〉序言》，《從叔本華到尼采》，上海大東書局，1946 年。

〔註 49〕陳銓：《再論英雄崇拜》，《戰國副刊》第 21 期，1942 年 4 月 21 日。

〔註 50〕陳銓：《論英雄崇拜》，《戰國策》第 4 期，1940 年 5 月 15 日。

〔註 51〕陳銓：《論英雄崇拜》，《戰國策》第 4 期，1940 年 5 月 15 日。

他認爲英雄就是社會各方面傑出的人物，而且具體化爲中國的領袖人物，如孫中山、蔣介石等。這一點，即便是戰國策內部的成員都不是很贊同。賀麟認爲英雄崇拜根本上是關於人格修養、道德的問題；沈從文反對英雄崇拜，認爲陳銓的英雄崇拜近於抒情，不合情理，而且民主和科學不僅不阻礙抗戰時期「新戰國時代新公民道德的培養，除依靠一種眞正民主政治的逐漸實行，與科學精神的發揚光大，此外更無較簡便方式可探」〔註 52〕。不難看出，陳銓的英雄崇拜遭到批判的重要原因不僅在於他對尼采超人的極度崇拜，而且在於他和當時的政治離得太近，在於他對國民黨領袖的肯定。但是陳銓並不是一個犬儒主義者，他是從他的理論出發自然而然地對當時代表中國政府的領袖表示贊同。

陳銓認爲天才和英雄的核心是相同的，都是意志力量的代表，都具有不可遏止的創造性，這種觀點即使置於陳銓功利化的闡釋中也不可淹沒。並且英雄具有某種天賦和自然攜帶的神秘魅力，這正是一般人對英雄產生崇拜的原因所在。這種天賦就是力量，力量和意志一樣是宇宙的本體，意志是根，力量是莖，兩者是一而二，二而一的。陳銓說：「假如宇宙間萬事萬物都靠力量來推動一切，那麼英雄就是偉大力量的結晶。」〔註 53〕沒有英雄，宇宙就要停止運轉，萬物就要失去生命力。英雄的行動就是宇宙間偉大力量的活動，「如像火山的爆發，海潮的奔騰，雷電的轟擊」〔註 54〕。陳銓反覆強調英雄的本質就是力量，就是強力意志的化身，這種思想來自尼采的超人論。因此英雄就是美的，不是如「鳥啼花發，水皺風來」的「幽美」，而是如「山崩地裂，奔電走霆」式的「壯美」。〔註 55〕因而陳銓認爲，「英雄多半是壯美的，少數文學美術方面的英雄，才有幽美的」〔註 56〕。可見陳銓認爲英雄的本質是審美的，充滿了生命力和崇高性，這和尼采的超人是相同的。陳銓將尼采的超人現實化爲英雄，超人身上的浪漫主義精神和崇高精神成爲了英雄這一審美主體的內在精神特徵。這從此時期陳銓的幾幕浪漫悲劇當中的主人公形象可看出。《野玫瑰》中的夏豔華不僅人美，而且爲了民族國家犧牲愛情、犧牲肉體，甚至不惜犧牲生命。《金指環》中的尙玉琴爲了民族大業，不惜違背

〔註 52〕沈從文：《讀英雄崇拜》，《時代之波》，大東書局，1946 年，第 158 頁。
〔註 53〕陳銓：《論英雄崇拜》，《戰國策》第 4 期，1940 年 5 月 15 日。
〔註 54〕陳銓：《論英雄崇拜》，《戰國策》第 4 期，1940 年 5 月 15 日。
〔註 55〕參見陳銓《論英雄崇拜》，《戰國策》第 4 期，1940 年 5 月 15 日。
〔註 56〕陳銓：《論英雄崇拜》，《戰國策》第 4 期，1940 年 5 月 15 日。

丈夫的意志，最後爲了丈夫和曾經的情人握手聯合抗日，自願服毒自殺。這些民族英雄是力量的化身，身上充滿了美的氣息，這集中體現在他們爲了眞善美的目標不斷追求，不怕犧牲的崇高精神和浪漫主義情懷。這種眞善美的目標在陳銓這裡被轉化爲民族國家的強大和利益。

換句話說，陳銓認爲有力量的就是美的，崇高的，這種看法也出現在他論述德國狂飆運動的含義時。他對英雄的看法也是如此。他的英雄觀包含在英雄崇拜當中。對英雄的界定標誌著陳銓視野中新的審美主體的產生，這和林同濟的「剛道人格型」、「大夫士」是相同的，都是戰國策派在對傳統文化反思批判的基礎上對現代新文化、新道德、新人格的呼喚，它延續了從梁啓超、蔡元培、魯迅、郭沫若以來的對國民性的反思和重建。由此可知，英雄不能用傳統的道德觀去衡量。有力量，充分地釋放自己的生命力即是英雄，即是美的，反之則否。但是陳銓同時也認爲英雄、天才不能是爲自己的各種小算盤釋放自己的力量，而應落腳在民族、國家的強大、獨立上。他說，「他們指頭上總戴著指環，但不用他來爲自己作威作福，而用來爲國家創造出精彩，豐富，浪漫，壯烈的事業」〔註 57〕。在陳銓的思想體系中始終存在著兩股力量的撕扯：一方面他從自己的學術思想體系出發推崇意志、力量、英雄、崇高，反對理性主義、傳統道德、民主、科學，另一方面出於強烈的現實介入性，他又以民族、國家作爲他學術體系的終極目標。有時這兩方面和諧共處，有時又顯現爲兩者之間的裂痕和張力。這和意志美學、尙力美學的先天性是有關係的，即這種美學產生的時候就和社會現實的需要有密切的關係，「存在著由強烈的功利性所帶來的非審美性因素」〔註 58〕。這種張力也反映在他的創作上。陳銓四十年代的戲劇最引起爭議的就是《野玫瑰》中的王立民形象。王立民是一個漢奸，但是讀者卻從作品中讀出了陳銓讚賞、同情的意味。這並不是說陳銓爲漢奸張目，實際上陳銓欽佩的是王立民身上的強力，他是爲一個擁有力量和能力的強者而讚歎、同情、惋惜，而不是爲一個漢奸的死亡可惜。所以當王立民執著於漢奸的權力，不肯放棄，還春風得意時，陳銓讓他死在了『野玫瑰』的手中，實現了英雄的審美性和現實性的統一，以此說明只有當強力的美是爲現實人生的積極方面服務時才是眞正的美。

〔註 57〕陳銓：《指環與正義》，重慶《大公報》，1941 年 12 月 17 日。

〔註 58〕王本朝：《閒適與尚力：中國現代審美價値的裂變》，《貴州社會科學》第 12 期，2009 年 12 月。

因此，「英雄崇拜」就如賀麟評價的和「崇拜武力、崇拜霸主、崇拜侵略，其實兩者風馬牛不相及」，它實際上是審美崇拜，而非政治性的功利崇拜。〔註59〕陳銓明確提出，「英雄崇拜，也起源於人類審美的本能」〔註60〕。首先，崇拜的對象英雄是一個審美主體，他是力量和美的載體，他的氣魄和意志力、行動力是崇高的；其次，產生崇拜的心理是審美心理。陳銓在論述英雄崇拜時反覆提到了「驚異」:「英雄崇拜，發源於驚異」；靠近英雄，人們會發生「驚異的情緒」；人們對自然界的偉大的力量活動，充滿了「驚異」，怎麼會對英雄沒有同樣的情緒；這種情緒和宗教情緒一樣都起源於「驚異」，「驚異自然的奇巧神秘偉大，忘記自我，頂禮皈依」；這樣對於英雄，人們也不能不「驚異崇拜」。〔註61〕而且「他們驚異英雄特殊的力量，他們欣賞英雄壯美的表現，在驚異和壯美中間，他們沒有絲毫利害的觀念」〔註62〕。可見「驚異」是解讀陳銓「英雄崇拜」的一個重要的範疇。

「驚異」是什麼呢？陳銓雖沒有界定，但從他對英雄崇拜產生過程的論述，可以歸納出如下特徵：首先，「驚異」產生於英雄和我們的巨大不同處，不管是英雄崇拜還是宗教崇拜，對於英雄「無論在什麼時候，無論在什麼地方，無論在什麼表現，我們都發現他們與平常人不同」。〔註63〕他們是宇宙間偉大力量的載體，具有強力，是特殊的。其次，這種「驚異」是無功利性的，不同於日常生活中的帶有種種實際欲望的驚異。「對於英雄，我們發現他超群絕類的力量，假如我們沒有嫉妒仇恨誇大貪婪的情緒，作我們誠懇的障礙，我們也不能不驚異崇拜」，「英雄崇拜，是由於誠懇的驚羨，沒有利害的關係存乎其間」。〔註64〕可見這裡的「驚異」擺脫了各種功利性的考慮，只有這樣才能發現英雄身上不同尋常的力美和崇高精神，才會產生「英雄崇拜」的活動。最後，「驚異」喚起的不是一種理性的思考，而是一種意志情感，它並不需要嚴密的理性思維，甚至它還反對理性思維，因為這種邏輯思維妨礙了對英雄審美特徵的把握。陳銓說當我們對英雄產生「驚異」時，「我們只覺得他們偉大，神秘，不可想像，不可意料」，「我們就得相信他們，驚美他們，服

〔註59〕賀麟：《英雄崇拜與人格教育》，《戰國策》第17期，1941年7月20日。
〔註60〕陳銓：《論英雄崇拜》，《戰國策》第4期，1940年5月15日。
〔註61〕陳銓：《論英雄崇拜》，《戰國策》第4期，1940年5月15日。
〔註62〕陳銓：《再論英雄崇拜》，《戰國副刊》第21期，1942年4月21日。
〔註63〕陳銓：《論英雄崇拜》，《戰國策》第4期，1940年5月15日。
〔註64〕陳銓：《論英雄崇拜》，《戰國策》第4期，1940年5月15日。

從他們，崇拜他們」。

這明顯是一種審美直覺，不精打細算地考慮實際利益，直接越過了概念、理性思考，憑藉意志情感，直覺把握了對象的審美的本質和魅力。正如杜夫海納所言：「它在我們身上喚起的不是我們的一般反應，而是對內在於對象的一種必然性的感覺。對於這種必然性我們如不能理解的話，就必須去感覺。因此，驚奇似乎只是第一個時刻，但對於淨化知覺，把知覺引向必要的無利害關係狀態又是不可缺少的。」〔註65〕由此可見，陳銓在文中反覆提到、反覆強調的「驚異」是一種審美的驚異，是審美活動中的一種情感狀態。這種情感狀態類似於柏克、康德在論述崇高時候提到的「恐懼」或「驚訝」。柏克認為，「當自然界中的偉大和崇高發生及其強大的作用時，它們所引起的情緒是恐懼。恐懼是那麼一種心靈狀態：心靈的一切活動皆被懸置，並被體驗到某種程度的恐怖……恐怖是崇高達到極致時的心理效果，次一些的效果為欽慕、崇敬和尊敬」〔註66〕。柏克的「恐懼」和崇高同在。康德的崇高觀和柏克有傳承關係，他提到「對崇高的愉悅就與其說包含積極的愉快，毋寧說包含著驚訝或敬重，就是說，它應該稱之為消極的愉快」〔註67〕，可見康德的「驚訝」也是傾向於恐懼、害怕，這是由於對象的巨大、超於常規性。而在陳銓這裡，「驚異」的產生是由於英雄的力量的偉大，而陳銓對於這種力量的形容和柏克以及康德論崇高對象的特徵是一樣的，都是可怕的，巨大的，不能把握的，如火山爆發，雷電轟擊，山崩地裂。所以對英雄崇拜的極致便是拋卻所有的利害關係，無條件的「死」，「無條件的英雄崇拜，最高尚的表現，就是『死』」，這是主體超越自我的表現，是對力量和美的嚮往和追求。〔註68〕這種「驚異」一產生就標誌著進入了審美活動，它「摒棄了事物實際的一面，也摒棄了我們對待這些事物的實際態度」，審美距離產生了，英雄崇拜成為了一種審美崇拜，是審美活動的一種。〔註69〕

〔註65〕杜夫海納：《審美經驗現象學》，文化藝術出版社，1996 年版，第 448～449 頁。

〔註66〕柏克：《自由與傳統：柏克政治論文選》，蔣慶等譯，北京：商務印書館，2001 年，第 311～312 頁。

〔註67〕康德：《判斷力批判》，鄧曉芒譯，北京：人民出版社，2002 年 5 月，第 83 頁。

〔註68〕陳銓：《論英雄崇拜》，《戰國策》第 4 期，1940 年 5 月 15 日。

〔註69〕布洛：《作為藝術因素與審美原則的「心理距離」》，見《美學譯文》（二），中國社會科學出版設，1982 年版，第 95 頁。

雖然在陳銓的論述中，英雄崇拜不可避免地帶有現實性的目的，但是在本質上英雄崇拜是一種審美活動。它是無功利性的，「沒有利害關係的英雄崇拜，同審美是一樣，所以也是一種很高尚純潔的快樂」〔註 70〕。它也是反理性的，是一種意志情感，靠審美直觀來達到，陳銓說「其他如係戰鬥精神，英雄崇拜，美術欣賞，道德情操，都要靠意誌感情和直觀來把握事實」〔註 71〕。當中明顯有叔本華的審美直觀的影子，即要忘記自我，自失在審美對象當中。這樣對英雄進行崇拜的主體成爲了審美主體，不再執著於現實的種種危機和需要，他和英雄在精神上有著某種惺惺相惜的無功利性的聯繫。陳銓說：「在審美的時候，我們要忘記自我，在英雄崇拜的時候，忘記自我也是最需要的條件。」〔註 72〕又說：「眞正能夠無條件崇拜英雄的人，正表明他自己本身中也有英雄的成分。」〔註 73〕同時客體成爲了審美客體，英雄也被摒除了他身上負載著的種種政治的、現實的考量和利益，以一種「壯美」的不可遏止的偉大的力美出現。這種力美來源自尼采的強力意志。陳銓在多篇文章中對這種生命的力美表達了讚美和肯定。由此可見陳銓的「英雄崇拜」的內核實際上是一種審美上的惺惺相惜，就如我們對貝多芬的《命運交響曲》的欣賞一樣。它以審美「驚異」作爲審美活動的開始，而以對審美對象的震驚、驚訝、崇拜（被吸引）乃至在現實層面上的「死」作爲整個審美活動的過程。當然這些是被包裹在層層的現實、政治、文化的考慮之下的。

在此陳銓回到了王國維的角度，即從審美的角度來闡述他的天才觀和英雄崇拜。但實際上他和王國維的方向是不同的。王國維的天才觀受到了叔本華和康德的影響，他以康德的天才觀打造了他的優美、壯美、古雅的天才觀，而在整體的哲學觀、人生觀方面他則以叔本華的悲觀主義天才觀統帥了藝術上的天才觀。陳銓的天才觀雖也受到了康德的影響，但卻是一個發展變化的過程。他和王國維對於康德天才說的吸收方向不同：王國維側重純藝術方面，而陳銓則更加側重天才的旺盛的生命力和創造性。由此他從康德的天才走向了尼采的超人，最終創立了自己獨特的英雄崇拜（審美崇拜、強力崇拜）。王國維的天才觀和他的悲劇觀的精神傾向相同，都是一種如陳銓所論及的「幽

〔註 70〕陳銓：《論英雄崇拜》，《戰國策》第 4 期，1940 年 5 月 15 日。
〔註 71〕陳銓：《五四運動與狂飆運動》，《民族文學》1 卷 3 期，1943 年 9 月 7 日。
〔註 72〕陳銓：《論英雄崇拜》，《戰國策》第 4 期，1940 年 5 月 15 日。
〔註 73〕陳銓：《論英雄崇拜》，《戰國策》第 4 期，1940 年 5 月 15 日。

美」的美學形態，但它論及天才在藝術上的觀點帶給中國美學界一種嶄新氣息。畢竟中國幾千年的文化注重的是後天的「修身」，而不重視先天的天賦；注重一種四平八穩的狀態，而不注重創造性。但最終王國維還是轉向了傳統，他在康德天才觀上加上了「古雅」，也成了一種不偏不倚的觀點。陳銓則要極端一些，他從始到終都追求強力，認爲強力的是美的，是宇宙間偉大的力量，於是他一步一步遠離了王國維，走向了尼采。他的英雄崇拜的內核是審美的，是對強力的崇拜，不管是崇拜的主體還是崇拜的對象——英雄都是將自己的生命力充分地展現出來。雖然陳銓的英雄崇拜在同時期以及後人的學術視野和社會文化視野中一直是以政治性的面目被論及的，但從本質上來說英雄崇拜實際上是審美吸引，或者更極端一些說是審美崇拜、強力崇拜。它是以審美驚異開始，以無條件的付出爲結束的。這種對強力崇拜的美學闡釋和呼喚在現代中國眞正以理論形式出現，並加以闡述的很少，客觀地說陳銓在這方面做出了不可低估的貢獻。應該說這是對王國維的天才說的一種超越。

以力爲美造就了陳銓的英雄崇拜，這種新的審美主體——英雄，周身充滿了力量，洋溢著一種積極進取、爲了美和善不怕死的崇高精神和浪漫主義的精神。對英雄崇拜的提倡，既是陳銓對當時社會大眾普遍精神萎靡的希望，同時也是陳銓所在的戰國策派對國民精神的審美性的重塑。和雷海宗、林同濟向中國傳統文化的源頭尋找不同，陳銓轉向了德國的狂飆運動以及狂飆運動的核心精神——浮士德精神。

第三節　強力意志主導下的審美精神：狂飆運動與浮士德精神

當陳銓用這種強力意志觀考察中國社會時，他發現中國數千年來，在聖賢們的教育和影響下，中國人的精神是靜的，是保守的，一直都停留在農業社會中，這在當時是可行的。但是到了四十年代的「大戰國」時代，各個強國虎視眈眈，隨時可能吞噬掉國家，這種精神就不行了。現代的中國需要的是一種積極的充滿勃勃生機的精神力量。

和雷海宗、林同濟不同，陳銓除開從德國的叔本華、尼采那裡找到了理論資源，還從德國的狂飆運動吸取了一種充滿勃勃生機的精神力量，這就是「浮士德精神」。「浮士德精神」就是力的精神，就是中國國民缺乏的「內心的新精神」，代表了一種「新的人生觀」，而沒有這種新精神和新的人生觀，再怎麼學習、模倣、照搬西方，最終都要歸於失敗，這也是中國近現代歷史反覆證明過的。〔註 74〕對於這一點，陳銓看得很清楚。

陳銓談狂飆運動主要是從五四運動的成敗談起的，他認爲五四運動和狂飆運動相同的是兩者都超出了文學運動，都擴展到了政治、道德、法律、哲學、藝術等領域，但是德國的狂飆運動成功了，而五四運動則影響有限。陳銓認爲原因在於五四的先驅們沒有認清時代的本質。首先把戰國時代誤認爲春秋時代。這導致了國民的民族意識不強，不積極備戰，沒有足夠的力量去應對敵人。其次把集體主義時代誤認爲是個人主義時代。這導致自私自利的個人主義盛行。第三個錯誤就是把非理智主義時代誤認爲是理智主義時代。而狂飆運動則不然，它的先驅們認清了時代的本質，吸收了西方思想家的理論精華，不固守理智，因而狂飆運動「繼續著各國的浪漫運動，都認爲『感情就是一切』」〔註 75〕。陳銓認爲，抗戰時期中五四運動所倡導的理智主義並不能擔當歷史的重任，因爲抗戰需要的不僅是理智，更是意志、激情。民族意識的蓬勃發展，不是僅僅理智夠擔當的，「它是一種感情，一種意志，不是邏輯，不是科學，乃是有目共見，有心同感的」〔註 76〕。它更是一種審美精神。由於這些原因，德國的狂飆運動成功了，而五四運動不是非常成功的。

因而陳銓對德國的狂飆運動很推崇，先後在六七篇文章中都談到了狂飆運動，特別是《五四運動與狂飆運動》、《狂飆時代的德國文學》、《浮士德精神》等文章。在《五四運動與狂飆運動》一文中，陳銓認爲「狂飆運動是感情的，不是理智的，是民族的，不是個人的，是戰爭的，不是和平的」，而且「因爲合時代，所以經過一番運動，德國全國上下，努力創造，奠定新文化的基礎」。〔註 77〕在《狂飆時代的德國文學》中，陳銓描述了狂飆運動前后德國思想文化界的情形，著力強調此時期德國思想、文化方面的新景象——擺脫了法國文化的影響，找到了自己民族的聲音和特色。這個民族有豐富的想像，激越的感情，崇尚天才、力量。而且狂飆運動也對德國的政治、社會、法律、經濟等產生了巨大影響。陳銓這樣評價狂飆運動：「所以狂飆運動，名

〔註 74〕參見陳銓《浮士德精神》，《戰國策》第 1 期，1940 年 4 月 1 日。
〔註 75〕詳見陳銓《五四運動與狂飆運動》，《民族文學》1 卷 3 期，1943 年 9 月 7 日。
〔註 76〕陳銓：《五四運動與狂飆運動》，《民族文學》1 卷 3 期，1943 年 9 月 7 日。
〔註 77〕陳銓：《五四運動與狂飆運動》，《民族文學》1 卷 3 期，1943 年 9 月 7 日。

義上雖然是一種文學運動，實際上對於政治社會法律經濟宗教，無處不發生革命的影響。只有這樣的革命，才是眞正的文學革命，只有這樣的文學，才是眞正的新文學。」〔註 78〕這正是陳銓所渴望的中國思想界的變化，這種變化在陳銓看來將使國家的思想文化乃至整個社會發生巨大的變化，而這種變化對於民族、國家的強大、對於「活力頹萎」的國民都將具有重大的意義。

可見陳銓對狂飆運動的推崇是基於狂飆運動帶來了新的精神風尚：肯定激情、崇高、天才、力量，整個社會充滿著一種充沛的活力。這種新的精神風尚的集中體現就是浮士德精神，它實際上是一種新的審美精神，充滿浪漫主義和強力意志的因子。

浮士德是流傳於歐洲中世紀時的一個民間傳說，自它產生之後，就有眾多作家用這個題材進行創作。之所以大家對它非常青睞，不僅僅因爲它是一個傳奇故事，更在於其中的主人公浮士德不斷追求美和眞，爲此不惜和魔鬼簽約賣掉自己靈魂。這種精神契合了狂飆時代的精神取向。當中最有影響力的作品當屬歌德的《浮士德》。歌德的浮士德融入了狂飆時代的精神，而作品的成功和影響也使得浮士德成爲狂飆時代的精神代表。

陳銓也極力推崇這種充滿了力和激情的精神。他將這種精神歸納爲五點：「第一：歌德的浮士德，是一個對於世界人生永遠不滿意的人。」〔註 79〕他充滿了生命的熱情和力量，向各個方面尋找活著的眞諦。正如陳銓所描述的：「他要的是進步，是眞理，不是糊裏糊塗鬼混的生活。假如他犧牲，他覺得犧牲是光榮的，正如黑格爾所說：犧牲是偉大人物的光榮。」〔註 80〕「第二：歌德的浮士德，是一個不斷努力奮鬥的人」。〔註 81〕只要努力奮鬥，就有意義，不管奮鬥的結果如何。這是何等積極有力的生活觀！它和尼采的強力意志觀有異曲同工之處，都是要精彩的活著，擴張印證自己的生命力量，而不是如叔本華、王國維一般悲觀厭世。「第三：歌德的浮士德，是一個不顧一切的人。」〔註 82〕不怕死，不怕毀滅靈魂，只要尋求宇宙人生的眞理。魔鬼和浮士德簽約時，浮士德回答：

「精靈不給我答覆，／自然也閉了大門。／思想的線索已斷，

〔註 78〕陳銓：《五四運動與狂飆運動》，《民族文學》1 卷 3 期，1943 年 9 月 7 日。
〔註 79〕陳銓：《浮士德精神》，《戰國策》第 1 期，1940 年 4 月 1 日。
〔註 80〕陳銓：《浮士德精神》，《戰國策》第 1 期，1940 年 4 月 1 日。
〔註 81〕陳銓：《浮士德精神》，《戰國策》第 1 期，1940 年 4 月 1 日。
〔註 82〕陳銓：《浮士德精神》，《戰國策》第 1 期，1940 年 4 月 1 日。

／智識只帶來厭憎。／讓我們到人間去探險／好消除我們的愚迷，／讓每樣奇異揭開面網，／現出他本來的身影！／讓我們跳入時間的狂舞，／隨著萬千局面奔騰！這樣：歡樂和悲哀／成功和憂悶，／都盡力地變更！不斷的活動／證明眞正的人！」〔註 83〕

生命的力量是如此的強烈，又是如此的奔放，如尼采的酒神精神般令人沉醉其間。在此，屈原的「路漫漫其修遠兮，吾將上下而求索」的精神在異國有了知音，但是相較而言，屈原的更顯執著而痛苦，而浮士德的則充滿了生命狂歡、生命擴展的色彩。「第四：歌德的浮士德，是一個感情激烈的人。」〔註 84〕理智並不能涵蓋人類所有的方面，它有運用的限度。德國的狂飆運動主要反對之前一直籠罩德國的唯智主義，作爲狂飆運動象徵的浮士德對感情格外看重，他認爲感情就是一切，這代表了狂飆運動的精神。「第五：歌德的浮士德，是一個浪漫的人。」〔註 85〕在此陳銓對「浪漫」做了定性，浪漫不是中國人所說的在男女關係上的隨便，而是一種非常嚴肅的理想追求。他說：「浪漫主義運動，在西洋歷史上，乃是一種新的人生觀運動。浪漫主義者，實際上就是理想主義者。他對人生的意義，有無限的追求，因爲人生的意義無窮。永遠追求，永遠不能達到，這就是浪漫主義的精神。」〔註 86〕而「歌德的浮士德的態度，就是浪漫主義者的態度，——他有無窮的渴望，內心的悲哀，永遠的追求，熱烈的情感，不顧一切的勇氣」〔註 87〕。

陳銓對浮士德的浪漫追求非常讚賞，而「浪漫」在陳銓的思想中也是一個重要的關鍵詞。他給自己的代表作《金指環》和《藍蝴蝶》命名爲「浪漫悲劇」，這不同於王國維所界定的悲劇。在他關於政治、民族文學的多處表述中都有浪漫主義的色彩。這種表述顯然不同於一般認識上的浪漫主義，它沒有感傷，沒有裝腔作勢，沒有哭哭啼啼，只有一種昂揚的、進步的、激情四射的氣息。這和陳銓對於德國的浪漫主義運動的推崇密切相關，他說德國的浪漫主義運動和「從康德到黑格爾一脈相傳的理想主義結了不解緣」〔註 88〕。

〔註 83〕轉引自陳銓《浮士德精神》，《戰國策》第 1 期，1940 年 4 月 1 日。
〔註 84〕陳銓：《浮士德精神》，《戰國策》第 1 期，1940 年 4 月 1 日。
〔註 85〕陳銓：《浮士德精神》，《戰國策》第 1 期，1940 年 4 月 1 日。
〔註 86〕陳銓：《浮士德精神》，《戰國策》第 1 期，1940 年 4 月 1 日。
〔註 87〕陳銓：《浮士德精神》，《戰國策》第 1 期，1940 年 4 月 1 日。
〔註 88〕陳銓：《青花（理想主義浪漫主義）》，《國風》半月刊第 12 期，1943 年 4 月 16 日。

而理想主義的精神特質就是對於眞善美無限的追求。陳銓描述道：「人類都有理想的，而且時時刻刻要求實現他們的理想，這種與生俱來的本性，就是人類世界一切進步的泉源。然而眞善美都是人類最崇高的理想，人類永遠追求，永遠沒有達到，這是一個無窮的工作。因爲工作是無窮，追求也是無限。以有限的力量，作無限的追求，所以人類的理想，隔現實始終是遙遠的，這是無可奈何的事情。然而歷史的演變，人獸的分別，偉大人格的產生，人類社會一切的進化，都是這一點理想主義的精神。一個人沒有理想主義，就會流於物質主義，實利主義，只知滿足生存的欲望；與禽獸一般；一個民族沒有理想主義，一定會腐落、腐化、崩潰。」〔註 89〕又說：「簡單地來說，浪漫主義的精神，就是理想主義的精神。」〔註 90〕可見陳銓的浪漫主義充滿了積極進取的精神和光明的色彩，而很少一般浪漫主義的幻想、悲觀、感傷的色彩。這在他的劇作中尤其明顯。歌德的浮士德也是如此，渾身上下充滿了求眞、求美的理想氣息。

陳銓對歌德的浮士德分析很透徹，從他充滿了感情的描述中也可見他對於浮士德所代表的狂飆精神很是推崇。這種精神是古代中國所沒有，它是抗戰時期中國生存、發展所亟需的，它對於古中國「靜觀的哲學以根本的糾正」〔註 91〕。陳銓這樣評價它：「總起來說，浮士德的精神是動的，中國人的精神是靜的，浮士德的精神是前進的，中國人的精神是保守的。假如中國人不採取這一個新的人生觀，不改變從前滿足，懶惰，懦弱，虛僞，安靜的習慣，就把全盤的西洋物質建設，政治組織，軍事訓練搬過來，前途怕也有屬有限。況且缺乏這個內心的新精神，想要搬過西洋外表的一切，終究也搬不過來。」〔註 92〕這種精神既是狂飆運動的精神實質，也是陳銓推崇的強力精神，是一種充滿了生命力、進取精神、理想情懷、崇高因素的審美精神。

這種審美精神是陳銓美學觀的一個貢獻所在，既是陳銓對德國狂飆運動的把握，也是他對傳統中國社會的反思和對當時社會的一種警醒的認識。這種審美精神的核心是對眞善美的永恆追求和靠近，滲透了強力美、崇高等美

〔註 89〕陳銓：《青花（理想主義浪漫主義）》，《國風》半月刊第 12 期，1943 年 4 月 16 日。

〔註 90〕陳銓：《青花（理想主義浪漫主義）》，《國風》半月刊第 12 期，1943 年 4 月 16 日。

〔註 91〕陳銓：《浮士德精神》，《戰國策》第 1 期，1940 年 4 月 1 日。

〔註 92〕陳銓：《浮士德精神》，《戰國策》第 1 期，1940 年 4 月 1 日。

學因素。放到當時的社會，這是陳銓對重塑國民精神的一種希翼；置之於陳銓的美學觀中，這是他有關社會的理論和文學藝術創作中貫穿著的積極向上的浪漫精神。特別是陳銓的悲劇觀更是以這種審美精神作爲它的內核。

第四節　強力意志的審美體現：「浪漫」（崇高）的悲劇觀

對悲劇的看法是王國維和陳銓評《紅樓夢》的一個重要的方面，也是他們美學思想的重要組成部分。王國維從國民精神入手，認爲中國人缺乏悲劇性的感知，骨子裏都是樂天精神，因此中國文藝也缺乏悲劇性的美學風格，大都以大團圓、喜劇性爲其結局。而《紅樓夢》則與此相反，王國維從德國叔本華的哲學和美學思想出發，認爲《紅樓夢》的美學價值在於它徹頭徹尾的悲劇性。王國維的這一觀念，不論是用於紅學的研究，還是用在對中國國民的性格的概括上，都是極爲犀利和準確的。對此魯迅也有同感，他認爲中國人，特別是那些文人往往是「萬事閉眼睛」，不去正視現實，而且也不讓別人正視現實，方法就是「瞞和騙」，因此一時之間幾千年的文學就是一派溫馨的、幸福的喜劇。魯迅甚至認爲《紅樓夢》只是一個小的悲劇，曹雪芹一方面相對於傳統文人而言敢於寫出人生的悲劇，而同時他對人生還是抱有幾份樂觀的，比如《紅樓夢》的結局也並不壞。後來賈家家道再興，寶玉雖說出家了，但還是一個穿著「大紅猩猩氈斗篷」的闊和尚。〔註93〕當然，魯迅在此是嘲諷後來的續作，對這樣的結局不滿，還要「必令『生旦當場團圓』，才肯放手」。〔註94〕

王國維對《紅樓夢》悲劇性價值的肯定，開創了中國紅學研究的新階段，也開啓了中國美學的新紀元。他承襲叔本華的看法，將書中各個人物的悲劇歸爲欲望的存在，因而紅樓世界無處不被悲劇所籠罩。在對《紅樓夢》悲劇性的界定上，他認爲其緣由並非是劇中人物的大奸大惡，也不是由於盲目的命運，而是由於他們之「位置及關係而不得不然者」〔註95〕，即是由於各個

〔註93〕魯迅：《論睜了眼看》，《魯迅全集》第一卷，人民文學出版社，1981年，第238頁。

〔註94〕魯迅：《論睜了眼看》，《魯迅全集》第一卷，人民文學出版社，1981年，第239頁。

〔註95〕王國維：《紅樓夢評論》，《王國維文學美學論著集》，北嶽文藝出版社，1987年，第11～12頁。

人的立場和關係的不同所造成的，這才顯示出人生的大不幸來。因爲悲劇即存在於普通人的種種生活關係中。因而王國維認爲黛玉和寶玉的悲劇就是：「不過通常之道德，通常之人情，通常之境遇爲之而已。」〔註 96〕這樣看來《紅樓夢》的悲劇顯然不僅僅局限於紅樓世界中，而是上升到了人類的層面上，它不僅是賈府各色人等的人生悲劇，而且普遍化爲人類整體的形而上的悲劇。對《紅樓夢》悲劇的解說以及對悲劇的分析是王國維之於中國傳統悲劇的貢獻所在，同時這種悲劇觀也接受了叔本華的悲觀主義和虛無主義，這使得王國維的悲劇觀對人生不是肯定的態度，而是否定的態度。所以在王國維看來，《紅樓夢》「故美學上最終之目的，與倫理學上最終之目的合」〔註 97〕。《紅樓夢》的悲劇價值在於，「以其示人生之眞相，又示解脫之不可已故」〔註 98〕。並且「然使無倫理學上之價值以繼之，則其於美術上之價值，尚未可知也」〔註 99〕。可見王國維也如叔本華一樣把藝術作爲暫時擺脫意志的工具，甚至他更看重《紅樓夢》的倫理學價值，即它的出世性、解脫性。

學界一般談王國維對中國悲劇的貢獻，都著重在他對《紅樓夢》悲劇性的界定上。但筆者認爲這同時也是他的缺陷所在，因爲他的悲劇觀是消極的，無力的。這和他接受的理論資源有關，也和他本人獨特的精神氣質有關。在紛紜變化的二十世紀初，王國維對於過去的王朝充滿了不捨和無奈，對於未來充滿了悲觀色彩，所以他躲進了書齋，接受了叔本華的悲觀論，最後沉湖自殺。他的悲劇觀雖然是對傳統悲劇觀的反叛（他認爲悲劇是世界的本質，而傳統悲劇觀則認爲悲劇只是人生的偶然情況），但是在悲劇精神上卻有相同之處，即都是人物被動接受悲劇，沒有主動對抗悲劇的激情和力量；並且在悲劇效果上也相同，都帶給人悲觀、同情以及憐憫的情緒感受，而不是震撼和鼓舞。

王國維對《紅樓夢》悲劇性的分析，陳銓並不認同，不管是在二十年代，還是在四十年代。二十年代陳銓在《讀王國維先生紅樓夢評論之後》一文除

〔註 96〕王國維：《紅樓夢評論》，《王國維文學美學論著集》，北嶽文藝出版社，1987年，第 12 頁。

〔註 97〕王國維：《紅樓夢評論》，《王國維文學美學論著集》，北嶽文藝出版社，1987年，第 14 頁。

〔註 98〕王國維：《紅樓夢評論》，《王國維文學美學論著集》，北嶽文藝出版社，1987年，第 14 頁。

〔註 99〕王國維：《紅樓夢評論》，《王國維文學美學論著集》，北嶽文藝出版社，1987年，第 14 頁。

開在解說《紅樓夢評論》時提到了王國維界定的「悲劇」外，另外還在六處提到了「悲劇」一詞。這六處都是陳銓對於《紅樓夢》的認識。他說：「故《紅樓夢》之所啓示吾人，不過爲一情場失意之人，在一種不得不然的環境中，使其情不得達，演成此一段悲劇。至其後寶玉出家亦不過寫悲劇已成，挽無可挽，無可如何，只能走此一條路去，而作家滿腹悽愴，都包含於此，使吾人愈憐其情之未達，愈覺其事之可哀，覺其爲悲劇中之悲劇，《紅樓夢》作者，眞傷心人也。」〔註 100〕又說：「《紅樓夢》之作，非教解脫也，作者看盡人世之變遷，蘸筆和淚，寫此一段悲劇中之悲劇，以發抒其胸中辛酸難受之情懷也。《紅樓夢》非提出方法，以圖宇宙人生解脫之大著作也；乃千古以來以來寫悲情頂深刻動人之大著作也。《紅樓夢》之命意如是，至爲深切著名；以此論《紅樓夢》，而《紅樓夢》亦足千古。」〔註 101〕這兩段話有兩層意思值得注意，一是陳銓認爲《紅樓夢》中主人公的悲劇融入了作家個人的人生體驗——寶玉的人生悲劇投射了曹雪芹的種種辛酸的感受，這種悲劇令人唏嘘不已，令人同情和憐憫；二是陳銓以「悲情」一詞概括《紅樓夢》的悲劇特徵。陳銓當時的悲劇觀和傳統悲劇觀的聯繫比較緊密，側重於人物的遭遇和痛苦的情感，有所不同的是他的悲劇觀認識到了創作者和悲劇人物之間的關係。應該說陳銓對《紅樓夢》的認識很精到，他以「悲情」一詞概括了《紅樓夢》的悲劇特徵，而這也很好地概括了當時陳銓的悲劇觀——悲情悲劇觀。何爲「悲情」，陳銓說：「簡言之，則《紅樓夢》爲一言情之著作。《紅樓夢》之所描寫指示，悲哀，動人，纏綿，宛轉，無不爲一情字。彼痛乎情之受種種無可如何之束縛誤解而不得自由發展，使世界人生成一苦痛之局面也，故反覆昭示之，而其意則仍希望此情有不受束縛之一日；若當日者，寶玉不受環境之束縛，而眞情得達，固寶玉之所願也。」〔註 102〕可見這種悲劇觀以情爲中心，它相信有情世界的美好，相信「情」的世界可以使痛苦的世界有價值、有意義，讓人走出痛苦、空虛、無聊。在傳統悲劇中這種悲劇形式比比皆是，像《孔雀東南飛》、《牡丹亭》、《西廂記》等等，都是以男女的愛情爲中心，

〔註 100〕陳銓：《讀王國維先生紅樓夢評論之後》，呂啓祥、林東海主編：《紅樓夢研究希見資料彙編》，北京：人民出版社，2001 年 8 月，第 157 頁。
〔註 101〕陳銓：《讀王國維先生紅樓夢評論之後》，呂啓祥、林東海主編：《紅樓夢研究希見資料彙編》，北京：人民出版社，2001 年 8 月，第 158 頁。
〔註 102〕陳銓：《讀王國維先生紅樓夢評論之後》，呂啓祥、林東海主編：《紅樓夢研究希見資料彙編》，北京：人民出版社，2001 年 8 月，第 158 頁。

愛情的美好、分離的痛苦被渲染得無以復加，不同的是這些悲劇都帶上了一個光明的尾巴，而《紅樓夢》在此類題材中是佼佼者，獲得了突破性的進展。這和王國維的觀點是不一樣的，王國維強調世界的本質是痛苦的，只有出世才可以獲得寧靜。當時陳銓和王國維的區別是明顯的：兩人的世界觀不一樣，前者只是感性地有些悲觀主義的色彩，後者接受了叔本華的悲觀主義哲學；兩人對悲劇的界定不一樣，王國維的悲劇觀實際上是人生悲劇觀，人生是一齣悲劇，紅樓世界自然不例外，而陳銓則接受了傳統的悲情悲劇觀，強調情的救世意義和價值。陳銓強調《紅樓夢》的成功之處不僅在於藝術性強，而且在藝術效果上也極好，比一般的作品更能警醒人們去除掉種種破壞、妨礙美好情感的勢力，因而給《紅樓夢》很高的評價「此《紅樓夢》所以在文學作品中，地位甚高，而其價值，直與孔氏之經書，佛家之法典，耶穌之《聖經》，同一救世婆心也」。〔註 103〕這顯然承繼了傳統的悲情悲劇觀，既注重情的悲哀、動人、纏綿、宛轉，又注重悲劇的社會意義。

雖然二十年代陳銓的悲劇觀和王國維的悲劇觀有明顯的不同，但是有一點值得引起我們的重視，就是不管他們之間有怎樣的不同，有一點卻是相同的，就是他們的悲劇觀中缺乏悲劇精神，缺乏崇高，缺乏人物的反抗精神、力量和激情。王國維的人生悲劇觀，相較傳統悲劇觀雖然頗具勇氣，直面了人生痛苦的一面，但是在痛苦面前選擇了退卻，解脫。他讚美《紅樓夢》中「壯美」的成分居多，特別是寶玉黛玉最後相見的情景，但就是這最「壯美」的地方卻反襯出中國悲劇的節制性。寶黛在愛情不得的情形下最大的舉動竟然是黛玉問寶玉爲什麼病來著，寶玉說是爲她病的，然後就是黛玉一反常態，走得飛快，而寶玉仍在混沌中。這確實讓人驚心動魄，但相較於西方悲劇，特別是古希臘時期的悲劇，這似乎算不上什麼。美狄亞爲了得到愛情不惜殺死了自己的親弟弟；爲了幫助自己的愛人——伊阿宋登上王位，殺死了伊阿宋的叔叔；在伊阿宋移情別戀時，殺死了自己的親生孩子和情敵。西方悲劇的核心不是如何表現人生的悲慘與無助，而是表現處在悲劇性情境中人的有力的抗爭，展現人的獨立性和力量。所以西方悲劇的實質不僅僅是由悲劇引起悲傷、同情和憐憫，更重要的是在其中展現的人的崇高，給人力量，進而達到對於人生更加有力的肯定。顯然王國維這裡的「壯美」和西方的崇高是

〔註 103〕陳銓：《讀王國維先生紅樓夢評論之後》，呂啓祥、林東海主編：《紅樓夢研究希見資料彙編》，北京：人民出版社，2001 年 8 月，第 159 頁。

不同的：「壯美」側重人在逆境中的矛盾衝突性，崇高更加注重人在困境當中的抗爭性和力量。王國維雖然接受了西方悲劇觀，但是不管從接受的理論資源上還是從他自身所接受的傳統文化以及他獨特的人生體驗上來說都具有悲觀主義的成分，這導致了他的悲劇觀在突破傳統悲劇觀方面雖然具有無比的勇氣，但是在悲劇實質上仍然暗接了傳統的精神。在王國維的美學體系中，除開從叔本華、康德那裡接受過來的美和崇高外，他在《古雅之在美學上之位置》一文中還提出了古雅這一具有中國特色的美學範疇，可見他認爲美和崇高不能涵蓋美的範疇。在《宋元戲曲考》中他高度讚揚《竇娥冤》，特別是竇娥爲了婆婆不受苦，自願選擇了走向刑場。這種行爲表面看起來就是壯美、崇高，但實際上和西方式的崇高還是不同的，竇娥行動的本質不是出於自身的反抗，而是順從了傳統的忠孝觀，她是爲了達到傳統社會對女性的要求而選擇赴死的。而王國維評價竇娥的視角——壯美，雖然來自於叔本華和康德，但是在運用上卻不脫中國傳統的範圍。叔本華的崇高雖然來自於康德，但是卻沒有了康德論述崇高時對人的理性力量和道德力量的肯定和高揚，缺失了主體和客體之間強烈的對立、衝突，沒有了主體的反抗和鬥爭，他的崇高和美一樣服務於他的悲觀主義哲學，是人掙脫意志的束縛，獲得平靜的手段和工具。

而陳銓二十年代對於悲劇的認識也具有這種特徵。他的「悲情悲劇」著重展現情的美好、纏綿以及情感受挫的痛苦，悲哀，沒有強調悲劇主人公的獨立性和抗爭性。從他對於寶黛愛情悲劇的評述「彼痛乎情之受種種無可如何之束縛誤解而不得自由發展」〔註 104〕，透露出他只是強調造成悲劇原因，而沒有對於主人公面對此種情境採取的行動作出任何評價。在這一方面陳銓的悲劇觀契合了傳統的悲劇觀，也契合了王國維的悲劇觀。很多人認爲中國傳統悲劇不能算悲劇，就在於一方面中國人總是樂天的，凡事都希望是喜劇的，這就影響了中國傳統悲劇藝術，不管是小說還是戲劇絕大部分都是悲前喜後，以大團圓爲結局；另一方面就是傳統悲劇中的主人公缺乏反抗悲劇命運的勇氣、行動和力量，即缺乏悲劇精神。這和王國維是相同的。

這種特徵和中國傳統社會的精神特質是有著密切關係的。在王國維那裡稱爲「樂天」精神，而在陳銓以及他所在的戰國策派這裡，則稱中國傳統文

〔註 104〕陳銓：《讀王國維先生紅樓夢評論之後》，呂啓祥、林東海主編：《紅樓夢研究希見資料彙編》，北京：人民出版社，2001 年 8 月，第 158 頁。

化是「無兵的文化」、國民是「活力頹萎」，也就是缺乏「力」。林同濟認爲力是宇宙的本體，有力則生，無力則死，但是在中國「力」被儒家文化壓制了。代之而起的是以儒家思想作爲主導形成的「德」感文化。這種文化重群體，不重個人；重人情，不重秩序；尊上下的依從、順從關係，鄙棄反抗、對抗精神；以善惡、倫理綱常、天道循環作爲標尺衡量一切。而力被認爲是罪惡的，不道德的。林同濟評述得很準確：「德是價値論上的一個『應當有』。力是宇宙間萬有所『必定有』，『必須有』！」〔註 105〕而在中國傳統社會，這一切都顚倒了。正是由於有這樣的社會結構和精神，所以中國古典悲劇多是好人、無辜人受難，他們多是柔弱的女子，他們能夠抗議的最多就是天不公，甚至連這種精神都沒有，只是覺得自己的行爲不合禮法的準則；於是只能夠犧牲自己的生命，而這種犧牲對於惡人是沒有多大影響的。但傳統中國又是一個講究善有善報、惡有惡報的國度，一切以道德爲準繩，所以這種悲劇的結果往往在清官、皇帝、神仙、鬼魂的干涉下來了一個大逆轉，產生一個喜劇性的結局。這和西方悲劇有天壤之別。雖然王國維從叔本華處借來了悲劇觀和壯美範疇來評《紅樓夢》，但由於叔本華的悲劇觀本身就是以消除意志，求得解脫爲目的的，再加上王國維本身和傳統相合的一面，所以他對《紅樓夢》評價中所顯現出的悲劇觀還是區別於西方悲劇的。這和二十年代的陳銓是相同的，陳銓用「悲情」一詞概括了傳統悲劇的特徵，以情的美好作爲指向，以情的受挫作爲主體，但是忽視了情主體的獨立性和反抗力量。

到了四十年代，陳銓的悲劇觀發生了巨大的變化，他對於《紅樓夢》的看法和之前截然不同。在他的兩篇文章《叔本華與紅樓夢》和《尼采與紅樓夢》中，「悲劇」這一詞沒有出現過，他沒有談《紅樓夢》的悲劇性。或許在他此時的意識中《紅樓夢》就不是眞正的悲劇，即它沒有悲劇精神，這一點在同時期的文章中也得到了印證：「中國悲劇意味最濃厚的文學，莫過於紅樓夢，但是紅樓夢最大的弱點也就是佛家最大的弱點，就是作者的人生觀是出世的，不是入世的。紅樓夢是悲劇，而沒有悲劇的精神」〔註 106〕。最重要的就是《紅樓夢》中的主人公缺乏「知其不可而爲之」的抗爭精神，而這就是悲劇精神。〔註 107〕陳銓用叔本華的思想大談《紅樓夢》的解脫思想，然後用

〔註 105〕林同濟：《力》，《戰國策》第 3 期，1940 年 5 月 1 日。

〔註 106〕陳銓：《論英雄》，《戲劇人生》，在創出版社，1947 年版，第 73～74 頁。

〔註 107〕陳銓：《論英雄》，《戲劇人生》，在創出版社，1947 年版，第 72 頁。

尼采的悲劇哲學闡釋《紅樓夢》，批判曹雪芹、叔本華的「消極解脫的人生」，讚揚、提倡尼采式的「積極精彩的人生」。〔註108〕他對於《紅樓夢》的看法非常明確：「《紅樓夢》是佛家道家精神的結晶，他完整的藝術形式，使悲觀厭世的思想，極端的個人主義，深入人心」。〔註109〕他認爲《紅樓夢》當中充滿了悲觀主義、個人主義、出世的思想。這些都是他極力反對的。在此他並沒有明確談悲劇，但從中可以肯定的是：陳銓此時的悲劇觀和悲觀主義以及個人主義、出世思想是沒有關係的。這種傾向也可從這兩篇文章的立意推斷出：「研究叔本華，我們只能揭示紅樓夢，研究尼采，我們就可以進一步批評紅樓夢。根據叔本華來看紅樓夢，我們只覺得曹雪芹的『是』，——根據尼采來看紅樓夢，我們就可以覺得曹雪芹的『非』。」〔註110〕「是」什麼呢？叔本華的人生哲學和曹雪芹的小說的中心問題都是解脫，因而從叔本華的角度審視《紅樓夢》，曹雪芹的消極思想無可厚非。「非」什麼呢？叔本華、曹雪芹的思想太消極了，於宇宙、人生、民族、國家都無益，他們代表了「東方文化結晶」，而陳銓從尼采的強力意志論出發，要的是「西方思想的反抗」。〔註111〕

從上述我們可以推斷四十年代陳銓的悲劇觀肯定和二十年代的悲情悲劇觀不同。這從他小說的創作也可略見一斑。在二十年代到四十年代，除後期的戲劇外，陳銓還創作了大量小說，像《天問》、《戀愛之衝突》、《革命的前一幕》、《彷徨中的冷靜》、《死灰》、《狂飆》等，這些小說以大時代的變化爲圖景，圍繞著情感上演了一幕一幕人生、社會的悲劇。一方面，這些悲劇性的小說延續了陳銓二十年代悲情悲劇觀以情爲中心，劇中的男女主人公都以得到情感的滿足爲幸福，不管是《天問》裏的林雲章還是《戀愛之衝突》裏的陳雲舫、《革命的前一幕》裏的陳淩華、《彷徨中的冷靜》中的王德華等，都具有強烈的浪漫主義的氣息。值得一提的是楊義對《彷徨中的冷靜》一篇小說的評價，他說：「除了男主人公之外，其餘男性處在情節線索的層面，而一群聰慧瑩潔的女子佔據作品大事著墨的情感層面，在高山峽谷之間扮演著

〔註108〕陳銓：《尼采與紅樓夢》，《文學批評的新動向》，正中書局，1943年5月，第175頁。

〔註109〕陳銓：《尼采與紅樓夢》，《文學批評的新動向》，正中書局，1943年5月，第180頁。

〔註110〕陳銓：《尼采與紅樓夢》，《文學批評的新動向》，正中書局，1943年5月，第174頁。

〔註111〕陳銓：《尼采與紅樓夢》，《文學批評的新動向》，正中書局，1943年5月，第174頁。

一齣散了架子的憐香惜玉的《紅樓夢》。」〔註112〕這也可以說是陳銓前期小說的特色了。另一方面，這些小說不再是傳統的悲情悲劇，而是逐步滲透了尼采的強力因素。特別是三十年代中期之後的小說，更是具有尼采的強力意志，這和此時期陳銓在西方、特別是在德國接受的尼采的理論是分不開的。如《狂飆》就不再是這種風格了，正如小說的名字「狂飆」一樣。小說中的背景從後臺走到了前臺，個人的生存、發展和民族、國家的生存、發展的關係一下緊密了起來，立群、慧英、國剛、翠心他們不能再繼續《紅樓夢》似的兒女情長了，他們必須面對生和死的問題。這些青年在鮮血和慘痛中演出了強有力的抗爭。當中慧英的公公、國剛的父親鐵涯更儼然是陳銓的尼采理論的代言人。這部小說的前半部分具有陳銓二十年代悲劇觀的特色，充滿了兒女情長；而後半部分則一下子從兒女情長走向了大時代中人們的抗爭。從這樣的書寫可以看到陳銓悲劇觀的演變。

另一點需要注意的是陳銓批判《紅樓夢》有「極端的個人主義」。在陳銓的文章和作品中這個名詞短語出現了若干次。在《紅樓夢》中，他批判的「極端個人主義」是像寶玉一般只顧品嘗自己的痛苦，一味地求解脫。這和陳銓以及他所推崇的尼采的積極的人生觀是不同的。陳銓說：「人生是一場戲，既然粉墨登場，要想下場不易，戲院老闆和觀眾，都不允許，你爲什麼一定要固執不唱呢？尼采的想法，和曹雪芹不同。曹雪芹是主張不唱的，尼采不但主張唱，而且主張唱得異常熱鬧，異常精彩。」〔註113〕這種「極端的個人主義」在這裡是和消極、悲觀的悲劇觀聯繫在一起的。在其他文章中這個詞語的使用主要和五四運動相關，這和陳銓他們對於五四的評價有關。這似乎是個悖論，作爲深受五四運動影響的陳銓他們，個性鮮明，有著獨立的學術思想和追求，緣何不認同五四運動所張揚的個性主義呢？特別到陳銓這裡似乎更爲明顯，他直接認爲五四運動的一個錯誤就在於錯認當時是個人主義的時代。其實這也不足爲怪，陳銓的哲學基礎來源於叔本華和尼采，叔本華的意志論中提到了個人意志和種族意志的關係，陳銓對於這一點也吸收了。陳銓說：「人生不過數十寒暑，過此便歸於盡，然而種族能夠自強不息，就可以永遠綿延。只有在求種族永遠存在的動機裏，人們才可以犧牲小我，顧全大局，

〔註112〕楊義：《中國現代小說史》（第二卷），人民出版社，1988年10月，第526頁。
〔註113〕陳銓：《尼采與紅樓夢》，《文學批評的新動向》，正中書局，1943年5月，第179頁。

犧牲個人，保衛國家。」〔註 114〕再加上對於尼采強力意志的崇拜，民族意志比個人意志更加有力和強大，自然在個人意志和種族意志的關係上，特別是在兩者有衝突的時候，陳銓主張犧牲個人。需要注意的是，陳銓實際上強調的是「極端的個人主義」，而非一般的個性解放和個人追求。他認爲五四運動是促使了「個人主義的變態發達」〔註 115〕，這種極端的個人主義不管民族國家的死活，不崇拜英雄，只管在個人主義的大旗下延續傳統文化中形成的士大夫式的自私自利，蠅營狗苟。所以他反對這種「極端的個人主義」。在他的戲劇中這種「極端的個人主義」的人往往和強力的意志合爲一體，如《野玫瑰》中的王立民、《無情女》中的王則宣等，陳銓對於他們可謂是愛恨交加，既斥其變節，甘心當漢奸，又讚歎他們身上的強力。

經歷二十多年的歷練，到四十年代，陳銓在他的戲劇創作中明確提出了「浪漫悲劇」這一概念。他稱《金指環》是三幕浪漫悲劇，《藍蝴蝶》是四幕浪漫悲劇。學界一般也把他四十年代的戲劇創作界定爲「浪漫悲劇」。陳銓說：「我最近兩個劇本《金指環》和《藍蝴蝶》，都標名爲『浪漫悲劇』，是有深意的。劇中的主要人物，爲了一個崇高的理想，眞善美的任何一方面，願意犧牲一切，甚於生命，亦所不惜。我認爲這一種擺脫物質主義的浪漫精神，是中國現代的人最需要的。我們目前政治社會教育上的種種不良的現象，都要這一種精神來拯救。」〔註 116〕從他的描述可見，陳銓是從浪漫主義的角度來描述這些戲劇中的主人公的，實際上他們就是中國——特別是四十年代的中國——的浮士德。他們爲了理想不惜犧牲一切，充滿了力量和反抗精神，體現了強烈的主體意志以及積極進取的精神。這種取向和魯迅的《摩羅詩力說》中的精神不謀而合。在《摩羅詩力說》中魯迅高度讚揚積極浪漫主義詩人拜倫的反抗精神和對力量的崇尚：「索詩人一生之內閟，則所遇常抗，所向必動，貴力而尚強，尊己而好戰，其戰復不如野獸，爲獨立自由人道也，……」〔註 117〕這種浪漫悲劇實際上就是崇高悲劇，陳銓稱之爲「壯美」。陳銓筆下的悲劇主人公都是社會上的小人物，並且都是女性，她們或是舞女、歌女、或

〔註 114〕陳銓：《指環與正義》，重慶《大公報》，1941 年 12 月 17 日。

〔註 115〕陳銓：《論英雄崇拜》，《戰國策》第 4 期，1940 年 5 月 15 日。

〔註 116〕陳銓：《青花（理想主義浪漫主義）》，《國風》半月刊第 12 期，1943 年 4 月 16 日。

〔註 117〕魯迅：《摩羅詩力說》，《魯迅全集》第 1 卷，人民出版社，1981 年版，第 41 頁。

是爲人妻者，但是她們的情操和舉動卻使得她們成爲悲壯的民族英雄。她們具備了陳銓哲學、美學思想的諸多特徵，擁有強力的意志和力量，爲了理想——民族國家的生存和發展，不惜犧牲生命。女性在陳銓的創作中一直是「眞善美」的象徵。在前期的小說中，這些女性趨向於傳統的蘭心蕙質，《天問》中的慧林，《彷徨中的冷靜》中的落霞、采蘋、雲衣，《革命的前一幕》中的夢頻等等即如此。而在後期的小說以及戲劇中的女性則顯現出女超人的色彩，她們更是眞善美的追求者和實踐者。爲了理想，她們面臨可怕的情境，要拋棄愛人，要犧牲掉男性社會中女性最寶貴的貞操（夏豔華）；要承擔起整個城的生死存亡，爲了讓丈夫和曾經的情人聯合抗日主動赴死（尚玉琴）；要以自己的生存喚起民族英雄的求生意志，然後爲了眞誠的愛情自殺身亡（婉君）。她們以強力的意志扛起了這一切，在抗爭中雖大多在形體上滅亡，但在精神上卻獲得了永生。這和西方崇高性的悲劇是相合的，就如陳銓所說的壯美讓人感受到了害怕、恐怖，但隨之而起的是主體力量的勃發和突進。陳銓的悲劇雖然在藝術性上可能打了折扣，但在悲劇的內核上卻實實在在地突破了傳統的悲情悲劇，走向了西方式的崇高悲劇。同時陳銓的悲劇和他的整個思想一樣都具有極強的現實介入性，這也體現在陳銓對民族文學的論述上。陳銓對於民族文學的描述和對於浪漫悲劇的內核的描述大體相同，呈現出力和理想主義的特色，和崇高相通：「民族文學運動應當培養民族意識，民族意識是民族文學的根基」，「所以民族文學運動，最大的使命就是要使中國四萬萬五千萬人，感覺他們是一個特殊的政治集團。他們的利害相同，精神相通，他們需要共同努力奮鬥，才可以永遠光榮生存在世界。他們有共同悠久的歷史，他們驕傲他們的歷史，他們對於將來的偉大創造，有不可動搖的信心。對於祖國，他們有深厚的感情，對於祖國的自由獨立，他們有無窮的渴望。他們要爲祖國生，要爲祖國死，他們要爲祖國展開一幅浪漫，豐富，精彩，壯烈的人生圖畫」。〔註 118〕這是陳銓所讚賞、所高揚的悲劇性，它一定是積極的，對民族、國家有利的，而不是如寶玉、紫鵑他們那樣消極地退出人生。

這樣當我們再回到四十年代陳銓關於《紅樓夢》評述的兩篇文章時，他和王國維的悲劇觀的關係就清晰地映現了出來。首先，他們兩人悲劇觀的理論來源不一樣。王國維的來自於叔本華，他形成了人生悲劇觀，這種悲劇觀暗合了傳統的悲劇精神。陳銓的來自於西方的積極浪漫主義以及崇高悲劇，

〔註 118〕陳銓：《民族文學運動》，《時代之波》，大東書局，1946 年版。

他命名為「浪漫悲劇」，這種悲劇觀實際上給中國現代悲劇注入了西方的崇高精神。他明確提出悲劇精神「就是『知其不可為而為之』」〔註 119〕，這是一種嶄新的具有抗爭精神的人生取向，完全區別於傳統的消極無力的悲劇精神。其次，他們悲劇觀的主旨不同，王國維的悲劇最終和叔本華的相同，導向從現實人生的退出，即《紅樓夢評論》中所說的「解脫」。陳銓的悲劇指向則是積極地介入現實人生，即《尼采與紅樓夢》中所說的「異常精彩」。這和他的悲劇精神的傾向是一致的，他認為「悲劇精神是前進的，不是後退的，對人生是肯定的，不是否定的」〔註 120〕。但是，有意思的是他們兩人在談論悲劇性質的時候，都使用了一個相同的美學範疇「壯美」。王國維在《紅樓夢評論》中借用叔本華的理論將美分為優美和壯美。在論述完《紅樓夢》的悲劇性後，他說，「由此之故，此書中壯美之部分，較多於優美之部分」。〔註 121〕陳銓也認為他的浪漫悲劇是「壯美」的文學。這就出現了一個問題，即王國維和陳銓都採用了「壯美」這個美學範疇來描述悲劇，那麼這兩個術語的指向是一致的嗎？

王國維的《紅樓夢評論》是中國美學史上第一部用西方理論來闡釋中國作品的美學著作，當中的「壯美」概念不僅僅是「舊瓶裝新酒」那樣簡單。傳統美學中的「壯美」側重陽剛的美，同時剛中帶柔。而且從《易傳》陰陽剛柔思想確立以來〔註 122〕，「壯美」這一美學範疇一直都不是純粹的。「壯美」雖在具體形態上有幾分形似於西方的「崇高」，都有巨大、龐大的特徵，但骨子裏卻有著質的區別。崇高更強調對立、抗爭中主體理性力量的勃發和強大。而中國古典的壯美雖也強調氣勢、力量等，但更多是一種剛柔相濟，浸透著儒家的天人合一、溫柔敦厚的觀念。周來祥認為：「在古典美中剛柔是不能分的，壯美是剛柔結合，以剛為主；優美是剛柔結合，以柔為主。」〔註 123〕在中國古典美學中，壯美還是一種天人合一，主客統一的狀態。王國維這裡評價《紅樓夢》的「壯美」，更多是一種情感的、人生際遇上的劇烈變故所造成

〔註 119〕陳銓：《論英雄》，《戲劇人生》，在創出版社，1947 年版，第 72 頁。
〔註 120〕陳銓：《論英雄》，《戲劇人生》，在創出版社，1947 年版，第 72 頁。
〔註 121〕王國維：《紅樓夢評論》，《王國維文學美學論著集》，北嶽文藝出版社，1987 年，第 12 頁。
〔註 122〕此處採用葉朗的《中國美學史大綱》（上海人民出版社 1985 年版）中的觀點，見該書 78 頁。
〔註 123〕周來祥：《再論美是和諧》，廣西師範大學出版社，1996 年 11 月，第 298 頁。

的矛盾衝突和不可調解的情形，已經衝破了傳統美學「壯美」的界限。如書中所舉的例子，即黛玉在得知寶玉娶寶釵後回瀟湘館時一路恍恍惚惚，和寶玉見面後兩人癡癡傻傻的情景。但是如前所述，這種「壯美」最終沒能走向西方式的崇高，在精神實質上還是歸向了傳統。王國維的這種壯美來自於叔本華的界定：「若此物大不利於吾人，而吾人生活之意志爲之破裂，因之意志遁去，而知力得爲獨立之作用，以深觀其物，吾人謂此物曰壯美，而謂其感情曰壯美之情。」〔註 124〕這是一種生活意志——在寶黛這裡是禮教束縛被迫暫時去除後的短暫自由，是黛玉和寶玉在巨大的情感打擊或身體打擊後突破禮教的一種靈魂的直接碰撞，雖不見刀光劍影，但也驚心動魄，難怪紫鵑和襲人爲之瞠目、擔心。當然這和西方式的反抗和抗爭不能比較——或許可以這樣說，這種突破傳統禮教的行爲是中國式的崇高吧。這種壯美，在叔本華那裡沒有之前康德崇高論中所承載著的理性、道德等因素：「他保留了康德對於壯美（崇高）的命名和分類，但不承認壯美感包括道德的內省，也不承認其中有來自經院哲學的假設」。〔註 125〕所以叔本華的崇高論雖來自康德，但是和康德的卻有本質上的不同，康德的崇高論在主客體的巨大對立下，激發起主體理性的無限超越，是對人的主體精神力量和道德的肯定。而叔本華的崇高論則是以意志的完全消亡爲代價，它否定人的理性力量和道德，追求一種擺脫意志的「純粹主體」的關照，實際上是一種靜觀的喪失了生命昂揚鬥志的審美。他這樣描述這一種寧靜狀態的獲得：「外來因素或內在情調突然把我們從欲求的無盡之流中托出來，在認識甩掉了爲意志服務的枷鎖時，在注意力不再集中於欲求的動機，而是離開事物對意志的關係而把握事物時，……那麼在欲求的第一條道路上永遠尋求而又永遠不可得的安寧就會在轉眼之間自動的光臨而我們也就得到十足的怡悅了。」〔註 126〕因而叔本華和王國維的這種「壯美」最終走向了消極、悲觀，它只是人類暫時擺脫生存意志的束縛獲得的一種審美平靜。叔本華得出世界是痛苦的、盲目的，否定了生存意志；王國維得出人生是一齣悲劇，寶玉最終在無可奈何中選擇了出家當和尚，以求「解脫」。因此對於王國維的悲劇觀的定位就出現了一個難題，他既突破了

〔註 124〕王國維：《紅樓夢評論》，《王國維文學美學論著集》，北嶽文藝出版社，1987 年，第 4 頁。

〔註 125〕李醒塵：《西方美學史教程》，北京大學出版社，2005 年九月，第 314 頁。

〔註 126〕叔本華：《作爲意志和表象的世界》，石沖白譯，北京：商務印書館，1982 年版，第 296 頁。

傳統的悲劇觀，直面了痛苦和悲劇，但同時又沒能徹底轉向西方悲劇，在悲劇精神上還是回到了傳統悲劇觀上。我們或許可以說王國維的悲劇觀還在路上。

相比於王國維，陳銓的悲劇觀不存在這種界定的尷尬，他明確地提出了「浪漫悲劇」，也就是崇高悲劇，直接帶給中國一種嶄新的強力悲劇觀。雖然陳銓並沒有直接說過他的浪漫悲劇是壯美（崇高）的，但從他的文章可以肯定這一點。在《盛世文學與末世文學》中，他從三個方面區分了盛世文學和末世文學。首先，「第一個分別，就是前一種文學的作者，對人生是肯定的，後一種文學的作者，對人生是否定的。」其次，「就是前一種往往表現人類偉大的精神，後一種從事纖巧的技術。」第三，「盛世文學多半是『壯美的』，末世文學多半是『幽美的』。」〔註 127〕從他的劃分以及界定可以看出，他的浪漫悲劇顯然屬於盛世文學的範疇，具有「壯美」的特質；而《紅樓夢》顯然是末世文學裏面的佼佼者，具有「幽美」（優美）的特質。這種劃分的依據，陳銓很明確，即對生命有無發展、促進作用。他說：「生命是一種力量，力量必須要求發展，沒有任何消極的哲學，宗教，藝術，道德，能夠壓迫它。世界上第一流的文學，就是能夠提高鼓舞生命力量的文學。」〔註 128〕就創作者而言，陳銓認爲「文學家應當有『崇高的嚴肅』」〔註 129〕，也即要承擔起表現人類偉大精神的重任。這種偉大的精神顯然來自他的尼采式的強力意志觀。在這樣一種哲學觀和藝術觀下，陳銓對於優美和壯美這樣描述：「幽美導人入無欲的境界，壯美引人入驚駭的情操，柳暗花明，心怡神靜，走霆奔電，駭目動心」〔註 130〕。他把「荷默的史詩，但丁的神曲，莎士比亞的悲劇，歌德的浮士德」都列入了壯美文學的行列。從陳銓的論述可以推斷，他的悲劇觀的「核心」是壯美，也即崇高。這種崇高雖借用了康德的美學術語，但實際上內核是尼采的美學思想，浸潤了尼采的強力意志和酒神精神，更加貼近古希臘式的悲劇觀了。不過，陳銓的悲劇觀雖然和尼采的思想密不可分，但在

〔註 127〕陳銓：《盛世文學與末世文學》，《文學批評的新動向》，正中書局，1943 年 5 月，第 39～42 頁。

〔註 128〕陳銓：《盛世文學與末世文學》，《文學批評的新動向》，正中書局，1943 年 5 月，第 41 頁。

〔註 129〕陳銓：《盛世文學與末世文學》，《文學批評的新動向》，正中書局，1943 年 5 月，第 41 頁。

〔註 130〕陳銓：《盛世文學與末世文學》，《文學批評的新動向》，正中書局，1943 年 5 月，第 42 頁。

一定程度上卻缺失了尼采悲劇觀形而上的東西，代之以實際的目標和意義。

陳銓不僅構建了「浪漫悲劇」觀，而且有豐富的藝術實踐，這便是四十年代他提倡「民族文學」的創作實例。陳銓筆下的那些眾多的戲劇人物，無一不是充滿了強力色彩，無一不是生命的強者，無一不沉醉在他們的生命力量的釋放中。陳銓總結悲劇中的英雄具有三個特徵（只有具備這三個特徵，才能夠發揮悲劇的功能）:「第一：他人格必須要光明」;「第二：他必須要誠實」;「第三：他必須要勇敢」。〔註 131〕特別是第三點，顯然受到了他的強力觀的影響，體現著陳銓的悲劇精神。《野玫瑰》中的夏豔華雖是「玫瑰」，美、耀眼，但是主人公自身卻屬意「野」，作者陳銓在「家玫瑰」和「野玫瑰」間也更加敬佩後者。「野玫瑰」表明夏豔華生命力旺盛，具有野性，不是溫室的花朵。所以當她選擇了民族、國家時，她甘願犧牲愛情、委身魔鬼、周旋於漢奸、日僞之間，過著煉獄般的生活。她從骨子裏流露出的是和「家玫瑰」完全不同的另一種氣質。《金指環》中的尙玉琴甚至比她的丈夫和情人更具有堅定的意志和力量。在她的丈夫和情人在情感的泥潭中揪扯不放的時候，尙玉琴吻了有毒的金指環，以死熄滅了他們兩人之間的戰火，讓他們成爲抗戰的一員。陳銓劇作中最爲人非議的就是《野玫瑰》中的漢奸王立民，這個人物不像一般文學作品中的漢奸那樣，既無恥又窩囊。在陳銓的筆下，王立民是個有能力的，有著鐵的手腕的人，他有一套漢奸理論，不僅不以漢奸爲恥，而且自得其樂。他說:「國家是抽象的，個人才是具體的。假如國家壓迫個人的自由，個人爲什麼不可以背叛國家？」又說:「沒有權力，生命就毫無意義」。（見《野玫瑰》第二幕）王立民還是一個眞心疼愛女兒的父親。所以，一些研究者一針見血說陳銓對王立民總體上是批判的，但明顯對他有一些情不自禁的欣賞。筆者以爲這是點中了陳銓的要害。在這個人物身上，滲透了尼采的強力意志，他似乎成了陳銓的代言人，表達著對於力的崇拜的極致。這讓我們回想到陳銓在《指環與正義》中的思想，表面上他似乎強調正義是對內的，對外在沒有力量之前不必講正義，但實際上卻有力本論思想含在其中，即有力便有生，力是眞善美的象徵。從這個角度來看王立民並不是醜的，他是美的，是力的化身。但是陳銓畢竟是個愛國的知識分子，他所有的理論都有著極強的現實介入性，再加上從叔本華那裡來的個人和種族的關係權衡，他在理論上欣賞、崇拜王立民身上的強力和生命精神，但在現實層面上他選

〔註 131〕陳銓：《論英雄》，《戲劇人生》，在創出版社，1947 年版，第 65～66 頁。

擇了讓王立民悲慘地死去，成就了一個有致命缺陷的悲劇英雄。宛如莎士比亞筆下的奧賽羅、李爾王式的人物。在《藍蝴蝶》中，陳銓在婉君的身上較好地處理了這兩者之間的關係，而不顯得生硬。婉君既具有強力，以民族國家爲重，又具有酒神的沉醉精神，渴望自由自在浪漫的生活。在丈夫和情人間，婉君對丈夫充滿敬佩之情，對情人充滿眷戀之情。但在情人被暗殺，丈夫受重傷的情況下，她克制自己，選擇了陪伴民族英雄——丈夫，直至丈夫沒有生命危險，才遵循自己的意願赴死，和情人墳頭的藍蝴蝶一起遨遊，眞是一曲浪漫的悲歌。陳銓稱這幾部悲劇爲「浪漫的悲劇」。這種「浪漫」的核心是崇高、壯美，同時這種「浪漫」極具理想主義特色，極具尼采強力的色彩。這從他解讀歌德筆下的浮士德即可看出，他總結浮士德精神的核心便在「浪漫」，而這種「浪漫」是「有無窮的渴望，內心的悲哀，永遠的追求，熱烈的情感，不顧一切的勇氣」〔註 132〕。這種解讀本身就充滿了尼采的影子。這種精神移植到四十年代的中國，在陳銓關於民族文學的論述中均有顯現。由此不難看出陳銓悲劇觀中的重要美學術語「壯美」和「浪漫」都是尼采式的，是展現生命激情，具有肯定人生，更加精彩投入人生的色彩。

從上述可見，陳銓美學術語中的「壯美」更傾向西方古典主義時期以來的崇高觀，特別是康德美學的崇高觀。不同於康德的是，陳銓將崇高中的理性的勃發換之以生存意志、強力意志的勃發。這種「壯美」既使人「駭目動心」〔註 133〕，又帶有尼采的酒神精神。它使人「整個情緒系統激發亢奮」，這是「情緒的總激發和總釋放」，在這種情緒中人「可以宗教式地感覺到最深邃的生命本能，求生命之未來的本能，求生命之永恆的本能，——走向生命之路，生殖，作爲神聖之路」。〔註 134〕陳銓強調的「浪漫」也具有西方積極浪漫主義的特徵：具有崇高的美學精神，是一種積極向上、百折不回的生命力量。這一點上，尼采和康德的意思大致是相同的，即都認爲崇高能激發人的生命力量，「它是通過對生命力的瞬間阻礙、及緊跟而來的生命力的更爲強烈的湧流之感而產生的」〔註 135〕。這是一種完全不同於中國傳統美學中壯美的力美。

〔註 132〕陳銓：《浮士德精神》，《戰國策》第 1 期，1940 年 4 月 1 日。
〔註 133〕陳銓：《盛世文學與末世文學》，《文學批評的新動向》，正中書局，1943 年 5 月，第 42 頁。
〔註 134〕尼采：《悲劇的誕生》，三聯書店，1986 年版，第 94～97 頁
〔註 135〕康德：《判斷力批判》，鄧曉芒譯，北京：人民出版社，2002 年 5 月，第 83 頁。

陳銓四十年代的悲劇觀不同於自己二十年代的悲劇觀，如果說二十年代的陳銓憑著自己獨特的感悟以及從傳統接受而來的悲劇觀提出了「悲情」悲劇觀，那麼四十年代的陳銓憑藉從西方接受的理論資源提出了「浪漫」（崇高）悲劇。這種變化既是時代使然，同時又由於陳銓所在的戰國策派的總體理論傾向。就陳銓和王國維來說，四十年代的陳銓和王國維更加具有可比性，但從二十年代的陳銓身上我們似乎找到了他和王國維親近的原因，即他們都對於傳統有著揮之不去的精神原素。而到了四十年代，陳銓從叔本華、尼采，特別是尼采的強力意志出發，揮去了之前身上保留著的傳統的消極因素，相比於王國維的還在路上，他以自覺的意識，明確地提出了「浪漫」悲劇，彌補了中國現代悲劇觀的缺失。應該說王國維悲劇觀的價值在於讓國人看到了世界的眞相，不能再躲在溫情脈脈地大團圓背後，而陳銓的悲劇觀則在此基礎之上朝前走了一步，他徹底反抗了傳統悲劇的無力、消極、同情、憐憫等等軟弱的因素，以系統的理論開創了中國的現代崇高悲劇觀。

王國維在《紅樓夢評論》中說，《紅樓夢》美學價值的最終目的和倫理學上的目的是相同的，就是讓人在看完之後求得「解脫」，擺脫欲望和無盡的痛苦。這是王國維在《紅樓夢評論》中所展現的他的悲劇觀的目的。而在陳銓這裡情況要更加複雜一些。陳銓在論述《紅樓夢》的兩篇文章中雖沒有明確提出他的悲劇觀，但卻已經呼之欲出，而後「浪漫悲劇」的提出擲地有聲地回應了他對於王國維悲劇觀的質疑。他的悲劇觀是在他對「民族文學」的倡導和實踐中提出的。一方面，他延續了叔本華、尼采的看法，特別顯示出對尼采強力意志、酒神精神的傾心，這使得他的悲劇觀擺脫了傳統的悲情悲劇觀，走向了西方的崇高悲劇觀；另一方面，他的悲劇觀又兼具了對於「民族文學」的看法，而如前所述「民族文學」的目的是要培養國人的「民族意識」，激發人們爲國家、民族奮鬥、犧牲的激情。這後一方面與戰國策派「民族至上」、「國家至上」的總體出發點是一致的。這種認識滲透到了陳銓的悲劇觀中，使其具有鮮明的民族國家情結。陳銓認爲盛世文學——具體到他本人的浪漫悲劇，就是表現「美麗的自然，壯烈的犧牲，崇高的道德，純潔的愛情」〔註 136〕。可見他的悲劇觀既是尼采式的，但和尼采又有所不同。尼采的悲劇觀追求一種「形而上的慰藉」，旨在從暫時的痛苦現象後面發現和感受到永恆

〔註 136〕陳銓：《盛世文學與末世文學》，《文學批評的新動向》，正中書局，1943 年 5 月，第 40 頁。

生命的激情和衝動；而陳銓的則貫穿著強烈的理性和道德，和現實有著密切的關聯。從這一點來看，陳銓的悲劇觀在靠近尼采的同時又疏離於他，反而走向了康德。尼采和康德的最大不同就是：尼采反理性、反道德，他的美學思想以及悲劇觀都以這一點爲基礎。而康德的美學思想則在知性和理性之間架起了一座橋樑，即在眞和善之間進行了溝通；他的崇高觀具有很強的理性色彩和道德價値判斷。儘管在這個層面上陳銓的悲劇觀對於現代中國意義重大，但他的創作實踐並沒有達到相應的高度；在文學上儘管獨具特色，但和曹禺的悲劇、郭沫若的悲劇無法相提並論。原因並不在於陳銓的創作能力，而在於陳銓犯了現代中國歷史上作家們的一個通病，即出於某種理想，他們太急於在作品中表達思想、觀念、情緒，導致作品觀念大於形象。具體到陳銓，他一方面急於在作品中表達對於強力的崇拜，力求塑造出現代中國急需的理想人格；另一方面又力求在作品中宣揚他以及戰國策派的主張——「民族至上，國家至上」，這樣他的作品就在藝術性和思想性上出現了裂痕，在某些地方有明顯的植入觀念的毛病。但這並不影響他的悲劇觀對於中國現代悲劇理論的重要作用：帶給現代中國嶄新的崇高悲劇觀。

結　語

雖然陳銓和王國維一樣都受益於德國唯意志派的哲學思想和美學思想，但二人的理論來源和理論走向卻大不相同。王國維更多受叔本華影響，其意志論哲學思想呈現出柔弱的、學理化的色彩。陳銓則在尼采的影響下建立起強力意志論，它以強力爲善，以強力爲美，由此形成了以強力爲標準的善惡觀、美學觀。

首先，在天才觀上，王國維的天才觀雖有康德相關思想的因素，但更多受叔本華影響，他的天才觀也構成了他的悲觀主義人生觀的一部分。陳銓則不滿足於此，他從康德走向了尼采，創立了一種嶄新的審美崇拜——英雄崇拜。陳銓的英雄崇拜就是對強力的崇拜，更重要的是，這種崇拜是一種純粹的審美崇拜，陳銓爲此發掘和闡述了英雄崇拜中的「驚異美」。其次，在審美精神上，與叔本華、王國維理念中的悲觀厭世不同，陳銓更多顯示出和尼采一樣的強力特色。同時，陳銓從德國的狂飆運動中找到了浮士德精神來爲自己的審美理想做精神上的支撐。這是一種和傳統中國精神傾向完全不同的另一種積極向上的充滿動感和力感的「內心的新精神」，它以眞善美爲永恆目標，以積極的浪漫主義精神爲核心，呈現出一種新的美學精神。最後，在悲劇觀上，陳銓和王國維也大不相同。王國維的悲劇觀雖開了現代悲劇的先河，但卻是「幽美」形態的悲劇，是走出了傳統卻還沒有走到西方的「在路上」的悲劇，而陳銓的悲劇觀則完全掙脫了傳統「悲情」悲劇的範疇，擺脫了和中國傳統精神相合的叔本華的影響，建立了「壯美」——崇高悲劇，帶給現代中國一種嶄新的悲劇觀，實現了中國悲劇理論從王國維到陳銓的巨大飛躍。

雖然陳銓的美學思想帶有很強的現實性，它被包裹在陳銓對社會、政治、文化、文學的種種論述中，但陳銓確實構建了一種嶄新的以強力意志爲支撐的美學思想，強力意志支撐下的哲學觀和善惡觀，強力意志支撐下的英雄崇拜與審美驚異，強力意志支撐下的審美精神——狂飆精神和浮士德精神，強力意志支撐下的審美體現——「浪漫」（崇高）悲劇觀。這些都是陳銓在王國維之後對中國現代美學的巨大貢獻。借用陳銓對叔本華和尼采關係梳理的說法——《從叔本華到尼采》，我們是不是也可以這樣說，中國現代美學理念的大發展——「從王國維到陳銓」。

下編：力本體論哲學、美學的構建
——林同濟對中國現代美學的貢獻

第三章　力本體論的哲學觀

晚清以降，伴隨著西方列強的入侵，古老的中國不僅在政治經濟上遭遇了前所未有的危機，在思想文化上也遇到了前所未有的挑戰。由此，一些探索救亡圖強的中國人既在器物文化、制度文化層面開始了反思和實踐，也在思想文化層面有了新的思考和構建。其中在思想文化層面有一個非常顯著的改變，那就是尚力思潮的出現。嚴復、譚嗣同、魯迅、陳獨秀、毛澤東等人，都是中國近代以來尚力思潮的代表。考察近代以來的尚力思潮，有一個比較鮮明的趨勢，那就是它都是伴隨民族危機而呈現上升趨勢，即越是民族危機深重，尚力思想就越被推崇。抗戰時期，中國人對「力」的推崇達到了前所未有的程度，戰國策派正是抗戰時期提倡「尚力」的代表，也是中國自近代以來尚力思潮最全面的體現；並且戰國策派的尚力並非停留在簡單的政治層面，而是突入到哲學和美學領域，開創了中國力本體論的哲學和美學體系。

過去很長一段時間，我們總是對戰國策派的「尚力」思潮給予非常嚴厲的批判，批判他們的主張應和了國民黨政府的統治理念，認爲其「尚力」是法西斯反動思想的體現。近年來，學界開始對戰國策派正名和平反，主要從民族國家立場出發，認爲其「尚力」體現出民族主義的主旨。事實上，不論是政治層面的批判，還是民族國家立場的平反，我們都忽略了對戰國策派學理意義的分析。儘管我們無法否認戰國策派的「尚力」主張具有鮮明的現實政治指涉，但是政治上的或貶斥或褒揚都無法取代對其學理意義的分析，畢竟戰國策派同仁大都是具有西學背景的知識分子；儘管民族國家的視域會給戰國策派一個比較肯定的評介，但是無所不包的民族國家言說會使得我們對戰國策派的認知更加模糊而不是更加清晰。無論是在中國近代以來的一系列尚力思潮中，還是在抗戰時期大範圍的尚力傾向中，戰國策派的「尚力」主張都是最獨特、最值得我們重視的。戰國策派「尚力」思想的最獨特的地方就在於他們的自覺性：他們把「力」上升到本體論的高度，由此形成了力本體論的哲學觀、美學觀和歷史觀。

第一節　力本體論的宇宙觀

在戰國策派諸位同仁中，眞正從哲學的高度來探討中國的社會和歷史，從美學的高度來看待中國的人生和文藝，並形成自己獨特力本體論的，是戰國策派的核心人物林同濟。林同濟於 1926 年清華畢業後赴美留學，林同濟的父親曾希望兒子在美修習法律，可「林同濟對觸嗅他人事物毫無興趣，政治、哲學顯然更能激發他的興致。」〔註 1〕在美留學八年間，林同濟相繼獲得政治學學士、碩士和博士學位，儘管林同濟一直主修政治學，歷史和哲學同樣是他的最愛。就哲學而言，柏拉圖的唯心哲學，德國的浪漫派哲學都爲他所鍾愛。難怪有人這樣描述戰國策派的幾位中堅人物：「雷海宗富有歷史意識，陳銓很有文藝理論的修養，相比之下，林同濟是最具有形而上氣質的。」〔註 2〕而常和林同濟交流的林同奇也這樣描述他哥哥的轉變：「同濟的興趣正從歷史和地緣政治學轉向哲學，尤其是人生哲學」〔註 3〕。

林同濟主攻政治學，但在其文化構建中，他所關注的不是政治上的得失算計（林同濟攻讀政治，但用他自己的話說，「我無意混迹官場」），也不僅是中華民族在抗戰中的勝敗問題，而且是關係到中國思想文化、文學藝術的根的轉變和重建，即新的哲學觀和美學觀的構建。林同濟曾反覆說道：「抗戰的最高意義必須是我們整個文化的革新。戰勝是不夠的（更莫說因人成事的戰勝）。打倒人家侵略主義，收復一切淪陷河山，是無意義的——如果重新佔了那金甌無缺的神州之後，我們，尤其是有智力有才力的分子，還是依舊地慣

〔註 1〕林同奇：《the Lin』s Legacy》，未刊稿，參見李瓊《林同濟傳略》，許紀霖，李瓊編《天地之間——林同濟文集》，復旦大學出版社 2004 年，第 364 頁。

〔註 2〕許紀霖：《緊張而豐富的心靈：林同濟思想研究》，《歷史研究》2003 年第 4 期。

〔註 3〕林同奇：《「我家才子，一生命苦，可歎！」》，丁駿（譯），陸谷孫（校），許紀霖，李瓊編《天地之間——林同濟文集》，復旦大學出版社 2004 年，第 343～344 頁。

憒嬉嬉，依舊欺人自欺，還是一味肮髒、混亂、愚昧、貪污。抗戰歷程中的種種浩大犧牲，若要有眞正的代價的話，我們竟無可逃地必定要在那座收復回來的江山之上，培養一個健康的民族，創造一個嶄新的——有光有熱的文化。」〔註4〕正是因爲林同濟的形而上氣質，使得戰國策派的尚力主張不是簡單地停留在政治層面、思想文化層面，而是有了哲學本體論的價值和意義。

本體論的問題是哲學研究和美學研究的一個最基本的問題，也是文化研究和文學研究的根底之所在。不論是文化思潮的湧動還是文學觀念的變革，我們都不難發現其背後所關聯著的本體論問題。事實上，談及林同濟和戰國策派的本體論，並非是從他們的政治、文化和文學論著中以後人的立場去尋找、提煉和總結。的確，在學界有這樣一種傾向，即熱衷於從某人某派的文化思想、政治觀念或文學作品中去提煉總結他們的本體論價值。這種傾向一方面體現出我們文化研究、文學研究的不斷走向深入，但另一方面也說明了中國近代以來自覺的哲學體系和美學體系的匱乏。戰國策派尤其是林同濟則不然，他本身就自覺地去努力構建自己的本體論，構建屬於自己和其派別的哲學觀和美學觀。

大致說來，本體論有兩個層面，一個是宇宙本體論，一個是人的本體論。宇宙本體論探討的是宇宙間天地萬物的本質和構成，它們從何而來，如何運行變化。西方哲學的源頭古希臘哲學就是從探究萬物本源開始的。人的本體論儘管也十分關注宇宙和自然，但最終還是落腳到人身上，把人放在宇宙的核心位置上來思考本源問題，考察人的本質，人的生存價值和意義。

林同濟在抗戰時期不斷宣揚「力」，首先體現在他自覺地給「力」一個宇宙本體的定位。

1942 年，林同濟在《大公報・戰國副刊》發表了《柯伯尼宇宙觀——歐洲人的精神》。柯伯尼（今天通譯爲哥白尼）用日心說取代地心說原本是天文學界的一場大革命，然而林同濟卻把這一變革上升到宇宙本體變革的高度。在林同濟看來，由柯伯尼所開創，經由卜略洛（今天通譯爲布魯諾）、克卜勒（今天通譯爲開普勒）的奮鬥和發展，終於確立了柯伯尼新天文學。「這個新天文學的創立，產生了曠古未有的影響：它變革了歐洲人——後來整個人類——的宇宙觀。由柯伯尼、克卜勒、而伽利略、而牛頓，以至愛因斯坦，歐

〔註 4〕林同濟：《嫉惡如仇——戰士式的人生觀》，重慶《大公報》，1942 年 4 月 8 日。

洲人對宇宙的認識雖然乃有了極重要的改進和擴大，但其中實含著一種根本一貫的精神，使我們感得就是愛因斯坦也還可說是承繼柯伯尼固有的作風——愛因斯坦可說是柯伯尼系統的最新發展。因此，這整個系統的宇宙觀，我想就叫為柯伯尼宇宙觀。」〔註5〕從科學史的角度來看，也許林同濟的表述過於粗糙，但從科學哲學的角度來看，林同濟的確抓住了我們今天常常所說的哥白尼革命的本質。他發現了哥白尼革命在天文學乃至整個世界的重大意義，這即是說哥白尼的新天文學不只是科學內部的革命，還是整個世界觀的變革。日心說一出爐，整個世界變樣了，這不僅體現在人們開始採用新的工具，新的方法，注意到了許多新的地方，眾多星體被發現，宇宙變得更廣闊了，更重要的還在於，即便人們依然用熟悉的工具去關注他曾經熟悉的事物時，也會看到嶄新的截然不同的東西。地球不再是過去那個靜止不動的地球，不再是所謂的由上帝安排的居於宇宙的中心。人從此面對的是一個與過去不同的世界，人也因此對自身有了新的認識。過去，我們充其量也只是肯定哥白尼的發現使得科學擺脫神學從而獲得獨立地位，正如恩格斯在《自然辨證法》中評價哥白尼的《天體運行論》的說法：「自然科學藉以宣佈其獨立並且好像是步路德焚燒教諭之後塵的革命行動，便是哥白尼那本不朽著作的出版，他用這本書（雖然是膽怯地而且可說是只在臨終時）來向自然事物方面的教會權威挑戰，從此自然科學便開始從神學中解放出來。」〔註6〕林同濟的深刻之處在於，他從哥白尼及其以後的天文學和力學中，發現了一種新的宇宙本體論。

林同濟用一句簡單的話來概括柯伯尼的宇宙觀，那就是：「無窮的空間，充滿了無數的力的單位，在力的相對關係下，不斷地動，不斷地變」。〔註7〕這段話林同濟用了引號，但今天我們卻很難發現其出處，從相關的科學史論著中，我們也難找到具體的所指。這也許正說明，林同濟純粹是從哲學的角度來考察歐洲的科學變革。「哲學家的目標，主要是在提出明確的概括論斷，與那些能夠普遍適用的通則。他並不是個說故事——無論眞實的還是虛構的

〔註5〕林同濟：《柯伯尼宇宙觀——歐洲人的精神》，重慶《大公報》，1942年1月14日。

〔註6〕恩格斯：《自然辨證法》，《馬克思恩格斯選集》第三卷，人民出版社，1966年，第494頁。

〔註7〕轉引自林同濟《柯伯尼宇宙觀——歐洲人的精神》，重慶《大公報》，1942年1月14日。

——的人。他的目標在發現，與說出在任何時空中都是眞的事理，而不在使人瞭解某一特殊時空中所發生的事件。」〔註 8〕作爲一個哲學家而不是史學家，林同濟對哥白尼或者其後科學家的觀點概括準確與否無關緊要，重要的是，林同濟從他自己對歐洲科學的考察中，總結出一個普遍的規律，那就是哥白尼革命之後的宇宙觀。宇宙不再是上帝旨意的顯現，宇宙本質是由力構成，宇宙的運轉也是依靠力。力才是本體，是宇宙間萬事萬物的本源和運行基礎。

林同濟從他自己所界定的哥白尼的宇宙觀中提煉出這樣幾個關鍵詞，「力！無窮！相對！動！變！」，林同濟感慨於自己的發現，「我再也想不出另一批概念比這一段字更活躍、更曠豁、更緊張、更強悍！它們一方面充分表現了歐洲人的靈魂和性格，一方面也加速駕馭著歐洲人的思情與行徑緊朝著這幾個概念所指示的方向奔馳。柯伯尼宇宙觀原來就是歐洲人的人生觀的基礎，原來就是歐洲人的人生觀。」〔註 9〕這樣，在力本體論宇宙觀的基礎上，林同濟緊接著推導出力本體論的人生觀。

林同濟正是透過西方哥白尼以來的科學變革抓住了西方文化的普遍精神，把力看做是建造歐洲文明的基石，是歐洲精神文化的底蘊。當然，對於熟悉歐洲文化精神的林同濟來說，他不可能不知道當自己要建築力本體論的哲學時，要面對西方文化的基督教精神本質。幾乎所有的人談及西方文化的本質和特點時，都無法繞開基督教。即便是林同濟所要論述的哥白尼乃至後來的牛頓，其思想都未脫離基督教的藩籬。基督教要求人們溫良恭儉讓，宣揚寬恕與仁愛，這與尙力有所牴牾。林同濟是如何解決這一矛盾的呢？

林同濟也承認歐洲人的文化精神中——立身、處事、待人、接物——處處帶有基督教的色彩，但他同時提出，這只是表面現象。他說：「一個更重要更根本更深入的事實，我們大半忽視了：歐洲人的本質終究是『柯伯尼』而不是『基督』！如果歐洲人是『基督教』化了，也是以柯伯尼的本質來接受基督教。」〔註 10〕又說：「歐洲人對基督教始終是以一種柯伯尼精神應用之，

〔註 8〕托馬斯・庫恩（Thomas Kuhn）：《科學革命的結構》，傅大爲、程樹德、王道還譯，臺灣允晨文化實業股份有限公司，1985 年，第 304 頁。

〔註 9〕林同濟：《柯伯尼宇宙觀——歐洲人的精神》，重慶《大公報》，1942 年 1 月 14 日。

〔註 10〕林同濟：《柯伯尼宇宙觀——歐洲人的精神》，重慶《大公報》，1942 年 1 月 14 日。

發揮之。如果歐洲人是基督教化了，我們更可以說基督教透過了歐洲人的手法充分『柯伯尼』化了……」〔註 11〕林同濟在《柯伯尼宇宙觀——歐洲人的精神》一文中列舉的例證有兩類。第一類是基督教內部的，聖奧伽斯丁（今通譯爲聖・奧古斯丁）、因諾生教皇（今通譯爲英諾森）、馬丁・路德、洛若拉。這類人物都是基督教內部的改革家或者強力者，林同濟用這些基督教史上的著名人物來說明，基督教的形成發展中內部是有一個強力的邏輯作爲支撐的。基督教教義是寬恕與仁愛，但這不是基督教生命力旺盛的根基，在溫和謙順的外表之下，基督教不斷發展不斷繁榮的根基來自其內部以強力爲本的革新機制。林同濟把他列舉的這些基督教史上的人物看做是對自己觀點的不證自明，林同濟說道，只要大家看見這幾個人物的名字，就能明白「基督教透過了歐洲人的手法充分『柯伯尼』化了」〔註 12〕。從林同濟的舉例來看，他是深諳基督教的發生和發展狀況的。事實上，從君士坦丁一世的「米蘭敕令」到基督教構成了羅馬帝國強大的一部分；從奧古斯丁的宗教理念到馬丁・路德的宗教改革，我們不難看出其中的強力哲學。林同濟列舉的第二類例子是基督教外的，他沒有具體列出人名，只是用更寬泛的例子來證明自己的觀點。林同濟認爲，歐洲的歷史人物，尤其是政治界、實業界的主要角色和天才，「儘管消受了千百年基督教訓與薰陶，他們心坎深處始終明爽不昧地體驗到柯伯尼的呼聲：力！無窮！相對！動！變！基督教所耳提面命的『溫和謙順』，Meekness、『愛及鄰居』的一套，施行者落落無人」〔註 13〕。毫無疑問，林同濟指出了這樣的一個事實，歐洲的政治界的主要人物大都是主張向外強力擴張的。現代以來的西方歷史，不就是一部西方人強力征服史麼？而至於實業界的天才和主角，也不都因其所顯示出的創造力和競爭力而出名麼？其背後不也同樣是以強力哲學作爲支撐麼？由此可見，林同濟所說的「西方人的潛在意識到今日還是柯伯尼，所謂『基督精神』者只不過在他們的人格的表面層時形活躍而已！」〔註 14〕眞可謂一針見血，洞悉了歐洲文化的精神本

〔註 11〕林同濟：《柯伯尼宇宙觀——歐洲人的精神》，重慶《大公報》，1942 年 1 月 14 日。

〔註 12〕林同濟：《柯伯尼宇宙觀——歐洲人的精神》，重慶《大公報》，1942 年 1 月 14 日。

〔註 13〕林同濟：《柯伯尼宇宙觀——歐洲人的精神》，重慶《大公報》，1942 年 1 月 14 日。

〔註 14〕林同濟：《柯伯尼宇宙觀——歐洲人的精神》，重慶《大公報》，1942 年 1 月 14 日。

質。由此，林同濟推導出西方人的力本體論哲學，並以此爲基礎，作爲建立自己力本體論哲學體系的支撐，就成了順理成章的事情。

當然，僅僅體現在宇宙天體的運行上，僅僅彰顯在人的精神上，這並不能完全說明柯伯尼式的宇宙觀。作爲本體之一的宇宙本體，其所涵蓋的對象應該是宇宙間一切的事物。事實上，在解決了基督教和柯伯尼精神的表面衝突後，林同濟繼續補充了自己對於西方人柯伯尼宇宙觀的闡述。林同濟寫道：「宇宙間萬有，無論大小，都有力量。在無機物則叫做『精力』或『能力』（energy），在生物則叫做『活力』（vitality），在人事界叫做『權力』。名稱不同，但性質上都代表一派的意義——就是『力量』。」〔註 15〕林同濟認爲英語中這個詞當用「force」，或許人們顧慮這個詞有「殘暴」的涵義，用「energy」也可以。而漢語的名詞，用來概括他所論述的宇宙的本質，還是「力」字最妥當。「用它來代表宇宙間萬有所『皆有而必有』的那個本質——就是力量。力是總稱：能力、活力、權力是分出的別名。」〔註 16〕

這樣，林同濟關於力的宇宙本體觀基本成形。從哥白尼及其以後的科學發現中，從這些科學家用力學規律對宇宙間星體運行的闡述中，林同濟得出了力是宇宙運行的根本原因。進而，他把這力本體論推及宇宙間萬有，並由此得出相應的歐洲人的人生觀是尚力。

第二節　人本層面的力本體論

除了宇宙本體論外，本體論還有一個層面，那就是人的本體論。這個層次的本體論儘管也十分關注宇宙和自然，但最終還是落腳到人身上，把人放在宇宙的核心位置上來思考本源問題。在闡述哥白尼宇宙觀——也就是力的宇宙本體論同時，林同濟也逐漸滑向人的本體的論述。林同濟提到包括太陽、地球以及草、木、鳥、獸、蟲、魚等一切物都是力，同時，「一切人都是力，……堯是力，舜是力，樵夫是力，你是力，我是力」〔註 17〕。儘管人與人之間其

〔註 15〕林同濟：《柯伯尼宇宙觀——歐洲人的精神》，重慶《大公報》，1942 年 1 月 14 日。

〔註 16〕林同濟：《柯伯尼宇宙觀——歐洲人的精神》，重慶《大公報》，1942 年 1 月 14 日。

〔註 17〕林同濟：《柯伯尼宇宙觀——歐洲人的精神》，重慶《大公報》，1942 年 1 月 14 日。

力大小有別，但在林同濟看來，每個人都是力。從宇宙天體及物，由物及人，林同濟初步完成了人的本體論論述。尤其是他喊出了，人人都是力，「我即是力」〔註 18〕的口號，力是人自我確認存在的方式。林同濟把人的本質是力、我即是力看做是哥白尼宇宙觀給我們的第一啓示。

力不僅構成了人的本質，還構成了人發展的基礎，也是人與人關係的基礎。人人都是力，但力不是一成不變的，它是動的。人的發展要依靠力，人人都在發展力，這就又構成了人與人之間力的相對關係。很顯然，力的相對關係原本是哥白尼及其以後的宇宙觀中的一個主要規律，而林同濟把力的相對關係套用在對人的發展和人與人之間關係的解釋上。儘管這樣的套用略顯生硬，並不十分合乎邏輯，但是林同濟還是對力的相對性做了有利於自己本體論哲學觀的闡述。人的本質是力，人的本質也只有在力的發展中才能得以實現，力的發展也就是人的發展。那麼人的本質和發展的最終走向如何呢？林同濟同樣從哥白尼的宇宙觀進行演繹推導。正如前文反覆提到的，林同濟從哥白尼的宇宙觀中提煉出幾個關鍵的語詞，「力！無窮！相對！動！變」〔註 19〕，原來宇宙是無窮的，宇宙間的力也是無窮的。同理，人的力也是無窮的，人的發展也是無窮的。人的本質在於人和力的無窮發展，正如林同濟所總結的，「在這個大的無窮的可能中，你想要實現你的可能，沒有別的可靠，全靠自家的努『力』。以無窮的努力，換取無窮的可能」〔註 20〕。

從宇宙天體星球到花鳥蟲魚，從自然界到人事界，從萬事萬物之間的聯繫到人與人之間的關係，從物的運動變化到人的發展昇華，其本質都是力，這就是林同濟由哥白尼宇宙觀所推演出的人本層面的力本體論。

在人本層面構建力本體論學說，除了從宇宙觀向人生觀推衍的這一模式之外，林同濟還有一個較爲純粹的人本哲學闡述。確切地說，林同濟純粹的人本層面的力本體論構建是從美學觀念開始的，而且是從一個很細微的地方入手，即林同濟對「力」的美學考察是從漢字的「力」字入手的。

他首先從自我的感受入手，這種感受是純粹審美趣味的感受：

〔註 18〕林同濟：《柯伯尼宇宙觀——歐洲人的精神》，重慶《大公報》，1942 年 1 月 14 日。

〔註 19〕林同濟：《柯伯尼宇宙觀——歐洲人的精神》，重慶《大公報》，1942 年 1 月 14 日。

〔註 20〕林同濟：《柯伯尼宇宙觀——歐洲人的精神》，重慶《大公報》，1942 年 1 月 14 日。

> 力是中國全部字典上最堪賞玩的一個字。結構簡單，兩劃了事。不管你對書法有素無素，只需大清早起來，在朝日浴光之中，鋪一大張紙在大書案上，拈出一枝大筆（愈大愈妙）飽濡墨汁，奮起天然腕勢，一拐一撇，便儼然一副生龍活虎的好畫圖！別的不說，單就純形式上審驗，力之爲字乃充滿了古樸氣象，原始天機的。有線之美，有空之美，實而虛，虛而實，倉頡得意之作也。〔註21〕

之所以說林同濟對「力」字的感受純粹是美學的範疇，其理由在於，不論是他所設置的鑒賞「力」字的環境氛圍，還是他對「力」字做純形式上的審驗，都不是簡單的書法欣賞的美學意義，而是藉此推敲中國先民以力爲本的審美心理。林同濟認爲中國人造「力」字，就體現出中國人把「力」和「美」關聯起來的意圖非常明顯。不僅如此，他還聯想類比到了古希臘的雕刻。正如我們大家所公認的，古希臘的雕刻藝術以人體的力爲美，顯示出古希臘人對身體，對力量的崇拜。林同濟要表達的是，中國的「力」恰如古希臘的雕刻一樣， 體現出中國人早期以人體爲美，以力爲美。林同濟也爲自己的類比聯想找到了學理依據，他深入展開了對「力」字的字源解讀。他找到了《說文》中對「力」的解釋，以此來證明自己把「力」字類比古希臘人體雕刻，進而把「力」和「美」等同起來並非想入非非。眾所周知，《說文》是我國第一部系統考察分析漢字字形和考究漢字字源的字書，是文字學上的權威之書，是我們探究古代文化瞭解古代思想必不可少的橋樑和紐帶。林同濟援引《說文》的解釋：「《說文》云：力，筋也，象人筋之形。徐注云：象人筋竦其身，作力勁健之形。」〔註22〕林同濟由此接著闡發道：「原來中國的『力』字，就是從人體得到靈感，就是由人體的勁健肌筋蛻化出來的，與希臘雕刻，恰恰同一淵源。如果希臘的人體雕刻品是美而力，中國的『力』字則是力而美。」〔註23〕

在這裡，林同濟發現了中國和希臘文化的早期都以力爲美，這種共通的美都來自人的身體。也就是說，美作爲一種形式，其根基在於人的身體，在於人身體所蘊含的力量。中國的「力」字在林同濟看來是美的，因爲力字的美就是由人的身體的勁健肌筋蛻化而來的，是人的身體力量的表徵；古希臘

〔註21〕林同濟：《力》，《戰國策》第3期，1940年5月1日。
〔註22〕林同濟：《力》，《戰國策》第3期，1940年5月1日。
〔註23〕林同濟：《力》，《戰國策》第3期，1940年5月1日。

的雕刻之所以美，也在於對人體的展示，對人體力量的顯露。從中國的「力」字以及古希臘的雕刻類比闡述中，林同濟發現，中西文化最初都是把力和身體聯繫起來，把力和美等同起來，都體現出對人生命的肯定，對人身體的禮讚。在本文的後面章節，在論述審美主體、藝術創造主體以及審美範疇時，我們會繼續看到林同濟對身體美，對生命的本能力量、感性力量的推崇。

在林同濟看來，中西文化都在以身體力量爲美的基礎上蘊含著一個有關人的本體論命題。正如他所總結的：

> 「力者非他，乃一切生命的表徵，一切生物的本體。力即是生，生即是力。天地之間沒有『無力』生：無力便是死。詛力咒力的思想，危險就在這裡。詛力咒力即是詛咒生命，詛咒人生。口頭上詛咒人生乃是生理上厭倦人生的徵候。詛咒愈烈愈久，其反響到生理的健康，也愈大愈深。到了最後的階段，不是不能再生，便是雖生若死。」〔註24〕

> 「原來一切初期的文化民族，對『力』的意義，本來都有個直截了當、清清楚楚的瞭解，不會在那裡枝枝節節，是是非非。他們生活簡樸，接近大自然，所以心機不雜，目光淨銳，對宇宙間的生機天道，倒反能夠做一種忠實的認識，敏捷的領受。『力即是生』的眞理，他們都能夠憑著清潔的天賦本能，直接地深深體驗，把它認爲當然的事實，初不加理智的衡量於其間。」〔註25〕

力是生命的表徵，生物的本體，「力即是生」的眞理無須人的理智的衡量。從對人的身體的力做審美性的讚揚，到對力實際上就是人的本體，生命的本體的論述；從力作爲一種審美鑒賞的客體對象，到力是主體存在的根源，這樣的推論過程已然昭示，林同濟在人的本體論層面，已經建立了一個嚴密的力本體論學說。

當把力從審美層面上升到一種人本的層面時，力本體論也就不是一個簡單結構，而是一個完整的體系。這個完整的體系就是林同濟所總結的，「生、力、動」是三位一體的宇宙神秘連環。「初期的文化民族是不斷地在『動』中，也就是不斷地在『力的運用』、『力的表現』中。動是力的運用，就好像力是生的本體一樣。生、力、動三字可說是三位一體的宇宙神秘連環。開始創造

〔註24〕林同濟：《力》，《戰國策》第3期，1940年5月1日。
〔註25〕林同濟：《力》，《戰國策》第3期，1940年5月1日。

文化而未被文化所束縛桎梏的腦力，都能夠領略並體驗個中滋味的。」〔註 26〕力是生，生是力，可是不論是生命還是力量都不是僵死的，一成不變的。對任何一種本體論學說而言，都必須解釋有關發展和變化的問題，倘若不能，這樣的本體論學說必將受到質疑。因而，林同濟在提出力是人之本、生之本之後，緊接著就是要闡述力在人的發展變化中所起到的作用。林同濟找到了一個很關鍵的字——「動」。動既是發展變化的意思，也是「生動」的「動」。林同濟大概是從漢語組詞「生動」中找到的靈感，如他所說，一切的「生」都要「動」。更有意味的是，「動」字同樣從力，它表明了中華先民的發展變化觀中最根本的還是「力」。這成了林同濟闡述發展變化的思路：生命不是一成不變的，生命在於運動，而一切的「動」都由於「力」，這樣力是生的基礎，力也是動的基礎，生也必須要動，從而生、力、動構成了一個由力做支撐的完整體系。

動既是「生」和「力」發展變化的體現，也是力的運用的展現。這樣，在人的本體論層面，林同濟就構造了一個完整的力本體論學說體系，他用力來闡釋人的本質，人的發展和變化。在人的本體論層面，構建完整和嚴密的力本體論哲學觀，可以說林同濟是迄今爲止中國哲學史上和思想史上的第一人。更值得我們注意的是，林同濟的人的力本體論的構建完全源自他自己的思考、發現以及他對中西文化深刻的洞悉和了悟。前文在論述宇宙觀層面的力本體論時，林同濟更多的是借鏡異邦，用哥白尼的宇宙觀——歐洲人的文化精神，來啓示國人。所以在《柯伯尼宇宙觀——歐洲人的精神》一文中，林同濟的論述邏輯是從宇宙觀到人生觀，從歐洲人的人生觀再到對國人的啓示。這就給人一種感覺，好像尙力是西方的思潮，林同濟只不過是借用了西方的宇宙觀來建立自己的力本體論，這樣的借用邏輯總不免讓人有中體西用之感，自然就使得力作爲本體之說大打折扣。但是，在人的本體論層面，林同濟是從中國文化和自己的感受入手：他從中國的「力」字感受到了中國文化有尙力的基因，從對「力」字源的考察得出中國文化之初的力本思想。這裡的論述邏輯基本上是在自我感受基礎上，由對中國文化源頭的分析再類比和聯想西方文化，繼而上升到各個民族和整個人類。他由「力」的字體聯想到古希臘雕刻，繼而得出世界各個民族的人最初都是以力爲本，以力爲美，以力爲生，以力爲用。

〔註 26〕林同濟：《力》，《戰國策》第 3 期，1940 年 5 月 1 日。

林同濟用了大量的筆墨論述中國先民的力本體論，用大量的古書史料和漢字的字義分析來作爲自己的證據。林同濟論述道：「如果我們太古先民對『力』字而抱有任何主觀的審斷見解的話，只有讚歎、欣賞，絕不會歧視或詛咒的。是一種靜肅無聲的讚歎，深沉的欣賞，知之而不知所言，言之乃反覺『破味』者。」〔註 27〕既然無法言說，又怎能確認中國文化之初就是尙力呢？林同濟已然提供了思路，那就是從漢字的解讀入手。正如林同濟所說的，中國「象形」式的文字，充滿了宇宙秘藏意義。他就是從「力」是做「人筋」解，發掘出中國人最初在人的本體層面就是以力爲本。他同樣對「動」字作出了富有意義的解讀：動字從力，「一切的『生』都要動，一切的『動』都由於力」〔註 28〕。正是在對「動」的解讀基礎上，林同濟得出了「生、力、動」三位一體觀。林同濟沿此思路繼續考察，他感慨道：「我們回想先民篳路藍縷，啓發山林的當年，每一個『動』都是一個『戰』，一個『鬥』——與天時鬥，與地利鬥，與猛獸鬥，與四鄰的民族鬥。在這種不斷的戰鬥生活中，我們可以想像得出，最重大最可樂可歌的事情就是勝利、成功；最必須最可貴的本領就是勇敢。我們的功字，勝字，勇字都是從力，我們便大可看出先民對『力』的態度如何了。反而觀之，劣字從少從力。『少力爲劣』——是一個直截了當不枝不節的『訓詞』，十足地流露出我們先民在當年『如日初升』的時代所抱有的一種天然的渙發襟懷。」〔註 29〕此外，林同濟還解讀了更有深意的「男」字：男字從力，無力就不成爲男子。他更由此聯繫西方和各個民族文化而得出結論：「男性是力的象徵，乃一種原始人類的共同感覺。」〔註 30〕

從林同濟對諸多漢字的字源考察和字義闡述中，的確不難發現中華文化起初對力的推崇。這種中國文化之初就具備，並通過漢字不斷傳承和保留下來的尙力哲學，實際上就成爲林同濟提倡「力本體論」的中國傳統資源中最根本的來源。從抗戰時期直至當下，人們對戰國策派或批或贊，或褒或貶，都認定他們與西方外來文化密切相關。包括戰國策派的得名，所謂戰國時代的重演，人們不論是把這看做是斯賓塞歷史哲學觀的演繹，還是希特勒思想在中國的翻版，都沒有注意到根源性的問題，即從中國思想文化自身的發展

〔註 27〕林同濟：《力》，《戰國策》第 3 期，1940 年 5 月 1 日。
〔註 28〕林同濟：《力》，《戰國策》第 3 期，1940 年 5 月 1 日。
〔註 29〕林同濟：《力》，《戰國策》第 3 期，1940 年 5 月 1 日。
〔註 30〕林同濟：《力》，《戰國策》第 3 期，1940 年 5 月 1 日。

邏輯來考察戰國策派和林同濟思想的產生。事實上，任何一種文化思潮的產生，必定有內在的根源性因素，戰國策派的尚力思想以及林同濟所提出的力本體論也不例外。林同濟最大的貢獻不只在於他用體相論〔註 31〕推演出抗戰時期是戰國時代重演，更主要的是他所發掘出來的中華文化之初的力本價值觀，並使之成爲戰國策派思想的核心，沿此思路我們才能眞正理解林同濟等人爲什麼要稱之爲戰國策派，要提出戰國時代的重演論。正如我們前面論述到的，中國先民由力而生，由生而動，每一個「動」都是一個戰和鬥，與天地鬥，與猛獸鬥，與四鄰鬥。人的生和力和戰、鬥聯繫在一起，國的命運同樣和戰、鬥聯繫在一起。

由此可見，在人本層面進行力本體論哲學的構建時，林同濟有兩種思維模式，一種是從宇宙觀向人本層面推衍，從宇宙間一切的本質都是力，得出人的本質同樣是力；另一思路就是從中西文化源頭做考察，尤其是對中國漢字做了字源意義的分析，指出希臘以人體爲美，以力爲美，中國的「力」字爲人筋意，「力」同樣在中國是人體美的象徵。在對中國諸多漢字字源的考察和對中國文化源頭的分析中，林同濟得出了中國在人本層面以力爲本，形成了力、生、動的三位一體觀。

第三節　對德感文化的哲學批判

林同濟一方面考察中華文化的源頭，讚歎先民尙力，另一方面則感慨中國後來文化中力本觀隕落。林同濟剛剛用充滿讚歎的筆調描繪了「力」字之美，又馬上感慨中國後來無人以「力」字爲美。中國人的門上、牆上，張貼的都是「福」、「祿」、「壽」、「喜」字，這些在林同濟看來爲惡俗的東西卻備受人們追捧，而「力」的美妙卻無人賞析，以至於林同濟在解讀了諸多包含「力」的漢字後，又不得不承認，「無疑地，我們這個古老古怪民族已是人類歷史上對『力』這一個字最缺乏理解，也最不願意理解的民族了」〔註 32〕。

〔註 31〕體相論是林同濟的一個有關歷史文化形態描述的關鍵詞。他認爲中國在戰時即他所說的第三期學術思潮時期，不能再像五四時期那樣以事實爲基礎，也不能像 30 年代那樣以階級立場爲基礎，而應該以體相爲基礎。詳細論述見林同濟《第三期的中國學術思潮——新階段的展望》(《戰國策》1940 年 11 月 1 日，第 14 期)。

〔註 32〕林同濟：《力》，《戰國策》第 3 期，1940 年 5 月 1 日。

原因何在呢？爲什麼後來的中國人對力會輕視、歧視甚至仇視呢？林同濟認爲「儒教要負大部分的責任」。〔註 33〕在林同濟看來，中國人對「力」的摒棄恰恰因爲我們的文化傳統。林同濟這樣描述他的感受：「一提到『力』字，我們中國人最能夠登時義憤填膺，指斥爲『萬惡之源』——力就是『不道德』，就是『殘暴』！其實，力是自然界的一個現象，力的本身無所謂道德不道德——就譬如『生命』一般，『光』、『熱』一般：生命、光、熱的存在，與道德或不道德問題風馬牛不相及。無奈傳統腐儒的偏見只苦抱著『德感主義的宇宙觀』，對『力』字的用法，一向『霸道派頭』不問究竟，破口便罵。這眞是我們思想上的『盲點』。」〔註 34〕

這兒林同濟發現了一個重大的命題，即以儒家爲中心的中國傳統文化的道德本位命題，亦即他所說的「德感主義的宇宙觀」。一般而言，世界上的文化有三個最爲基本的類型，即宗教的、科學的和道德的類型。如林同濟所論述的西方哥白尼宇宙觀就屬於科學文化的範疇，他所提及的西方基督教文化就是典型的宗教文化。林同濟在《柯伯尼的宇宙觀——歐洲人的文化精神》一文中，對西方文化觀察是非常仔細，分析也很透徹。他所說的西方表面是基督教文化，骨子裏的哥白尼文化精神，換成今天比較通俗的說法就是，西方文化乃是哥白尼爲代表的科學文化和基督教文化的結合。與西方文化基本性質迴然不同，中國傳統文化屬於道德文化。眾所周知，中國傳統文化以儒家爲主體，以道家和佛家爲補充。其中，儒家文化是一種典型的道德文化，儒家特別重視人與人之間的倫理關係，強調上下尊卑，等級秩序，儒家的「三綱五常」正是其道德特性的集中體現。道家文化雖然沒有像儒家那樣鮮明地強調人與人之間的關係，但它同樣從「天道」推演而來，毫無疑問，道家思想比儒家更具有形而上的色彩，但在本質上，道家思想也只是一種道德哲學，而並非純粹的本體論哲學。佛家原本具有鮮明的宗教文化特徵，可它自印度傳入中國後，與本土的儒道文化相互吸收融和，在很大程度上也被道德化了，也就是學界常說的佛教的中國化。由此可見，儒釋道合流互補的中國傳統文化，最突出的是道德特性。

對於中國傳統的道德文化來說，求善是目標，道德善惡是價值判斷的準

〔註 33〕林同濟：《力》，《戰國策》第 3 期，1940 年 5 月 1 日。

〔註 34〕林同濟：《柯伯尼宇宙觀——歐洲人的精神》，重慶《大公報》，1942 年 1 月 14 日。

繩；對於西方科學文化來說，求眞是目標，無關乎善惡。具體到對力的態度和表述，在希臘文和拉丁文中，善從「勇敢」一詞變化而來，「惡」則從「懦弱」引申而來，這和林同濟解讀的「勇」字從「力」，「劣」字少力，大致相近。因爲戰爭中最能體現出力，所以中西文化之初都是從力的角度對戰爭高度讚賞，這也是林同濟前面提到的原始先民好鬥、樂鬥的一個原因。可當儒家道德文化佔據主導地位後，評判戰爭的核心不再是「勇」和「力」，而是是否合乎「義」的標準；而在古希臘文化中，評判戰爭的重要尺度依然與「勇敢」和「力量」相關。在《荷馬史詩》有關特洛伊戰爭的描述中，我們可以看到，善惡與否、正義與否都並非最重要的。荷馬並沒有指責特洛伊戰爭中的任何一方，對於雙方的英雄，尤其對他們的勇敢無畏的精神和壯舉卻都給予了崇高的讚揚。從荷馬時代一直到後來的雅典城邦時代，作爲基本存在的「力」一直是中性的，好的壞的只在於其卓越的功效。擁有力並且能把力發揮到極致那就是好的，反之就是壞的。所以，《荷馬史詩》中，阿喀琉斯和赫克托耳被讚頌爲具有英雄的美德，其主要原因就在於他們施展全力，甚至於連自我的生命都不去珍視。以「力」博得勇敢的稱號，是他們最大的目標，這勝過於苟活於人世。這就是古希臘人對力的「善」、「美德」的表達——重在卓越的功效。在這種中性的表達中，天上的諸神偏重於力的「功效運用」，至於是好是壞，爲善爲惡，反而不重要了。在後來古希臘的城邦中，智者傳授知識，只問技巧和效果，並不太關心它用來幹好事還是行惡。由此可見，在古希臘的文化觀念中，「力」、「知識」、「技巧」本身都無所謂善惡。

林同濟正是以西方這種求眞的思維方式來爲中國文化源頭的力本體說正名。他明確地指出，在宇宙中，力如「光」、「熱」一樣，是一種客觀存在，或者更進一步說，是宇宙間一切存在的存在，無所謂道德不道德的；在人的生命中，力者也是一種生命的勁兒（漢字力作人筋解），「就象生命一般，無所謂善，也無所謂惡，只是一種存在，一種必須的存在（It simply and must be.），有之便是生，無之則爲死」〔註 35〕。林同濟的這種態度正與古希臘對待力的態度相同。可是，後來以道德文化爲主體的儒家卻不把力看做一個中性體。正如林同濟所指責的，後來中國人對力有歧視、輕視甚至是仇視，對此「儒教是要負大部分的責任」：「據說孔夫子本身，就忌諱不語怪、力、亂、神——就好像力之一物，根本上就和那般怪、亂、神各現象，一樣荒誕，一樣不

〔註 35〕林同濟：《力》，《戰國策》第 3 期，1940 年 5 月 1 日。

堪掛齒。」〔註36〕子不語怪力亂神，出自《論語・述而》，這既體現了儒家敬鬼神而遠之的人文主義態度（這是極其偉大和積極的），但毫無疑問，這也體現出儒家對自然現象和技術的輕視。正如李約瑟在《中國古代科學思想史》中所闡述的那樣，「至於『怪』、『亂』與『神』三字易於瞭解，因用神靈來解釋自然界的畸形是不足爲異的」，力字說的是「自然界裏異常力量的表現，如地震、海嘯、雪崩、噴泉等等。孔子對此類現象未嘗語及，因爲它與人的社會無關。因而兩千年來，儒家學派採取與他相同的態度，不注意自然現象，與道家及技術學家迴異其趣」。〔註37〕

如果說孔子對「怪力亂神」採取的是敬而遠之的態度，那麼其後儒家文化的代表人物孟子則明確排擠和貶低「力」。林同濟毫不掩飾他對孟子的厭惡，稱孟子是「母教有方」、「帶著三分女性」。正如前文所指出，林同濟發現了「男」字從力，認爲男性代表力，是力的象徵。這裡林同濟並非是歧視女性，而是通過孟子的女性氣質來闡明爲什麼儒家文化後來那麼排力貶力。林同濟的論述顯然有一定道理，今天我們都不難察覺出中國儒家文化的女性特徵、柔性特質。孟子提出了以德服人的理念對後世影響特別大，在戰國爭雄的戰亂時刻，孟子的這種理念無疑有緩和衝突的積極意義，「可是他無意中影響所及乃促成了中華民族對力的兩種『先天』的偏見：（一）看不起：說力總不如說德之有效；（二）認爲惡：說力是『不德』的，『反德』的」〔註38〕。

孔孟之後，中國就逐漸確立了德感主義的思想理念。在林同濟看來，抗戰時期，作爲中華民族文化思想更新的關鍵時期，首先就不能不對德感主義進行重新的估量和檢討。因爲，儒家的德感主義使得先民的力本觀被壓制、被排擠、被貶低。林同濟考察中華文化的發展，得出一個規律：「力的精義的汩沒，與德感主義的流行，在我們文化史上恰成正比例的。」〔註39〕要恢復力原有的應有的自然潔淨，自然光彩，就得對中國的道德文化進行批判，這就是林同濟文化思想和哲學觀念的基點。

林同濟站在力本體論觀念上對德感主義的哲學批判主要沿著下述邏輯展開：

〔註36〕林同濟：《力》，《戰國策》第3期，1940年5月1日。
〔註37〕李約瑟：《中國古代科學思想史》，江西人民出版社，1999年，第16～17頁。
〔註38〕林同濟：《力》，《戰國策》第3期，1940年5月1日。
〔註39〕林同濟：《力》，《戰國策》第3期，1940年5月1日。

第一，中國人把道德的「應當有」武斷地認爲「必定有」。

在林同濟看來，中國人和中國道德文化的提倡者都犯了大毛病。把道德這樣一個「應該有的」（what ought be）武斷地認爲「必定有」（what is）。在原始先民那裡，生存是目的，也是最大的價值評判標準。可以想像，任何一個原始文化，包括半文明半原始的文化，基本都屬於宗教文化的範疇，即萬物有靈，圖騰崇拜，鬼神巫術等是其基本內容，道德並非是這些內容中最重要的一部分。可是在後來成熟的中華文明中，那種特定的道德卻越來越重要，從而逐漸形成了一種新的文化——道德文化。林同濟指出了中國道德文化的形成和轉變過程：「舜舞干羽而有苗格，武王垂拱而天下治」，還有《尚書》中類似於此的種種例證，都是中國道德文化形成的體現。舜通過舞動盾牌和羽毛在兩階之間，過了七十天，有苗自動前來歸附。這說明舜通過擔負教化功能，即偃武修文，而使人服。所謂武王的「垂拱而治」，其實也是表明武王偃武修文，通過道德感化而得天下、治天下。這其實是一種文化理想，我們不難明白，不論是堯舜的更替，還是武王的伐紂，背後都是力量更替變化的結果，尤其是軍事實力的變化，靠德行籠絡人只是增強實力的一種手段，而《尚書》的闡述卻把此看成是德行的勝利，無疑具有粉飾的意義。但可以肯定的是，堯舜禹德行遠揚，周德勝暴商，促使了中國文化的轉型，包含著怪力鬼神因素的帶宗教性質的文化逐漸被新的道德文化所替代。孔孟儒家成爲中國道德文化的總結和集大成者，他們把道德的作用推到了極致，並逐漸形成一種比唯德的政治觀、歷史觀更規模宏大的「唯德宇宙觀」。

所謂「唯德宇宙觀」既是林同濟對中國道德文化的哲學本質的一種歸納（事實上，我們都明白，以儒家思想爲核心的道德文化始終沒有進入到形而上的本體層面），同時又是他爲自己的力本體論所樹的一個靶子。「唯德宇宙觀」是以道德的眼光來審視萬事萬物，「認定宇宙間一切事物的本質都是『德的』，一切事物彼此間的相互關係也是『德的』。」〔註 40〕各種自然現象，如山崩、地陷、川竭、日食、月食等各種『滅異』，或是風調、雨順、歲豐、年和等各種『祥瑞』都是『君德』厚薄的體現。林同濟認爲這些自然現象背後恰恰是自然力量的體現，根本和道德無關涉。這種所謂的「唯德宇宙觀」正是原始民族「物靈迷信」的遺留。毫無疑問，林同濟對中國道德文化的形成過程觀察得非常細緻，對道德文化的批判也一針見血，十分到位。中國道德

〔註 40〕林同濟：《力》，《戰國策》第 3 期，1940 年 5 月 1 日。

文化的形成最初從帶有原始信仰的天德衍化而來，隨後逐漸形成了中國傳統道德文化的天人合德、物我同一，也就是說，天地萬物都因人的道德而具有了道德性，這就形成了自然萬物道德化、人格化。在此基礎上，中國的道德文化既對原始的宗教信仰有所壓制，又和宗教信仰合謀壓制了科學理性。因此，林同濟用了「原始民族『物靈迷信』的批判詞」，這樣的批判詞說明林同濟正是站在科學文化的立場上，因爲迷信的對立面是科學。最讓林同濟不滿的是董仲舒。中國傳統文化的天人合德在漢代董仲舒手裏完全成型，董仲舒提出的「天人感應」論是一個集大成而有系統的中國「唯德宇宙觀」，人和天的結構和運行都靠「德」來維持。在林同濟看來，這種以道德作爲支撐的天人感應說必定會走向輕力主義、反力主義的路線。

很顯然，林同濟對中國傳統德感文化的批判是釜底抽薪式的。道德不過是統治者爲了籠絡老百姓比較實用的一種手段，卻被誇大爲朝代帝王更替的本源；道德不過是人類社會中的一種處世方式，卻被推及到天體自然的構造和運行。這在哲學本體論上是根本站不住腳的，遠不如林同濟對力本體論的闡述。

第二，德感主義是中國文化發展自覺的體現，但是中國文化要繼續發展，必須再由「自覺」走向「他覺」階段。

林同濟承認道德文化在中國文化發展史上的意義和價值。在他看來，任何文化發展過程中，都要經歷德感主義的階段。儒家使得中國文化具備了成熟的道德文化特徵，另一方面強大的德感主義也使得自我的文化發展停滯不前，並走向衰敗。中國文化要進一步發展，就不得不突破道德文化的藩籬，進入到一個新的階段，也就是林同濟所說的「他覺」階段。

什麼是文化發展的「自覺」和「他覺」呢？林同濟對文化的發展有一個非常系統的論述，他提出了「自表（不覺）——自覺——他覺」的文化發展模式。在他看來，任何一個民族，從野蠻到文明，都要經歷兩個階段：「一爲『自表』階段，二爲『自覺』階段」。〔註41〕在自表階段，民族充滿著創造力，只知道創造，不管創造的原因是什麼，創造的目的是什麼，創造只是力的表現。可見，在自覺的成熟文明之前，各個民族都有本能的力的表現和衝動，例如我們前面論述的中國文化源頭的「尙力」思想，但毫無疑問，那是一種不「自覺」的尙力。

〔註41〕林同濟：《力》，《戰國策》第3期，1940年5月1日。

當自表的文化發展到一定階段，創造主體開始面對自己的創造物不免有了追問。這些「是什麼」、「爲什麼」的追問便是文化自覺階段的標誌。中國文化的自覺階段恰恰在於道德文化的形成。在林同濟看來，中國文化「自覺階段的中心意義可以說是『道德頭腦』的產生」〔註 42〕。林同濟所說的「道德頭腦」類似於今天我們所說的道德意志和道德理性。林同濟指出，中國文化從原始的宗教信仰過渡到道德文化，是一次人的理性的覺醒。「道德頭腦的產生，在一方面看去，當然是個進步的運動——由自表階段的『不覺』，進而入於『自覺』」。但另一方面，林同濟更指出了道德理性的局限和危險，那就是道德理性用「主觀所定的『應該有』和『不應該有』來觀察、評量、解釋宇宙間的『有』與『不有』」。〔註 43〕

由此，林同濟指出中國的道德文化觀犯下了兩種基本的邏輯錯誤：

> （一）把主觀的價值，引申到純客觀的事實裏——一個純客觀的現象，本無所謂善，無所謂惡，而我們卻必定拿著道德的眼光來評定個『應當有』與『不應當有』。
>
> （二）把主觀的價值，即當做客觀的存在——不管客觀上是果『有』與否，但若主觀的理性或情感認爲「應當有」或「不應當有」，我們便相信事實上是「必有」或「必無」。〔註 44〕

這種錯誤的邏輯帶來的結果就是對於眞相的錯解和對於現實的無視。也就是說，中國文化由於道德頭腦（意志、心理）的制約，太過注重主觀的價值以至於走向反客觀、反現實的道路。毫無疑問，力原本就是一種客觀存在，是不以人的主觀意志爲轉移的。重主觀的道德文化機制勢必會輕力、反力。從林同濟這種批判中國道德文化的思路來看，他基本上是站在科學文化的立場上。林同濟自己也說，儒家的道德文化本來是理性覺醒的標誌，但是「後來卻無形中把中國的思維術永遠地局限在主觀的價值論的範疇裏而不使踏進了客觀的科學境地」〔註 45〕。這樣，林同濟所說的中國文化應該從「自覺」走向「他覺」，「撇開內在的『（自）我的價值』，而力求體驗外在的『（他）物的眞相』」〔註 46〕，也就是說，中國主客不分的道德文化應該走向主客分離的

〔註 42〕林同濟：《力》，《戰國策》第 3 期，1940 年 5 月 1 日。
〔註 43〕林同濟：《力》，《戰國策》第 3 期，1940 年 5 月 1 日。
〔註 44〕林同濟：《力》，《戰國策》第 3 期，1940 年 5 月 1 日。
〔註 45〕林同濟：《力》，《戰國策》第 3 期，1940 年 5 月 1 日。
〔註 46〕林同濟：《力》，《戰國策》第 3 期，1940 年 5 月 1 日。

科學文化。西方眞正確立科學文化的統治地位恰是從哥白尼的宇宙觀開始，而正是哥白尼的宇宙觀給了「力」一個極其重要的地位。

由此不難看出，林同濟對中國文化德感主義的批判，其目的始終是為其所提出的力本體論正名。道德價值論只是一種應該有的而不是必定有的，道德論只是人的主觀世界中一種價值觀念而並非宇宙間的客觀本源。與之相反，力是宇宙間的必定有，必須有，它是一種客觀的存在，也是一種本源的存在。

結　語

林同濟構建的力本體論哲學主要從兩個維度展開：一是從宇宙本體的層面，在這個維度，他主要從西方哥白尼天文學中總結出西方近代以來一直是哥白尼宇宙觀，即宇宙的本體是力，宇宙的運行、變化都依賴於力。林同濟呼喚中國也要吸收西方的哥白尼精神，用哥白尼的力的精神來改造中國的文化、文學。二是從人的本體層面，在這個維度，林同濟主要結合自己的中國經驗，通過對中國漢字的字源考察和分析，以及他豐富的中西文化素養，提出了中西文化之初，人們都是以力為本，以力為美。世界視野和中國經驗的完美結合，體現出林同濟在構建力本體論哲學和美學時的自覺。林同濟的理論自覺還體現在他用力本體論對中國德感文化的哲學批判，在林同濟看來，正是後來逐漸興盛的儒家文化壓制了中國人的力本體觀；而要進一步構建力本體論的美學思想，就不能不對中國的儒家文化進行哲學上的清算和批判，尤其是要批判我們從倫理道德和善惡的角度來看待「力」和「美」。

雖然是構建力本體論哲學觀，但林同濟力本體論的出發點卻是美學上的感受，其落腳點也回到美學上。林同濟正是以自我對「力」的美感為基礎，感悟到原始人以力為美，以力為本。在完成了自己的力本體論闡述並對中國傳統的道德文化做了相應批判後，林同濟引用美國詩人葛楚德·史坦的名言作為自己論文的結尾:「美之為美，不在其為大家公認的經典式。即使惹人怒，刺人眼，美還是美」。〔註47〕也許不少人覺得林同濟這個結尾太過突兀，本來是談論「力本」，怎麼最後談論到了「美」的命題。事實上，這既是林同濟思想跳躍的體現，也是他自始至終關注美學命題的體現。林同濟所引用的葛楚

〔註47〕林同濟：《力》，《戰國策》第3期，1940年5月1日。

德·史坦的名言中，「美」字與「力」字是可以互換的：力之爲力，不在其爲大家所公認的經典式。即使惹人怒，刺人眼，力還是力。也許這更合乎林同濟的本意。但不論怎麼說，在林同濟的意識中，力和美可以直接畫等號。也就是說，林同濟在構建力本體論的哲學觀的同時，其實也建立了一種新的美學觀，即力本體論的美學觀。在這種新的美學觀的觀照下，林同濟不遺餘力地倡導著新的審美主體和審美風格的出現。

第四章　新的審美主體的呼喚

美是相對人而言的，只有人才能進行審美活動。要探討包括美的本質在內的諸多美學命題，最可行的莫過於從人和客體對象的審美關係入手。長久以來，國內最爲流行的就是社會實踐派的美學觀點，即把美看做是社會實踐和審美實踐的產物。人類社會出現之前，自然界無所謂主體與客體，也無所謂美與醜，美是有了人類社會後才出現的。經由勞動實踐逐漸有了主體與客體之分，人通過物質生產的實踐活動產生了美。通俗地說，就是「勞動產生美」，從學理上講，就是「自然的人化」和「人的本質力量的對象化」。毫無疑問，這種美學觀念受到了馬克思主義的影響，但是，持此論的大多數學者卻弱化了馬克思觀點中的人本色彩。也就是說，很多秉承實踐產生美的觀點其實強調的是「物」和「實踐」的意義，人的主體性價值卻往往被忽略，被壓抑，人們的審美自由恰恰被限制了。具體到美學和藝術創造，我們過去常常用唯物史觀的經濟基礎決定上層建築、社會存在決定意識等理論作爲基礎，這就造成了對人在審美和藝術創造過程中的個性和自由性的打壓，對人的主體性的壓制。

事實上，在 40 年代抗戰時期，林同濟就敏銳地發現了馬克思主義唯物論學說，尤其是當時國內很多人的機械唯物史觀，在解決藝術和審美問題上的不足。林同濟 1940 年指出：「近年來一般淺見者流，苦憑著他們一知半解的唯物史觀，嚣嚣然應用一種極粗淺化的（所以極方便的）公式，前來解釋人生的一切，解決人生的一切。在這些人的眼中，民族性問題，民族特有的性格風格問題，只不過是工業化問題的另一方面。在他們看去，中西的人生觀以及生活風度的不同，只是農業經濟與工業經濟的不同；好像只須多築幾條鐵道，多建若干處工廠，中國人不欲變爲西方人，也非變爲西方人不可者。」〔註 1〕請注意，這裡林同濟提出了「民族性格」、「民族風格」、「中西人生觀」、「生活風度」等命題。稍加考察，我們就不難明白，這些命題大都屬於美學範疇的。

林同濟談論作爲主體的人格類型或者風格類型時，不是像同時期的其他學者那樣著眼於寬泛的文化意義，而是更加傾向於從美學層面，即作爲審美主體或者藝術創造主體的角度來談論。儘管審美主體作爲美學原理中的一個重要因素在西方美學界一直飽受質疑，或者說，大家對此的解釋和界定眾說紛紜，造成了對這一概念理解上的含混和諸多歧義，但就林同濟的思想傾向來看，他所提出的諸多人格類型或風格類型，如爸爸式和情哥式，大夫士型和士大夫型、戰士式和超人式等，確實應該被歸納在審美主體的範疇上。

審美主體是什麼呢？很顯然，這是一個抽象的概念，是對人的一種抽象，不是所有的人都是審美主體，只有那種具有審美需要和審美能力，能夠從事審美活動的人才可以被稱作審美主體。同時審美主體是依存於審美活動，把審美主體從人那抽象出來，是爲了區別人的不同活動。人除了審美活動還有其他諸如政治活動、經濟活動、道德活動等等，儘管這些活動或許會有交叉，但不同活動的意義和價值的中心是不一樣的。

爲何說林同濟提出的這些人格或人的風格類型更傾向於審美主體？林同濟自己曾有明確的解釋和說明。

> 人格兩字的解釋，到今日心理學家還覺茫然。我們或可說人格即個性。它是一個人整個體魄內先天條件與後天環境互勉互應而成的一種特有的精神統相（gestalt）。概念上，我們或可把它分爲意志、理智、情感各部門，而實際上三者本是渾然無間，揉成一團，藏諸內時則爲一種潛能的傾向，發諸外時則成爲一種行爲的作風。藝術創造的特點，就在把這個精神統相的渾然本體依樣托出，不讓意志、理智或情感任何部門臨時作偏畸的活動，而歪曲了這渾然的本然面目。一切創造之中，藝術創造可稱爲道地的個性自表、人格自抒者，緣故即在這裡。如果象徵是藝術家借形以表意，抒情是藝術家忠實

〔註 1〕林同濟：《中西人風格的比較——爸爸與情哥》，《戰國策》第 5 期，1940 年 6 月 1 日。

地把整個的人格不加分解與拗曲而依樣倒印到這形意互成的象徵中，於是象徵點點皆是其人。所謂化我入物，即是此義。〔註2〕

人格作爲一種先天後天結合的精神統相，它能夠最大限度地通過藝術創造來體現。這樣一來，人格、人的風格類型影響藝術風格，反過來，藝術風格的不同也是人格不同的顯現。由此不難看出，林同濟所談及的民族風格、民族性格、生活風度等都屬於美學範疇，確切地說，更近乎於審美主體的範疇。前面我們論及了林同濟的力本體論的哲學觀，從林同濟的思路中我們不難看出，在探討哲學和美學的範疇和命題時，林同濟始終注重的是人的主體地位。作爲審美主體的人是客體對象產生美的根源，同樣的，作爲審美主體的人是判斷客體對象美與不美的標準。什麼樣的東西是美的，什麼樣的東西不美，這都由審美主體來判定。對林同濟來說，既然已經構建好了力本體論的哲學觀，那就有了相應的以力爲美的美學觀。而要判斷有「力」就是美，無力就是不美，其標準也就在於審美主體那裡。這樣一來，我們要談論林同濟的美學觀念，首先不能不關注他對新的審美主體的呼喚。

第一節　爸爸式與情哥式——中西審美主體比較

中西人風格的分析比較是一個很大的命題，林同濟的出發點卻是極微小的生活中的例子。林同濟講到，一個英國朋友，號稱是信奉東方佛教的，在他家裏侃侃而談，怒斥西方基督教和文化。林同濟卻感受到，這個外國朋友雖號稱釋迦弟子，卻有西方人的熱情和生氣。一個中國朋友，過去留學美國，受到新思想啓發，義憤塡膺地討論中國問題，一副非常激進的普羅革命樣，然而回到國內，在抗戰的大環境下，卻五尺長袍，一手茶壺一手煙捲，漫步閒心，對林同濟所提出的抗戰走向問題無動於衷。林同濟感慨，激進的中國人實則無熱情，看似頹廢的西方人仍充滿著活力和生氣。林同濟的感受分析與魯迅的看法很相近，魯迅曾這樣寫道：「中國書雖有勸人入世的話，也多是僵屍的樂觀；外國書即使是頹唐和厭世的，但卻是活人的頹唐和厭世。」〔註3〕這裡引出魯迅的觀點並非要以魯迅爲是非標準，而是想表明，對於像魯迅

〔註2〕林同濟：《我看尼采——〈從叔本華到尼采〉序言》，載陳銓《從叔本華到尼采》，上海大東書局，1946年。

〔註3〕魯迅：《青年必讀書》，《魯迅全集》第3卷，人民文學出版社，1981年，第12頁。

和林同濟這樣曾留學海外的知識分子來說，他們對中西文化和中西人性格的認知是建立在自己深刻的人生體驗基礎上的。林同濟隨手所列舉的生活例子並由此上升到對中西人風格的比較，看似武斷，但實際上是以他自己長久以來的感受和分析為依據的。

林同濟認為，中西人的風格本質上相差太大了。而且這種差異並不在唯物觀所說的經濟基礎那兒，而是有更深的文化心理機制。這些文化心理機制的差異，造就了中西人風格的不同，也形成了中西審美主體的差異。林同濟提出，中西人風格不同的根本不在於工業化與否，不在於經濟基礎和社會形態的不同。也就是說，作為審美主體的人雖然受到社會政治、經濟的影響和制約，但這並非是考察、分析審美主體形成的必然原因。林同濟說，西方工業社會乃至農業社會之前的人和中國任何時代的人在風格上都有很大的差異，於是他反問道，中國即便有了工業化，有了和西方一樣的經濟基礎，中西人的風格就會相同了麼？那麼，林同濟所說的中西人風格的差異，中西審美主體的差異的根本原因究竟是什麼呢？林同濟做了如下回答：

> 是不可以邏輯解釋的人的肉體與靈魂的兩種原始要求。叫做本能也罷，叫做天性也罷，這兩種要求乃位在人的最深邃處、最蘊藏處，握有極強大、極永恆的力量，在人的本體上，不斷地活動、指使，而且必要取得相當的滿足的。簡言之，一是性愛的要求，一是有後的要求。——
>
> 西方人發揮前者；中國人發揮後者。積之日久，結果遂確實鑄成了兩種母題互異的風格或類型：西方人是情哥；中國人是爸爸！〔註4〕

第一，從這樣的描述中我們可以看出，林同濟中西人風格的比較分析是從人的深層次心理機制入手的，確切地說其理論根源是從弗洛伊德那裡來的。

林同濟反覆提到，當時社會通行的馬克思唯物學說雖然影響很大，但是 20 世紀更具有影響力的發現是心理學，是對人的研究的深入和拓展。就像林同濟自己所說那樣：「你必須再深一層探索；經濟學之外，你必須殷勤應用其他一切的新科學，如生物、化學、優生學、心理學等等。20 世紀對於『人』的瞭解已有了空前的進步：對人的瞭解的工具和方法，已有了無數的新發明，已展開了無窮的可能。科學知識的現有成績已容不得我們死抱著亞當斯密士

〔註 4〕林同濟：《中西人風格的比較——爸爸與情哥》，《戰國策》第 53 期，1940 年 6 月 1 日。

——馬克思——恩格斯的字句，故步自封！」〔註5〕林同濟自己正是從人的心理機制來看待中西人的風格類型——或者他所說的爸爸和情哥這兩種類型。這裡林同濟談到了人的性衝動力量，很顯然這是來自弗洛伊德的觀點。在抗戰時期，林同濟還專門寫過一篇《阿物，超我與文化》。在這篇文章中，林同濟不只是一般地介紹剛剛去世不久的弗洛伊德的理論，而是對此有著深刻的體會和思考。更難能可貴的是，林同濟較早提出了用弗洛伊德的理論來分析和瞭解中國的群體現象。林同濟詳細介紹了弗洛伊德的人格結構理論，即 id，ego，superego，林同濟把他翻譯成「阿物」、「自我」、「超我」（今天我們把 id 通譯爲「本我」）。在抗戰時期乃至到上世紀 80 年代之前，中國學界幾乎沒有明確談論弗洛伊德在文學和美學上貢獻的論著。林同濟卻很早就發現了弗洛伊德無意識學說及其唯性主義在文學和美學上的意義和價值。今天我們越來越清晰地看到，弗洛伊德對美學最大的貢獻在於他的無意識學說，他從心理層面所揭示的三部人格結構說，對美學上的審美主體和審美人格理論的豐富和發展起到了巨大的推進作用。我們姑且不論弗洛伊德的性欲支配審美和藝術的觀點有無偏頗，但是毫無疑問，弗氏的理論爲主體哲學和美學提供了有力的事實證據。即，美不是純粹的對象的客觀屬性，主體的人格、風格制約著客體對象的美。這就再一次表明，林同濟援引弗氏理論是因爲其重視主體的價值和意義。

第二，從這段話中，我們可看出林同濟非常重視弗洛伊德學說中的主體「生命力」。

在這個對中西人風格差異的底基的描述中，林同濟有幾個重要的關鍵詞，「本能」、「天性」、「強大」、「永恆」、「力量」等等。這幾個語詞彰顯出人身上所蘊藏的生命力，也就是弗洛伊德所說的性力。這種力量是最原始、最強大，最永恆的力，也恰恰爲林同濟的力本體論提供了又一證據。在前面，我們反覆談到林同濟的力本體論。林同濟在人本層面的論述主要從自己的感受入手，而弗洛伊德的學說爲其提供了理論上的支撐。在介紹弗洛伊德的人格結構說時，林同濟以充滿讚賞的筆調描繪 id（阿物）「是人們性心中的一種邁進力，一切本能衝動後面的原動力。它是無意識的、無理性的；是一團情慾，一團原始存在的情慾，不斷地要求滿足，要求立時的無條件的滿足。在

〔註5〕林同濟：《中西人風格的比較——爸爸與情哥》，《戰國策》第 53 期，1940 年 6 月 1 日。

其自求滿足中，它是毫不顧實際的利害，更不顧道德上的是非」〔註6〕。事實上，今天我們在研究林同濟和戰國策派的大量文章中，都沒注意到林同濟對弗洛伊德理論的吸收和消化，我們只是關注林同濟和叔本華、尼采的唯意志論哲學之間的關係，這不能不說是一種缺憾。從林同濟對弗洛伊德的喜愛和不遺餘力的介紹可以看出，叔本華、尼采以及弗洛伊德共同構成了林同濟力本體論思想的哲學來源。其實，叔本華、尼采和弗洛伊德之間也構成了非常密切的淵源關係，他們三人都是非理性主義的代表，都是主體哲學史不可被忽視的。弗洛伊德無意識說中的「性力論」和叔本華的生存意志論相比，更加系統和學理化（儘管學界有很大爭議，儘管本身隸屬非理性主義思潮，但弗氏堅稱自己的理論是科學化的），和尼采的權力意志論相比，弗氏的理念和藝術及其審美的關係更加密切。

第三，林同濟肯定西方情哥式的審美主體，認爲中國式的「爸爸」風格應該向西方學習，尋求改變。

在對中西兩種人的風格論述中，林同濟的傾向性很明顯，即讚頌前者，否定後者。林同濟判斷這兩者價值高低的標準就在於哪個是更能體現力本的主體。從林同濟有關中西人風格差異的底基的描繪中，我們可以看出，不論是情哥還是爸爸，不管是性欲的要求，還是有後的要求，林同濟都是認可的，因爲它們都是生命力的顯現。可是到底哪個更是強力的體現呢？曾經對林同濟思想產生重大影響的叔本華也認爲，生命意志包括個體的生存意志和種族繁衍的意志。叔本華肯定性欲在生存意志中的作用：「性欲和其他欲望的性質截然不同：就動機而言，它是最強烈的欲望；就表達的情形而言，它的力量最強猛」；「性欲是生存意志的核心，是一切欲望的焦點，所以我把生殖器官名之爲『意志的焦點』」；〔註7〕「性欲是一種最激烈的情慾，是欲望中的欲望，是一切欲求的彙集，一個人如果獲得性欲的滿足——針對特定的個體，就能使人覺得有如擁有一切，彷彿置身於幸福的巔峰；反之，則感到一切都失敗了。」〔註8〕儘管叔本華認爲，生存意志中的性欲是一種非常強大的力量，但和整個種族的繁衍意志相比，則就稍弱一些。「誠然，求生意志的最初表現只

〔註6〕林同濟：《阿物，超我與文化》，重慶《大公報》，1942年1月28日。

〔註7〕〔德〕叔本華：《愛與生的苦惱——生命哲學的啓蒙者》，陳曉南譯，中國和平出版社，1986年版，第66～68頁。

〔註8〕〔德〕叔本華：《論性欲與生存意志的關係》，見金玲譯《愛與生的苦惱》，華齡出版社，1996年版，第55頁。

是爲維持個體而努力，但那不過是維護種族的一個階段而已，它對種族的熱心、思慮的縝密深遠，以及所持續的時間長度，均超過對個體生存所做的努力。」〔註9〕在弗洛伊德的觀點中，性力是最原始、最本能的力量。當然，弗氏的性本能包括了性的滿足和種族的繁衍需求。由此可見，性欲情慾的滿足和有後的需求在叔本華看來，後者更強大，強大到可以壓制前者，例如叔本華談男人的性倒錯就是因爲這對種族的生存意志有利；而弗洛伊德更強調前者的力量衝動，儘管弗洛伊德也談到了自我和超我的作用，但很顯然弗氏的理論核心是性力衝動和無意識說。從上述林同濟對弗洛伊德的欣賞來看，林同濟首先關注的是主體身上所具有的生命力，因此他也就更多讚賞弗洛伊德的 id（自我，阿物）的力量。

西方人追求愛情，更能體現出一種情慾力量的發洩。正如叔本華在《論情愛與性愛》中所說的：「情愛不僅在戲劇小說中表現的豐富多彩，而且在現實生活中也是豐富多彩的。它是除生命衝動之外，最強大、最有力的活動；它佔據人類青春期這段黃金時代的一半時間，耗費他們的思想和精力；它也是人類終生夢寐以求的鵠的；它會延誤大事，有時，甚至使最偉大的思想家也時時眩惑不已；它會大搖大擺地闖入政治家的會堂和學者的書齋。情愛糾葛，可以釀出最惡毒的事件，拆散最親密的父子之情，衝破最牢固的藩籬。有時候，人們不惜犧牲生命、康健、地位、財富，以追求情愛。在某些地方，它還會讓誠實者撒謊，忠篤者背信。」〔註 10〕很顯然，叔本華的這段論述很大程度是站在西方人的立場上，而這正好與林同濟對西方人風格的描述大致相同。林同濟感歎，「在西方人的眼中，幾乎可說：愛的不管是何如人，有愛便佳」；「在西方，『愛情』兩字，幾乎是人類至上的價値，爲了愛情，可以犧牲一切，似乎也應當犧牲一切」，「他們的民族道德感覺，以及社會上的一般輿論，對這個問題是有極截然直覺的判斷的：不能爲愛情犧牲一切，根本上就不是男兒」。〔註 11〕

相比較而言，中國人看重子嗣甚於愛情。林同濟說：「『有子萬事足』。中

〔註 9〕〔德〕叔本華：《愛與生的苦惱——生命哲學的啓蒙者》，陳曉南譯，中國和平出版社，1986 年版，第 68 頁。

〔註 10〕叔本華：《論情愛與性愛》，見金玲譯《愛與生的苦惱》，華齡出版社，1996 年版，第 45 頁。

〔註 11〕林同濟：《中西人風格的比較——爸爸與情哥》，《戰國策》第 53 期，1940 年 6 月 1 日。

國人畢生目的，這點最高。這點是他的 dominating Passion（如果我們用 Passion 一字來形容中國人的任何情緒的話）。」〔註 12〕又說：「在中國人的精神生活上，愛情兩字卻一向不佔有，也不應佔有，何等惹人注意的地位。無上的價值，絕對不是愛情，乃是延嗣，犧牲了一切，好像都是應該。所以整個的家庭可以鬧得天翻地覆，糟糠的老妻可以吞鴉片、上弔梁，延嗣的小老婆，卻是非娶不可。」〔註 13〕很顯然，林同濟對中國人延嗣的強烈願望充滿了挖苦和嘲諷。挖苦和嘲諷的原因林同濟沒有點明，但是我們不難發現，其原因就在於中國人有後的需求中並非由生命力來做主導，而是由道德觀念所掌控。

事實上，詳細考察林同濟的論述，我們不難發現，林同濟之所以貶低中國人爸爸式的風格，就在於爸爸式的人格風格並非是生命力的體現，而是道德意志的顯現。林同濟曾介紹了弗洛伊德的三部人格結構，更重要的是他用此來觀察和分析中國社會和中國人。林同濟說道：「中國傳統倫理下的社會，如果用福羅特（今天通譯爲弗洛伊德——筆者注）的術語來形容，可說是一個經典的『超我獨佔型』。敬順長老、通行古訓、遵守慣例、反對新奇異端——哪一個不是表現超我的威風，在這個四面楚歌的超我壓力下，阿物處處遭禁制，遭呵斥。阿物不斷地被摧殘，而個人的邁進力，個人的生機熱情當然也消磨殆盡。中國的傳統社會，就好像舊約中以色列十誡命一般。到處逢源，都是『你不應當』四個字！你不應當作這個，你不應當作那個……非禮勿視，非禮勿聽，非禮勿動！哀我中華人，可做的事在哪裏？」〔註 14〕由此可見，林同濟對中國傳統的道德文化壓制本我表達出了強烈的不滿。

在中國傳統的道德文化中，最講究的是忠孝。而什麼是最大的不孝呢？中國有句古話：「不孝有三，無後爲大」（這句話出自《孟子・離婁上》）。儘管現在有些學者認爲，孟子這句話有特定的所指和意義，但毫無疑問，在中國漫長的歷史中，人們一直信奉著「沒有傳宗接代就是最大的不孝」。爲了不至於出現無後，無論是富貴家族還是貧苦人家，都無所不用其極。正像林同濟所挖苦的那樣，哪怕家庭不和睦，哪怕妻子上弔，也不能斷後。中國人特別注重傳宗接代，以至於出現了過繼、借種等一系列荒唐的社會現象。更讓

〔註 12〕林同濟：《中西人風格的比較——爸爸與情哥》，《戰國策》第 53 期，1940 年 6 月 1 日。

〔註 13〕林同濟：《中西人風格的比較——爸爸與情哥》，《戰國策》第 53 期，1940 年 6 月 1 日。

〔註 14〕林同濟：《阿物，超我與文化》，重慶《大公報》，1942 年 1 月 28 日。

人難以接受的是，中國人重視有後並不是爲了後代人更好的發展，並不完全是叔本華、弗洛伊德所說的種族的生命意志、生命力的體現。中國傳統道德文化中強烈的延嗣願望的出發點不是孩子，而是長者。爲何無後是最大的不孝呢？原因在於「不娶無子，絕先祖祀」，原來中國人想要孩子的最主要原因是爲了生前有人能侍奉尊長，死後可以有人來供奉祭祀。正如林同濟所譏諷的，「向那城外壘壘的中國田頭的龜字碑，略略對照一番，就曉得我們中國人的墓誌銘必定著重宣佈有子若干人，有孫十幾個」〔註 15〕。魯迅也曾批判中國的忠孝文化，認爲其違反生命原則，是長者本位而非幼者本位。中國人重生子，卻從不以子輩爲中心，相反以上下之別來規範、限制子孫，子從父是道德規範之首。個人的生命力、個性精神在這樣的忠孝道德規範中全然被壓制住了。由此可見，儘管林同濟談到有後的需求和情慾的需求一樣來自生命本能的力量，可是從林同濟對中國重延嗣行爲的冷嘲熱諷中，我們不難看出，中國有後的本能衝動幾乎消解在道德文化的規範中。中國人有後並非是爲了增強種族的生命力，並非爲了年輕一代生命力的激發，而是去將就垂死的老者，去符合所謂的道德，二十四孝故事中的郭巨埋兒就是最顯著的例子。

從上述可見，西方人重視情慾、愛情是生命力旺盛的象徵，而中國人注重有後卻顯示出生命力的萎縮；西方人爲了愛情和情慾可以不顧及道德上的善惡，顯示出一種強力的主體人格，中國人因了道德規範而消解了有後中的強力因素，呈現一種卑弱的主體人格。有了這種中西人風格的不同——這差異既是現實中人性格的差異，更是作爲一種審美主體和藝術創作主體的不同，也就有了中西文學和文化母題的不同。林同濟在中西人的風格比較中，反覆論及兩種文化藝術母題的差異，他也大量列舉情慾對西方作家和作品的貢獻，而中國的文化和文學作品中忠孝卻理所當然地佔據了核心位置。細究之下，林同濟還眞是找到了中西審美主體和審美風格差異的一個關鍵處：瘋狂的情慾、原始的本能衝動、強烈粗暴的激情、超乎尋常的憤怒、痛苦、絕望等等類似的衝動和力量，在西方文藝中屢見不鮮，而在我們傳統的文藝中卻被排除了。在道德因素的主導下，中國人的情感形式和藝術形式總不出「樂從和」的範疇。我們只需比較一下中西的悲劇，比較一下《美狄亞》和詩經中的《氓》，就可一目了然了。

〔註 15〕林同濟：《中西人風格的比較——爸爸與情哥》，《戰國策》第 53 期，1940 年 6 月 1 日。

第二節　由大夫士型到士大夫型——對剛道審美主體的呼喚

林同濟對中西人風格即中國人爸爸式風格和西方人情哥式風格，有一個時間段的限定。戰國以後中國人越來越體現出爸爸式的風格，而西方人文藝復興和宗教改革後越來越體現出情哥式的風格。在林同濟看來，戰國前和戰國後的思想文化大不相同：「平日靜思，總覺得中國文化的整個精神，中國社會上一般人的風格，戰國以前是一個樣，戰國以後又是一個樣。」〔註16〕又說：「……我們這種看法，或許不是無稽。此地無由細論，且擱置以待他日。」〔註17〕

這一擱置以待他日談論的中國人風格變化的論題，日後成了林同濟所關注的焦點，即他對士大夫文化和士大夫人格的批判，以及對大夫士的呼喚。圍繞此命題，林同濟先後寫了一系列的文章。他最早是在1938年的《大政治時代的倫理——一個關於忠孝問題的討論》中觸及了中國古代人格的問題。1940年後，林同濟在《戰國策》或《大公報・戰國副刊》上發表了系統的論文：《中飽與中國社會》、《士的蛻變——由技術到宦術》、《大夫士和士大夫——國史上的兩種人格型》、《官僚傳統——皇權之花》等。

在1938年發表的《大政治時代的倫理——一個關於忠孝問題的討論》一文中，林同濟隱約提到了孝道文化使得中國人人格萎縮。他批判的理由約略如下：

第一，孝是一種私德，而大政治時代首要提倡的應該是公民的公德。

事實上，林同濟認爲作爲私人行爲的孝道無可非議。「無奈中國之孝，並不是一種純淨的德行，一種自然人情的流露，也不是一種簡單的哲理概念，乃是二千餘年來特殊階級，因其特殊淵源與特殊利益，而矯揉造作，鑄成的一種思想系統，而更鑄成的一種龐大複雜的社會制度。」〔註18〕林同濟主張把孝道中那些假的、虛張的、輝煌的、物質的、肉體的、血統的、迷信的東

〔註16〕林同濟：《中西人風格的比較——爸爸與情哥》，《戰國策》第53期，1940年6月1日。

〔註17〕林同濟：《中西人風格的比較——爸爸與情哥》，《戰國策》第53期，1940年6月1日。

〔註18〕林同濟：《大政治時代的倫理——一個關於忠孝問題的討論》，《今論衡》1卷5期，1938年6月15日。

西一概取消，把孝道返回對父母純潔的敬愛，返回到私人行爲的範疇。林同濟反感的是把孝敬父母這樣的私人行爲誇大到社會公德的層面，這樣會造成人眼光的狹小。他說：「原來孝之爲物，是個私德，是子女私人對父母所自認爲當行的一種精神上或物質上的責任。本是一家之事，不必驚動外人。」〔註19〕而中國過去總喜歡把這私事當做公德大肆表彰。林同濟認爲，這就造成了中國人的「眼光與想像力死不超出蕭牆之內，總喜把他的私事當作公事看，讓大家齊把家事當作國事辦！公私辨別不清。私德與公德胡混。也許在那專制時代，在那文人與士大夫支配的社會裏，這種看法與辦法有它特別的作用，有它意外的用意。但是在此大政治臨頭的時代，哪能再堪此子女小派頭的把戲？」〔註20〕

不得不承認，林同濟對中國文化和中國人的分析觀察獨到而深刻。中國人的確不是作爲公民直接和社會國家發生關係，而是從家族血緣向外推移。這就造成了中國人公德意識的缺乏；更重要的是這局限了中國人的眼光和思維，造成了想像力的匱乏。這使得作爲創造主體的人格萎縮，從而影響到文化思想和文學藝術的表現。

第二，孝道文化下形成的是一種懦弱的人格，缺乏強力和崇高的因素。

林同濟衡量和評判一切事物最根本的準繩是力的原則。孝道文化恰恰與力本觀念相悖。儘管中國傳統中把孝標榜成一種至高無上的美德，但很顯然，孝道的本質是一種上下有別的等級觀念：上壓制下，下只能順從和迎合上。這就是五四時期新文化先驅們所批判的中國以孝道爲首的禮教其實是一種吃人的禮教。林同濟也認爲，以孝道爲核心的中國思想組成了一批「吃人」的禮法，使得活人失去了生機。他特別批判了一些和孝道相關的文化風格和主體風格，例如他所列舉的「父母在不遠遊」，「孝子不登高，不臨深」，「身體髮膚，受之父母，不敢毀傷」等觀念，認爲這些觀念和經傳中的「明哲保身」之訓相混合，形成了「怕死的人生觀」。很顯然，遠遊、登高、臨深等等行爲恰恰是主體力量的象徵，熟悉西方哲學和西方美學的都瞭解，上述這些行爲往往是與崇高關聯的。而在孝的道德文化的規範下，這些本來顯示主體強力

〔註19〕林同濟：《大政治時代的倫理——一個關於忠孝問題的討論》，《今論衡》1卷5期，1938年6月15日。

〔註20〕林同濟：《大政治時代的倫理——一個關於忠孝問題的討論》，《今論衡》1卷5期，1938年6月15日。

和崇高的行爲全然被壓制下來。

林同濟爲了進一步論證自己的觀點，列舉了中國史書和文學中以孝破勇的例證，如項羽挾王母以招王陵、鮮卑人劫趙母以脅趙苞等。《三國演義》中曹操以徐母要挾徐庶，徐庶立刻亂了方寸，棄劉投曹；卞莊子作爲古代勇士，類似阿喀琉斯，可是爲了其母寧可三戰敗北。林同濟感慨，我們很難看到西方歷史和文學中有類似的描繪，而在中國文化和文學中，孝道卻常常凌駕在勇力之上。

如果說 1938 年發表的《大政治時代的倫理——一個關於忠孝問題的討論》只是林同濟對中國古代人格的粗淺分析，那麼 1940 年後發表的一系列有關士大夫和大夫士的論文就是對中國人風格變化的系統論述。林同濟在《中飽與中國社會》中有這麼一個總結：中國社會歷史的劃分有個很簡單的方案，那就戰國前和戰國後。至於這兩個階段劃分的依據和不同階段的性質，林同濟以人的風格不同作爲判定標準。「戰國以前，我想把它叫作『大夫士時代』。戰國以後，我想叫作『士大夫時代』。中國整部歷史的演化，可以用犖犖八字扼要說明：由大夫士到士大夫。」〔註 21〕在《大夫士和士大夫——國史上的兩種人格型》一文的開頭，林同濟明確提出：「三千多年的中國社會政治史，不是一句話可以寫清的。必定要一言而蔽之，則我想提八個字：『由大夫士到士大夫』！」〔註 22〕林同濟把大夫士和士大夫看做是中國文化歷史中最突出的兩種主體人格類型，他詳細考察分析了兩種類型的風格差異，以及對抗戰時期歷史文化和主體塑造的啓示。

首先，從大夫士到士大夫是貴族意識逐漸消亡的體現。

要區分大夫士和士大夫兩種不同的人的風格，就得首先對它們各自的含義進行界定。林同濟借用英文的翻譯指出，「大夫士便是 noble knight 之意，士大夫便是 scholar-official。也就是說，大夫士是貴族武士，士大夫是文人官僚」〔註 23〕。林同濟認爲，大夫士〔註 24〕是由卿大夫和士組成，大夫士社會

〔註 21〕林同濟：《中飽與中國社會》，《戰國策》12 期，1940 年 9 月 15 日。

〔註 22〕林同濟：《大夫士和士大夫——國史上的兩種人格型》，重慶《大公報》，《戰國副刊》第 17 期，1942 年 3 月 25 日。

〔註 23〕林同濟：《大夫士和士大夫——國史上的兩種人格型》，重慶《大公報》，《戰國副刊》第 17 期，1942 年 3 月 25 日。

〔註 24〕大夫士雖由兩種人組成，但是這兩種人都體現出同一種人格型，即「大夫士的人格型」。

的特徵，縱的方面是「世承」，橫的方面是「有別」。世承就是由父傳子，代代不變。林同濟承認，「這種世承有別的制度，流弊甚多」，但在文化發展上，確有積極的意義，「它卻供奉出來一個寶貴的時代，就是『貴士傳統』或『貴士風尚』（aristocratic tradition）的形式」〔註 25〕。這裡林同濟既提出了「貴士傳統」、「貴士風尚」這一獨特審美主體價值，也提醒我們思考貴族風尚之於中國文化藝術的意義。

林同濟從戰國之前的貴族事例和故事中概括出「大夫士的人格型」的輪廓：「它是自成的一種作風，有它的重心，有它的一貫的條理的。」〔註 26〕這種大夫士人格的首要內容就是恆心、意志力和理想。林同濟提出，就大夫士的「世承」與「有別」兩方面看，「世承」養成了大夫士「世業」的抱負，「有別」培育出他們守職的恆心。姑且不提林同濟所細分的前者是積極的理想，後者是消極的恆心，僅就大夫士的意志和恆心而言，它們體現出一種積極健康的精神，一種卓越的理想情懷。林同濟認爲大夫士未必都能完全做到這些，但「傾向這些理想而立身行事，則是一個很明顯的事實」，並且「在它全盛的時期，大體上也頗能達到其所意志的均衡境界」。〔註 27〕

榮譽和尊嚴是林同濟談到的大夫士人格的第二個特質，也是大夫士的靈魂。作爲體現著貴族風尚的大夫士，其精神中最重要的最本質的就是對榮譽的追求和自尊的捍衛。「所謂榮譽意識者，即一種極端敏銳極端強烈的自我尊敬心，把自我看作爲一個光榮聖潔之體，它的存在不容一點污垢來侵。」〔註 28〕對於外來的污垢，要「決鬥」以自衛，對於內在的自作的污垢，要「自殺」以自明。「榮譽意識的後頭，必定有一個凜凜風霜的『死的決心』。」〔註 29〕「決鬥」、「自殺」、「死的決心」顯然不是生命懦弱的體現，而是體現出這樣一種信念，即有一種東西比人的生命更重要，那就是個人的尊嚴和榮譽。看

〔註 25〕林同濟：《大夫士和士大夫——國史上的兩種人格型》，重慶《大公報》，《戰國副刊》第 17 期，1942 年 3 月 25 日。

〔註 26〕林同濟：《大夫士和士大夫——國史上的兩種人格型》，重慶《大公報》，《戰國副刊》第 17 期，1942 年 3 月 25 日。

〔註 27〕林同濟：《大夫士和士大夫——國史上的兩種人格型》，重慶《大公報》，《戰國副刊》第 17 期，1942 年 3 月 25 日。

〔註 28〕林同濟：《大夫士和士大夫——國史上的兩種人格型》，重慶《大公報》，《戰國副刊》第 17 期，1942 年 3 月 25 日。

〔註 29〕林同濟：《大夫士和士大夫——國史上的兩種人格型》，重慶《大公報》，《戰國副刊》第 17 期，1942 年 3 月 25 日。

看世界文學史上著名的貴族詩人普希金、萊蒙托夫，想想戰國時代的屈原，他們不是為了愛情、榮譽決鬥而死，就是為了理想的不能實現而選擇放棄生命，我們就不能不感佩林同濟對貴族精神和貴族品質論述的精準，也就自然為他所張揚的貴族精神和崇高風格所打動。

然而，從大夫士到士大夫的變化過渡中，自尊和榮譽為靈魂的貴族精神逐漸衰落下去。後世的儒家越來越強化和完善「禮」，但沒有了自尊和榮譽的「禮」成了後世士大夫的「交際花樣」、「入世手術」，不但顯得虛偽造作，而且沒有了自我的尊嚴。沿著林同濟的思路，我們不難發現，貴族精神的消失帶給中國思想文化和文學藝術非常嚴重的後果。沒有了作為創作主體和審美主體的高貴，也就沒有了文學藝術的高貴，造成了我們後來日常生活、文學藝術、審美趣味的低俗化。今天，我們只要稍微比較一下中國的文學和俄蘇的文學，就不得不承認，我們缺少俄羅斯作家和作品的高貴情懷。可以說，林同濟當時對貴族風格衰落的感歎直到今天仍然是值得我們思考的沉重話題，對我們當下的文學藝術和審美趣味而言，仍然是切中要害的睿智之見。

其次，從大夫士到士大夫的轉變，也就有相應地從技術到宦術的轉變，這就使得主體的創造力萎縮。

林同濟認為，大夫士和後來的士大夫相比，除了貴族的特質之外，還有另外兩個特徵，武德的和技術的特徵（可後來的論史者大都忽略了戰國之前「士」的技術意義）。戰國之後，士逐漸由技術的士走向宦術的士。林同濟說：「技術者，做事之術也；宦術者，做官之術也。」〔註30〕又說：「由技術到宦術，便是由做事到做官。做事是生產，是『創造』。做官是消費、虛耗，是『反創造』。中國整個政治之所以糟糕，整個文化之所以僵化，關鍵就在這裡。始則政府人員，繼則社會人士，上上下下，都不想做事，只想做官，不曉得做事，只曉得做官，中國歷史乃不可挽救地永離了真正的『創造』『活動』時期而陷入『停滯』『苟延』狀態了！」〔註31〕林同濟為了論證自己的這個觀點，考察了古書中對「士」的諸多闡述，如《說文》稱：「士，事也。」此外，有《白虎通》、《周頌》、《毛傳》、《鄭風》等大量文獻都證明，在早期「士」與

〔註30〕林同濟：《士的蛻變——由技術到宦術》，重慶《大公報》，《戰國副刊》第4期，1941年12月24日。

〔註31〕林同濟：《士的蛻變——由技術到宦術》，重慶《大公報》，《戰國副刊》第4期，1941年12月24日。

「事」不分。林同濟認爲，「士，事也」可以說是技術本位時代的看法。而「禮、樂、射、御、書、數」其實在當時就屬於基本的技術行列，大夫士都是多少要涉獵的，這就是所謂的「游於藝」。考察戰國之前的史實，我們可發現林同濟所說非虛，這種「藝」在當時是貴族交往的通行證。大夫士乃至公卿諸侯對「藝」的欣賞和創造並非出於實用的目的，而是把此當作個人修養、精神氣質、創造才華的表現。所以林同濟總結說：「如果我們要爲『士的發達史』斷代取名，我以爲叫封建時代爲技術時代——『藝的時代』，未始不爲恰當。」〔註 32〕

大夫士的貴族風尚和藝的時代很快被秦漢開始的大一統皇權摧毀。本來孔子道德學說的出現就是對大夫士技術藝術風範的一次修正，於是貴族們的藝術修養、技術才華開始讓位於道德修養。秦統一六國後，中央集權和郡縣制代替了分封制，大夫士的世承地位開始瓦解，而漢代開始的文官制度進一步顛覆了大夫士的地位。林同濟指出，隨著漢代官僚制度的開始並趨於穩定，「士的『宦術化』乃正是揭幕」〔註 33〕。

對大夫士來說，因爲其世襲官爵，不用去思量如何做官，其文化藝術的追求完全出自審美趣味和個人修養的需要。而戰國往後的士大夫卻得想方設法在文官選拔制度中脫穎而出，就得思慮一套爲官之術，也就是林同濟所說的宦術時期「手腕萬能」。諸如拍馬溜鬚、投桃報李、拉幫結派、裝腔作勢、造謠中傷、官樣文章等低劣手法佔據了人的思想。與此同時，作爲文官選拔的官僚制度，看似凸顯了文化文學的重要性，實際上使得文化的發展和創造趨於僵化停滯。因爲，爲官是目標，那麼文化和學識只是宦術中的一種。儘管林同濟也注意到了不同時代或每個朝代的不同時期，會有些許的例外〔註 34〕，但自秦漢以至明清，「大體上趨於一貫，皇權愈來愈專橫，官僚制度也愈來愈穩固，而宦術當然也就愈來愈精細」〔註 35〕。而隨著宦術的越來越精細，文的獨立性也越來越弱。「隋唐便開始以詩賦進士。沿到明代而八股制度興。

〔註 32〕林同濟：《士的蛻變——由技術到宦術》，重慶《大公報》，《戰國副刊》第 4 期，1941 年 12 月 24 日。

〔註 33〕林同濟：《士的蛻變——由技術到宦術》，重慶《大公報》，《戰國副刊》第 4 期，1941 年 12 月 24 日。

〔註 34〕林同濟提到官僚制度是皇權的產物，而宦術是官僚制度的必然品，因此皇權衰弱的時候可能宦術有所消弱，反而文學文化以及技術的價值卻能凸顯出來。

〔註 35〕林同濟：《士的蛻變——由技術到宦術》，重慶《大公報》，《戰國副刊》第 4 期，1941 年 12 月 24 日。

在這種情況下，『文』乃成爲一種法定的做官入門，一種『欽定的宦術』。」〔註36〕毫無疑問，林同濟的分析和觀察切中了中國文化的要害，詩賦文章可換得官職，這對中國文化和文學發展來說，弊大於利，例如八股文就扼殺了無數中國文人的想像力和創造力。林同濟大聲疾呼，「此後新生命的推進必須反數千年的舊道而由宦術到技術」，恢復「學者」、「專家」的「技術傲氣」和「職業道德感」。〔註37〕

最後，隨著大夫士到士大夫的轉變，剛道人格被柔道人格所替換。

從大夫士到士大夫，貴族風格逐漸衰弱，宦術取代技術，更重要的是主體人格發生了大的改變。大夫士作爲世襲貴族，他們追求榮譽，講究自尊，體現一種力量美的「剛道人格」。林同濟對大夫士人格型的總結是：「以義爲基本感覺而發揮忠、敬、勇、死的四位一體的中心人生觀，來貫徹他們世業的抱負，守職的恆心。它是一副『剛道的人格型』。」〔註38〕四位一體中的「忠」指對上之誠，做眞誠、忠誠解；「敬」是持誠之道，是在自尊的同時對他人尊嚴的尊重；「勇」是一種至誠之力。大夫士和西方的貴族都同樣重視勇力，尤其是臨危臨難之際（林同濟讚歎西方至今仍有「萬惡怯爲首」的意識，而中國因爲儒家道德的提倡，對勇和力有所排斥）。四位一體的人格中有一個核心，那就是「死」，即死的決心。林同濟說道：「推而廣之，整個的大夫士的人格型，最後最關鍵的因素還在『死』的一個字。」〔註39〕這裡林同濟所說的死，就是爲了榮譽、尊嚴、理想、眞理等不惜生命。正是因爲連死都不怕，才有了勇的氣概。這就是林同濟所說的，「死可說是生力之志。能死便能勇。死是一切的試金石。」〔註40〕林同濟反對孔子所說的「未知生，焉知死」，認爲反過來更合理，「未知死，焉知生」——這是以死觀生，生命因爲死亡而顯得可貴，主體因在死前的無畏而顯出崇高。

〔註36〕林同濟：《士的蛻變——由技術到宦術》，重慶《大公報》，《戰國副刊》第 4 期，1941 年 12 月 24 日。

〔註37〕林同濟：《士的蛻變——由技術到宦術》，重慶《大公報》，《戰國副刊》第 4 期，1941 年 12 月 24 日。

〔註38〕林同濟：《大夫士和士大夫——國史上的兩種人格型》，重慶《大公報》，《戰國副刊》第 17 期，1942 年 3 月 25 日。

〔註39〕林同濟：《大夫士和士大夫——國史上的兩種人格型》，重慶《大公報》，《戰國副刊》第 17 期，1942 年 3 月 25 日。

〔註40〕林同濟：《大夫士和士大夫——國史上的兩種人格型》，重慶《大公報》，《戰國副刊》第 17 期，1942 年 3 月 25 日。

可是士大夫的人格型和大夫士就截然不同了。林同濟認爲，皇權和文官制度的合流，使得大夫士的忠、敬、勇、死四位一體觀變成了文人官僚的「孝、愛、智、生」觀，而這「四德恰恰湊成一種『柔道的人格型』，以適應他們在皇權專制下獵取『功名』、企圖『聞達』的大欲望！」〔註41〕林同濟嚴厲地批判了在皇權官僚系統下士大夫的懦弱人格，指出士大夫身上有這幾種毒素：皇權毒，媚上，妾婦派頭；文人毒，虛空，作文不做事；宗法毒，親親，任用親私；錢神毒，官商勾結，貪財舞弊。〔註42〕林同濟揭露道，士大夫畢竟屬於官僚，中飽成爲他們最大的特質，並蔓延開來，形成一個中飽的民族性格。他說：「官僚和商人都是中間人。他們的立身、行事、思維、確確有種種相同之處。中國的社會是官商中心社會，也就是說中間人得勢的社會，所以中國人實際人生的哲學以至於中國人的民族性都大大沾染上了『中間人的色彩』。妥協，折中，好講價，喜取巧，惡極端，反徹底，善敷衍，厭動武……處處都呈顯一種道地的『中間人精神』，『官商者模樣』。」〔註43〕林同濟並非看不起商人，歧視商業行爲，而是痛斥中國官商勾結的「坐享癖」和「投機癖」。林同濟也讚賞西方的商人和資本主義的擴張，那是進取心和創造力的體現。可中國的官商坐享其成，以政治手段享經濟利益，就是「賺舒服錢」，沒有冒險、創造和實幹精神。林同濟感歎說：「中國的官僚與歐美的商人，心理上、精神上根本不同，恐怕就在這裡」〔註44〕。

從士大夫的四毒，以及文人官僚的中飽特徵並由此蔓延到整個社會的中飽特色，林同濟對中國人民族性的批判是極其深刻的，直到今天同樣有令人警醒的作用。通過對士大夫人格型的批判，林同濟大聲疾呼，我們絕不是要復活大夫士的「制度」，也再不能發展「柔道性格型」，而要想方設法培養出一種「大夫士」的精神，弘揚剛道人格。

總體而言，在林同濟看來，戰國與秦漢時期是一個重要的界限，之前中國文人是大夫士型風格，之後成了士大夫型風格。從大夫士到士大夫的轉變，是貴族風格逐漸消亡的開始。貴族氣和貴族精神的缺失，造成了中國文人對待文

〔註41〕林同濟：《大夫士和士大夫——國史上的兩種人格型》，重慶《大公報》，《戰國副刊》第17期，1942年3月25日。

〔註42〕參見林同濟《官僚傳統——皇權之花》（選自《文化形態史觀）與《中飽與中國社會》（《戰國策》12期，1940年9月15日）。

〔註43〕林同濟：《中飽與中國社會》，《戰國策》12期，1940年9月15日。

〔註44〕林同濟：《中飽與中國社會》，《戰國策》12期，1940年9月15日。

化的世俗功利取向，審美情懷和藝術創造受到很大束縛。從大夫士到士大夫的轉變，是技術被宦術替代的開始，文化文學越來越受到政治權術的打壓，主體的創造也趨於萎縮。這一轉變，更是主體風格從剛道人格型向柔道人格型的轉化。林同濟通過對大夫士和士大夫兩種風格的分析和比較，肯定前者，批判後者。前者是一種主體力量的象徵，後者是主體自我消亡的體現。由此可見，林同濟那麼青睞戰國時代，並不僅僅因爲外部政治哲學的啓示，而是源於林同濟對這個時代人格的由衷欣賞。在林同濟的眼裏，作爲主體的人應該是崇高的、個性的、自由的、自尊的，他最反感的是專制政權下的懦弱、卑劣、苟且的人格。過去常常說林同濟鼓吹專制，宣揚法西斯主義，其實那樣的說法與林同濟的思想主張和人格理念實在相去甚遠。此外，林同濟所論述的大夫士型人格、審美主體也有審美範疇的對應：後面我們會論述到林同濟所構建的「恐怖美」，而剛道型的大夫士人格不畏死，堅守個性與自由就是「恐怖美」的最好體現。

第三節　戰士式人生觀和超人式主體的呼喚

毋庸置疑，在林同濟乃至整個戰國策派的理論來源中，尼采佔據了主要的地位。儘管最早介紹尼采的並不是 20 世紀 40 年代的戰國策派，但很顯然對尼采學說譯介和宣傳最用力的卻是戰國策派。考察尼采在中國百年來的旅行，抗戰時期是尼采熱的最高點，這一切都源於戰國策派，以至於他們常常被扣上宣揚法西斯主義的帽子。今天關於所謂戰國策派的法西斯主義問題學界已經有了不少的平反和分析，關於戰國策派所援引尼采的「權力意志」也都給了一個民族國家層面的肯定，可是對戰國策派尼采觀的學理分析仍然比較薄弱。本文上編關於陳銓美學思想和尼采的關係算是一個初步的嘗試，事實上，林同濟和尼采的關係更爲密切，尼采對於林同濟的影響更是深入到了骨髓裏面。

第一，在對新的主體呼喚層面，林同濟所渴望的不僅是中國戰國時期大夫士人格型的重現，更是尼采的戰士式人生觀和超人式的主體的出現。

1940 年林同濟發表《薩拉圖斯達如此說——寄給中國青年》，1942 年發表《嫉惡如仇——戰士式的人生觀》，1944 年林同濟爲陳銓的《從叔本華到尼采》寫序言。這是林同濟直接論述尼采思想的三篇文章，其中有一個共同的特點，即重心和落腳點都是從作爲主體的人的層面來展開。在《薩拉圖斯達如此說——寄給中國青年》一文中，林同濟開頭就寫道：「你們抗戰，是你們第一次明瞭人生的眞諦。你們抗戰，是你們第一次取得了『爲人——爲現代人——的資格。』〔註45〕在《嫉惡如仇——戰士式的人生觀》一文的開篇，林同濟同樣說道：「顯然的，站在民族生命長久發揚的崗位看去，抗戰的最高意義必須是我們整個文化的革新！戰勝是不夠的（更莫說因人成事的戰勝）。打倒人家侵略主義，收復一切淪陷河山，是無意義的，——如果重新的佔了那金甌無缺的神州之後，我們，尤其是有智力有才力的分子，還是依舊地憒憒嬉嬉，依舊地欺人自欺，還是一味地骯髒，混亂，愚昧，貪污。抗戰歷程中的種種浩大犧牲，若要有眞正的代價的話，我們竟無可逃地必定要在那座收復回來的江山之上，培養出一個健康的民族，創造出一個嶄新的——有光有熱的文化。第一步，人生觀必要革新！趁著這個火燒焰煙的苦戰硬戰中，打出一套新的人生觀，鑄出一副新的人格型來——這恐怕是思想教育的工作人的最高責任了。」〔註46〕由此可見，對於林同濟來說，他傾心的始終是主體人的精神和風格的轉變，並不是像有些學者所說的，林同濟是一個鼓吹戰爭主義者，鼓吹法西斯軍國主義者。林同濟看重的甚至不是抗戰的勝利，不是民族的勝利，而是人的風貌的煥然一新，民族的風貌的更新。從這個意義上來看，過去不少從民族國家角度對林同濟和戰國策派平反的人，也只是停留在了林同濟思想的表面。

在尼采強力思想的支撐下，林同濟所呼喚的是具有力量，具有崇高精神的主體。林同濟模倣尼采筆下的薩拉圖斯達，寄語青年擺脫小市井的宇宙觀，擺脫小侏儒式的風貌和修養：「所以呀！我不勸你們做循良子弟。我勸你們大膽做英雄。但能大膽，便是英雄。弟兄們，且牢記著我開宗明義的這句話！」〔註47〕這裡很顯然，林同濟同樣提出了「英雄崇拜」的母題。（關於英雄崇拜之於審美主體的價值以及其在美學上的意義，本文上編已有詳述。）林同濟所倡導的戰士式風格並非武力嗜血之意，而是對阿Q式人生觀和風格的斬斷。林同濟明確無誤地提出，戰士風格更多一種精神品質，「無疑地是官僚、文人、鄉愿、阿Q的相反名詞」〔註48〕。「嫉」的精神、「仇」的精神是戰士式人格

〔註45〕林同濟：《薩拉圖斯達如此說——寄給中國青年》，《戰國策》第5期，1940年6月1日。

〔註46〕林同濟：《嫉惡如仇——戰士式的人生觀》，《戰國副刊》第19期，1942年4月8日。

〔註47〕林同濟：《薩拉圖斯達如此說——寄給中國青年》，《戰國策》第5期，1940年6月1日。

〔註48〕林同濟：《嫉惡如仇——戰士式的人生觀》，《戰國副刊》第19期，1942年4月8日。

的心理基礎。其實，細究林同濟的嫉惡如仇戰士觀，並非人格的陰冷，而是在惡勢力面前的不軟弱、不妥協，是剛強人格的表現。

最讓林同濟傾心和敬佩的是尼采的超人式人格。關於尼采的超人哲學、超人形象，中國現代文學史上有不少作家表現過，不少研究者分析過。但是，林同濟的超人觀有著自己的獨特意義。林同濟總結尼采的超人有兩點特質：「(一) 超人必是具有最高度生命力的；(二) 超人必是具有大自然的施予德性的。」〔註 49〕第一點比較容易理解，主體的高度生命力一直是林同濟關注的焦點。第二點林同濟是這樣解釋的，「最高度的生命力必定是無竭盡的創造者：無竭盡的創造者就像大自然一般，不是爲了憐憫人們而施予，乃是因爲創造是他的本體，他非創造不可，所以也就非施予不可。」〔註 50〕強力和創造力都體現出主體的一種崇高精神，這是超人人格的靈魂，是和「末了人」也就是通譯的「庸眾」相對抗的。

第二，林同濟看重的不是戰士人格，超人人格等主體風格的文化內涵，而是其美學意義。

林同濟反覆強調人格類型、風格類型的重要性，這不是從文化層面的泛泛而談，而是著眼於藝術創造和藝術審美。林同濟這樣解釋藝術和人格的關係：「昔人慣認藝術爲情感的產品，這見解在今已成戲論。哪一個有意識的人爲行動，事實上是純出自情感？何況藝術！所謂抒情者，抒從廣義看，是指抒發整個人格，整個個性面目。說眞正的藝術要於象徵上再加抒情性，只是說藝術的象徵還要飽含著藝術家的人格風味。」〔註 51〕從這樣的描述我們不難看出，林同濟所一直津津樂道的人格命題，實際上是指向藝術創作和審美風格的。他所比較的中西人風格的差異——爸爸式和情哥式，也折射出中西的藝術家人格風味的差異，他所論及的中國從大夫士到士大夫人格的轉變，既是一種人格精神的轉變，更是一種人格風味即藝術風格的轉變。而林同濟談到尼采的超人式、戰士式人格，是把他們看作尼采人格的忠實自抒，看作尼采的藝術創造。在林同濟看來，最能展示個性自表和人格自抒的就是藝術

〔註 49〕林同濟：《我看尼采——〈從叔本華到尼采〉序言》，載陳銓《從叔本華到尼采》，上海大東書局，1946 年。

〔註 50〕林同濟：《我看尼采——〈從叔本華到尼采〉序言》，載陳銓《從叔本華到尼采》，上海大東書局，1946 年。

〔註 51〕林同濟：《我看尼采——〈從叔本華到尼采〉序言》，載陳銓《從叔本華到尼采》，上海大東書局，1946 年。

創造；換言之，也只有藝術才能渾然地把人格展現出來。這即是說，林同濟前面所談到的爸爸式和情哥式、大夫士型和士大夫型、戰士式和超人式等風格類型，都是屬於藝術創造的範疇，因爲他們最能通過藝術創造和藝術審美展示出來。事實上，林同濟談到這些人格類型時，就大量從文學藝術中尋找例證，並反覆使用了一個詞「母題」。儘管「母題」這個詞在林同濟那裡使用得比較隨意，但無疑折射出一種思路，那就是林同濟更多地從藝術審美和藝術創造的範疇來談論這些人的風格。由此可知，林同濟談論爸爸式和情哥式、大夫士型和士大夫型、戰士式和超人式等人格或風格時，是放在審美活動和審美思維中展開的，其中的情哥式、大夫士型和戰士式、超人式就形成了審美活動中的審美主體。正如本文前面所論述的，美與不美都是由審美主體判定的。情哥式、大夫士型、戰士式、超人式等是具有生命力、創造力，是有崇高精神的，所以這種類型是美的；而爸爸式、士大夫型、末了人（庸眾）型是軟弱的、生命力創造力萎縮的體現，所以是不美的，或不夠美的。顯然，這是林同濟在力本體論支撐下對主體的審美判斷。

第三，林同濟看待尼采也啓示了我們如何看待林同濟。

林同濟喜歡尼采，是人所皆知的事實。可是，我們很多人從政治層面來看待林同濟的尼采觀，或批判林同濟從尼采那裡來的所謂「法西斯主義」，或給予平反說那不是法西斯主義。其實不論是批判還是平反，都是同一個思想模式。至於林同濟究竟如何看待尼采，我們卻不甚關注。

林同濟曾明確說過：「我覺得讀尼采，第一秘訣是要先把它當作藝術看。」〔註 52〕饒有趣味的是，林同濟這種看待尼采的態度是從尼采的自我評說那裡來的。林同濟援引了這樣的自我評說：「尼采自己曾經如此說：『把我輩哲學家混作藝術家看，最是我輩感恩無限的。』」〔註 53〕又引了一位研究者的評論，並予以肯定：「Aloi Richl 的評語卻也有道理：尼采本人毋寧是一位藝術家被混作哲學家看。」〔註 54〕因而林同濟首先就提出：「我們對尼采，應當以藝術還他的藝術，以思想還他的思想」。〔註 55〕以藝術還藝術是林同濟尼采觀的一個

〔註 52〕林同濟：《我看尼采——〈從叔本華到尼采〉序言》，載陳銓《從叔本華到尼采》，上海大東書局，1946 年。
〔註 53〕林同濟：《我看尼采——〈從叔本華到尼采〉序言》，載陳銓《從叔本華到尼采》，上海大東書局，1946 年。
〔註 54〕林同濟：《我看尼采——〈從叔本華到尼采〉序言》，載陳銓《從叔本華到尼采》，上海大東書局，1946 年。
〔註 55〕林同濟：《我看尼采——〈從叔本華到尼采〉序言》，載陳銓《從叔本華到尼

重要思路，如何做到此呢？林同濟解釋說：「就是放開你腦筋中現有的一切問題，把尼采的寫作當作純藝術來欣賞，就同你欣賞達・芬奇的雕畫、貝多芬的交響曲一般。換句話說：審它的美。」〔註 56〕

從審美的角度來看尼采也許在今天並不稀少，然而難能可貴的是，在炮火紛飛的戰爭年代，林同濟和戰國策派就表明了他們的首要原則：審美尼采。由此可見，當我們從政治角度或者後來的民族國家立場來判定林同濟和戰國策派的價值時，我們已然脫離了他們自我所界定的首要原則。林同濟把尼采當作審美的對象，本身已經表明了他的審美觀。他對中國過去悠閒懶散的審美態度不以爲然，甚至明確地說那並不是審美。審美「是眞正的心血工夫」〔註 57〕。他援引著名美學家克羅齊的觀點：「審一個藝術作品之美即是對這個作品再度創造」〔註 58〕。林同濟認爲，審美是對原作者和藝術作品的再體驗基礎上的創造。審美的關鍵之處在於對對象的體驗。他說：「體驗在哪裏，便審美到哪裏，體驗創造，這叫作眞正審美。」〔註 59〕林同濟進一步談到審美創造是以生命力做支撐，是生命力自由的體現：

> 創造是人生最偉大的作用。一般創造之中，只有藝術創造，是無所爲創造，純爲創造而創造。它最可以表現生命力的本性，因爲它最能夠代表人們生命力自由、活躍、至誠成物的最高峰。審美就在體驗這個生命力的本性頂峰。它是一種創造的感召，而也就是創造的本身，審美與藝術創造，性質本一樣，所以，審美退化的民族，其藝術創造的成績亦必退化，因爲推到底，兩者本相同——同根源於生命力的飽漲。〔註 60〕

尼采是生命力飽漲的象徵。尼采的作品是生命的淋漓，它最能攪動心魄，

采》，上海大東書局，1946 年。

〔註 56〕林同濟：《我看尼采——〈從叔本華到尼采〉序言》，載陳銓《從叔本華到尼采》，上海大東書局，1946 年。

〔註 57〕林同濟：《我看尼采——〈從叔本華到尼采〉序言》，載陳銓《從叔本華到尼采》，上海大東書局，1946 年。

〔註 58〕轉引自林同濟《我看尼采——〈從叔本華到尼采〉序言》，載陳銓《從叔本華到尼采》，上海大東書局，1946 年。

〔註 59〕林同濟：《我看尼采——〈從叔本華到尼采〉序言》，載陳銓《從叔本華到尼采》，上海大東書局，1946 年。

〔註 60〕林同濟：《我看尼采——〈從叔本華到尼采〉序言》，載陳銓《從叔本華到尼采》，上海大東書局，1946 年。

所以是一種審美的藝術創造。由此，我們不難看出林同濟的思路：人的本質是力，最能體現力本體論；最能展示生命力的就是藝術的創造。生命力的張揚和藝術創造一樣，它不是建立在特定的目的之上（實際的功利目的），這就是美的活動和審美的體驗。審美就是體驗生命力的高峰，體驗生命的自由與歡暢。林同濟就這樣把力的張揚和藝術的創造連接在一起：

超絕。

自由。

大力之泉；

創以爲予。

予而非憐。

斯宙斯勃發之神歟？

亦回乎道氏之仙！

這是林同濟爲陳銓的書所作的序言的結尾，這是對力的呼喚，對崇高的呼喚，對審美的呼喚。這些詩句有屈騷之風，卻比屈騷更給力。林同濟津津樂道的尼采式審美主體飽漲的生命創造力，在他後面論述恐怖和狂歡的兩個審美範疇中都有所顯現。

結　語

林同濟所倡導的情哥式人格類型、大夫士型風格、戰士式、超人式風格體現出強烈的審美性和藝術性。他所談論的這些人格類型或者風格類型，不是像一般論者那樣著眼於寬泛的文化層面，而是更看重美學意義。在林同濟看來，藝術創造是人格最好的表現，有什麼樣的人格類型，在藝術就會形成相應的風格類型和審美類型。由此看來，林同濟所謂的人格類型、人的風格類型近於美學上的審美主體，藝術創造主體等相關概念。總體來說，在林同濟的比較論述中，我們可大致發現，情哥式人格表明西方人和西方藝術推崇情慾的本能力量；爸爸式人格表明中國人和中國藝術更看重倫理道德的價值；大夫士型人格體現出戰國前的知識分子和文化、藝術更重個性和自我創造力；士大夫型人格則表明戰國後的文人和文化、藝術體現出柔道和中庸特徵；超人式人格和戰士人格的呼喚體現出林同濟對新的尚力人格和新的尚力藝術的呼喚。

這種新的審美主體的呼喚既來自林同濟對中國文學藝術和中國文人的細緻分析，也有著弗洛伊德和尼采的聲音。特別是尼采對林同濟的人格說、人的風格論的影響尤其顯著。林同濟看待尼采其人其作，明確提出「審尼采的美」。同樣，這也給我們提供了看待林同濟其人其作的方式，就是審林同濟的美。林同濟的情哥式人格，大夫士型人格，戰士式、超人式人格都建立在自己的審美體驗上，都是他的審美理想的完整自抒。林同濟所期待的主體人格是一種崇高的人格，而崇高的主體則必然關聯著崇高的美學風範。總之，這讓我們不能不去審林同濟的美，不能不去關注他在中國美學史上的意義和價值。

第五章　恐怖、狂歡、虔恪——林同濟新的審美範疇的構建

力本體論既是林同濟的哲學觀，也是他的美學觀。人的生命本質是力，有力便是生，無力便是死。美的本質也在於力，有力便是美，無力便是不美。因此，林同濟呼喚的主體都是尙力的，體現著力的本質和力的美。情哥式是生命本能力量的體現，他就比爸爸式更美；大夫士型體現出創造力，他比士大夫型更崇高；戰士式和超人式是生命力飽漲的體現，因而是至美的象徵。有了力本體論，也就有了尙力的審美主體，有了尙力的審美主體，也就有了新的審美範疇。

審美範疇亦稱美學範疇、美的範疇，或者稱美的形態、美的類別、美的類型。對於美的類型的劃分，其依據和標準何在呢？一般而言，美學界都傾向於從審美主體的審美感受入手進行區分。審美主體的哲學觀念、思想主張和心理意識的變化，也就影響到對審美對象的認知。「我們知道，同一個藝術家創造的一系列意象世界，往往會顯示一種相同的色調，相同的風貌，我們稱之爲『藝術風格』。那麼，審美形態就是在特定的社會文化環境中產生的某一類型審美意象（往往帶有時代特色或在一定時期佔主流地位的審美意象）的『大風格』（great style）。而審美範疇則是這種『大風格』（即審美形態）的概括和結晶。」〔註 1〕這樣我們不難想到，林同濟前面談論的諸多人格、風格命題，實際上已經暗含著向有關審美範疇提升的可能。審美範疇的確立與否，是判斷一個人、一個流派或者一個時代有無美學體系的重要標準。當代美學

〔註 1〕葉朗：《中國的審美範疇》，《藝術百家》，2009 年第 5 期。

家葉朗認爲：「每個時代的審美意識，總是集中地表現在每個時代的一些大思想家的美學思想中。而這些大思想家的美學思想，又往往凝聚、結晶爲若干美學範疇和美學命題。美學範疇和美學命題是一個時代的審美意識的理論結晶。……一部美學史，主要就是美學範疇、美學命題的產生、發展、轉化的歷史。」〔註 2〕（著重號爲原文所有）因此，我們要探討林同濟乃至整個戰國策派的美學思想，首要的關注點就是其有沒有若干審美範疇，其次是這樣的審美範疇在中國美學史上的價值和意義。

1942 年，林同濟在《大公報・戰國副刊》發表《寄語中國藝術人——恐怖・狂歡・虔恪》，正式提出了恐怖、狂歡、虔恪三大美學範疇。儘管這三大美學範疇在當時引起很大的爭議和批判，但毋庸置疑，它們的提出，標誌著林同濟以及戰國策派美學體系的建立。它們也體現了林同濟以及戰國策派的理論自覺，因爲恐怖、狂歡、虔恪不是後人對林同濟或者戰國策派其他人的思想的總結，而是他們的美學主張的自我呈現。

第一節　恐怖——有限主體被無窮客體壓倒時激發的抗爭力

恐怖是林同濟提出的第一個美學範疇，也是他派給藝術家的「一道顫抖的母題」。在提出這個美學範疇之前，林同濟對中國傳統的美學範疇和美學命題進行了猛烈的批判。林同濟模倣尼采對基督教的批判，譏諷中國傳統藝術體現出一種睡眠的美學觀。「我看盡你們的畫了——花鳥畫、人物畫、山水畫……不是說山水畫乃是你們獨步人間的創作嗎？誠然，誠然，你們的山水畫有一道不可磨滅的功用——一種不可思議的安眠力！」〔註 3〕顯然，林同濟這裡批判的是中國山水畫的寧靜空靈特色。這當中蘊含著的美學範疇是受道家精神和禪宗精神影響的意境美。這種意境美對人的心靈能起到撫慰作用。林同濟所提出的恐怖卻與傳統的意境範疇大不相同；即便是傳統美學中所說的陽剛之美、壯美等，也無法和林同濟所提出的恐怖相提並論。因此，我們不難看出，恐怖這一美學範疇的提出，不是在傳統美學框架中提出的，而是

〔註 2〕葉朗：《中國美學史大綱》，上海人民出版社，1985 年，第 4 頁。
〔註 3〕林同濟：《寄語中國藝術人——恐怖・狂歡・虔恪》，重慶《大公報》，1942 年 1 月 21 日。

參照西方美學形態的一次新的審美範疇的構建。

西方最早關注恐怖美學意義是伴隨著對崇高審美範疇的探討，諸多美學家或藝術家在考察悲劇以及崇高時，都注意到了崇高不同於一般的或者說純粹的美感，它包含著一定的痛感和恐怖。亞里士多德最早系統闡述了悲劇觀念。在關於悲劇的卡塔西斯理論中，他特別強調恐懼和憐憫是悲劇必不可少的兩種情感效果。崇高作爲西方美學的一個重要範疇，自朗吉努斯確立後，不少美學家對其進行了補充和豐富。其中，英國的伯克特別提出了恐怖和崇高的關係，他明確宣稱：「一切對視覺是恐怖的事物也是崇高的」，「恐怖在一切情況中或公開或隱蔽地總是崇高的主導原則」。〔註 4〕伯克特別從人的生理和心理角度論及恐怖之於崇高的意義：「由自然中偉大與崇高產生的情感，當這些原因起有力作用時，實質上是驚訝。驚訝是一種帶有某種程度恐怖的精神狀態。處於這種狀態時，其他一切精神活動都會中止，此時精神完全被其對象佔據，以致不能容納任何其他東西，結果也不能用來思考對象從而產生了崇高的偉大力量。」〔註 5〕伯克之後，康德和席勒也都談到了崇高中的恐怖。眞正提議把恐怖作爲單獨的審美範疇的是弗洛伊德。他發表於 1919 年的《論「令人害怕的」東西》一文開篇就表明，自己作爲一個心理學家，卻要緊迫的調查研究「令人害怕的」、「恐怖」這一美學命題。他說：「在闡述詳細的美學論文中均未提到過有關這個題目的研究。一般說來，美學論文是關心美的、漂亮的以及崇高的東西，亦即關心積極性的感情以及喚起這類感情的環境和事物，而不關心那些與此相反的令人不快的、厭惡的感情。」〔註 6〕弗洛伊德系統分析了「恐怖」及其相關詞匯在各個民族國家語言中的不同書寫和來源，以及它們所蘊含的心理學和美學意義。作爲一個對文藝理論和美學有深遠影響的心理學家，他所提出的令人害怕的東西會使人感受到壓抑、焦慮等情緒體驗，而這些情緒體驗成爲後來理論家所著重論及的審美愉悅的資源。此外，伴隨著哥特式小說的崛起，以及上世紀後半葉恐怖影視作品的流行，現在西方美學界越來越重視恐怖這一審美範疇的獨特意義，開始傾向於把恐怖作爲

〔註 4〕伯克：《崇高與美——伯克美學論文選》，李善慶譯，生活·讀書·新知三聯書店上海分店出版，1990 年，第 59～60 頁。

〔註 5〕伯克：《崇高與美——伯克美學論文選》，李善慶譯，生活·讀書·新知三聯書店上海分店出版，1990 年，第 59～60 頁。

〔註 6〕弗洛依德：《論創造力與無意識》，孫愷祥譯，中國展望出版社，1986 年，第 124 頁。

一獨立的審美類型來探討。在中國現代美學史上，較早涉獵恐怖審美的是朱光潛，不過朱光潛基本停留在西方早期對待恐怖的理念上，即是從恐怖和悲劇及崇高的關係中來談論其美學意義。朱光潛在《悲劇心理學》中提及了悲劇的種種心理快感，其中就介紹了伯克、康德等人對恐怖的看法，但只是論及了恐怖情緒之於悲劇和崇高的意義。

林同濟的重要意義在於他把恐怖作爲一個單獨的審美範疇來看待，這不僅在中國現代美學史是前所未有的創見，即便放眼世界美學界，也可以說是具有開創性的理論貢獻。林同濟恐怖審美範疇的提出，既源於他對西方美學理論的洞悉，也得益於他對中國當時社會現實的深刻理解以及豐富的人生體驗。

首先，恐怖作爲審美範疇，有一個外部的抗戰大背景，因爲在戰爭的恐怖籠罩下，人的生活中總不可避免的遭遇這樣那樣的令人恐怖的東西。

中國的花鳥畫、人物畫、山水畫給人寧靜祥和的感覺，讓人的心態感受到極大的放鬆。春山熙熙、斜風芍藥、淡月梅枝，林同濟所列舉的這幾種藝術畫面在他看來，只能給人倦怠的睡意，軟綿綿的無力。這樣的藝術美會給人一種錯覺，即人生是寧靜和諧的，但事實上，人生不可能總是處在寧靜祥和中，而是不免這樣那樣的挫折，不免要在風雨中行走。所以，林同濟的呼喊是：「弟兄們，你們根本不該睡眠！暴風雪時辰，你們應該在狂野，寒無衣，饑無食，一望迷迷無際——無人，無動物，無一切，只有那無情的空間彌漫了那無情的暴風雪！」〔註 7〕當我們在暴風雨雪中獨行時，當我們失去了依靠和安慰時，我們不免感受到孤獨和恐怖，這是人之常情。在抗戰時期，這更是一種生活的常態。在抗戰中，無數的作家、藝術家，無數的中國人顛沛流離，前路茫茫，充滿著擔憂和恐怖。恐怖幾乎成爲生活中的常態，哪怕是在遠離戰場的大後方，敵機的轟炸一樣讓人們東躲西藏，充滿恐怖。恐怖美正是人們在日常生活中面對恐怖時由情緒的波動所激發出的一種主體的審美感受。

其次，恐怖作爲審美範疇，在於恐怖本身能帶來審美主體的愉悅。

恐怖作爲一種美學上的範疇，主要在於它也能激發起主體審美的愉悅和快感。朱光潛在他的成名作《悲劇心理學》中就提到恐懼的美學意義：「恐懼是一種帶著混合情調的感情。對大多數人說來，它好像是一種純粹痛苦的感

〔註 7〕林同濟：《寄語中國藝術人——恐怖・狂歡・虔恪》，重慶《大公報》1942 年 1 月 21 日。

情，但是，它也有它吸引人的地方。喜歡冒險的人並非眞的『無所畏懼』，而只是喜歡冒險，喜歡品嘗恐懼的滋味。恐懼成爲一種強烈的刺激，喚起應付危機情境的非同尋常的大量生命力。它使心靈震驚而又充滿蓬勃的生氣，所以也包含著一點快樂。」〔註 8〕朱光潛在探討悲劇的各種審美快感時提到了恐怖之類的情緒，他認爲恐怖和悲劇一樣，在壓制主體的同時喚起主體的力量。「觀賞一部偉大悲劇好像觀看一場大風暴。我們先是感到面對某種壓倒一切的力量那種恐懼，然後那令人畏懼的力量卻又將我們帶到一個新的高度，在那裡我們體會到平時在現實生活中很少能體會到的活力。」〔註 9〕朱光潛雖然只是把恐怖快感作爲悲劇心理的一種，還沒把恐怖視爲一個獨立的審美範疇，但無疑提示我們恐怖的確可以帶來審美主體的愉悅。事實上，從林同濟的《寄語中國藝術人》看，整篇文章給人一種酣暢的感受。尤其是他所描述的藝術畫面：一個人在暴風雪中行走、掙扎，一個人如何從噩夢中驚醒並看見自己「錯愕喪色」的面孔，「忽然霹靂一劈，雷電從九空罩下，就繞著臥室打滾，燃燒。滂沱，大雨如河倒瀉下，院裏東牆，戛戛幾聲，砰然山崩獄潰，狗狂叫不已，魔鬼四面跳出。在那連掣紙窗的紫電光中，你抓著薄被子，坐起來，一副錯愕喪色的面孔——恐怖」。〔註 10〕這樣的描繪，既給人驚恐，也給人以審美的酣暢。

再次，恐怖之所以能帶給人審美的愉悅，在於恐怖激發了生命的力，而力是恐怖美的哲學基礎。

林同濟所描繪的暴風雪讓人感到恐怖，可是更讓人欣賞的是人在面對暴風雪的時候「而又不得不行」的選擇，更讓人讚歎的是人在「暴風雪中掙扎」所體現出的主體力量。可是面對讓人恐怖的強大的自然力量，中國人選擇了如何消除和迴避這種恐怖，例如孔子的「子不語怪力亂神」，老子的「絕聖棄智」、「返璞歸眞」等等。中國文人的創作也體現出這種特徵，詩歌、書法、繪畫等都講究意境的空靈、深遠。林同濟恐怖美學範疇的提出，恰恰表明人需要正視宇宙的巨大，正視自然的種種恐怖力量，在正視恐怖的基礎上作出主體的抗爭。

〔註 8〕朱光潛：《悲劇心理學》，人民文學出版社 1983 年，第 165 頁。
〔註 9〕朱光潛：《悲劇心理學》，人民文學出版社 1983 年，第 84 頁。
〔註 10〕林同濟：《寄語中國藝術人——恐怖·狂歡·虔恪》，重慶《大公報》，1942 年 1 月 21 日。

人生不就是行走在一場「暴風雪」中麼？種種的挫折和不如意，種種的生離死別，貧病困苦，隨時而來的橫禍災荒，妻離子散，丟親喪朋，官場上沉浮變遷，情場上的得失不定，這些不都是生命中所要遭受的「暴風雪」麼？其實，這些還都只是表面上的恐怖。林同濟接著提到了能夠引起「靈魂顫抖」的深層次恐怖。什麼是引起靈魂顫抖的恐怖呢？「是氣壓突降之夜，滿天烏雲，不曉得爲什麼，靈魂一上一下，躺床上，翻來覆去，眠不得也！想盡人間事，成、敗、榮、辱、愛、憎、怨、慕……哪一個眞實？茫茫天地，我何所爲而生，生何所爲而去？」〔註 11〕這裡林同濟觸及了恐怖最本質的東西——「死亡」和「毀滅」。死才是最深層的恐怖，死的恐怖是一切恐怖的根源。人無法超越死亡，人不得不面臨死亡的恐怖。

死亡是人一切恐怖情緒的來源，並且它是超越時代、地域、種族等種種因素，是人最本質最深層的恐怖。正如弗洛伊德在《令人可怕的東西》中所指出的，死亡對活人來說是最神秘、最陌生，因而也是最可怕的。「就我們的認識而言，從古至今，我們的思想感情變化得最少的，莫過於對待死亡的態度了。」〔註 12〕可是，面對死亡的恐怖，面對死亡這個永恆的難解之謎，藝術家們卻表現出濃厚的興趣。「令人極感恐怖的，大概莫過於死亡。然而從希臘的哀歌作者到波德萊爾，死亡一直是文藝作品最愛表現的一個主題。」〔註 13〕

林同濟提出死亡的恐怖是人最深層的感覺，把恐怖看做是藝術家應該表現的首要母題，這顯然受到了叔本華哲學和美學觀念的影響。在叔本華看來，人生只是意志的表象，一場虛空，一場漫長的夢，本身毫無價值可言，它充滿了痛苦與悲哀。人一生下來就注定要死亡。叔本華認爲我們只是被宣判了何時生而已，死亡無需宣判，早已注定，我們只是在死亡的子宮中生長。「人是最小心翼翼地，千方百計避開這些暗礁和漩渦，儘管他知道自己即令歷盡艱苦，使出全身解數而成功地繞過去了，他也正是由此一步一步接近那最後的、整個的、不可避免不可挽救的船沉海底，並且是直對著這結果駛去，對著死亡駛去。這就是艱苦航行最後目的地，對他來說，這目的地比他迴避過

〔註 11〕林同濟：《寄語中國藝術人——恐怖・狂歡・虔恪》，重慶《大公報》，1942 年 1 月 21 日。

〔註 12〕弗洛依德：《論創造力與無意識》，孫愷祥譯，中國展望出版社，1986 年，第 149 頁。

〔註 13〕朱光潛：《悲劇心理學》，人民文學出版社，1983 年，第 158 頁。

的所有暗礁還要兇險。」〔註 14〕「每一口氣都在擊退時時要侵入的死亡。在每一秒我們就是用這種方式和死亡進行著鬥爭；而在較長的間歇之間則以一日三餐、夜間入睡、時時取暖等等爲鬥爭方式。到了最後必然還是死亡戰勝，因爲我們的誕生就已把我們注定在死亡的掌心中了；死亡不過是在吞噬自己的捕獲品之前，如貓戲鼠逗著它玩耍一會兒罷了。在這未被吞滅之際我們就以巨大的熱誠和想方設法努力來延長我們的壽命，越長越好，就好比吹肥皂泡，儘管明知一定要破滅，然而還是要盡可能吹下去，吹大些。」〔註 15〕顯然，這是一種典型的悲觀主義。當然，叔本華同時認爲唯有藝術可以稍微減輕人的痛苦、恐怖和悲觀。林同濟顯然接受了叔本華生命有限和生命悲劇的思想，但是與叔本華的悲觀厭世和僅僅尋求藝術解脫的態度不同，林同濟更看重的是主體面對恐怖，面對死亡所激發出來的力量：

> 恐怖是人們最深入、最基層的感覺。撥開了一切，剩下的就是恐怖。時間無窮，空間也是無窮的。對這無窮的時空，生命看出了自家最後的脆弱，看出了那終究不可幸逃的氣運——死亡、毀滅。恐怖是生命看到了自家最險暗的深淵：它可以撼動六根，可以迫著靈魂發抖。弟兄們呵！你們的靈魂到如今，需要發抖了！能發抖而後能渴慕，能追求。發抖後的追求，才有能力創造。我看第一步必需的工夫，是要從你們六根底下，震醒了那一點創造的星火。〔註 16〕

由此可見，林同濟所提出的恐怖實際上是對生命悲劇的一種美學超越。叔本華面對死亡提出了藝術解脫，而林同濟卻強化主體在發現自我脆弱的時候那種迸發出來的反抗力，強調以力爲支撐，對於生命局限、對於死亡的抗爭與超越。顯然，這是一種純粹的形而上意義的思考。有研究者提出，林同濟的恐怖論調是「把文藝作爲了威嚇人民、欺騙和麻痹人民的工具」，「林同濟要求中國的藝術家去畫恐怖的時候，災難深重的中國正由於日寇的入侵，籠罩著更加深沉的黑暗。淪陷區裏，億萬同胞在日寇的鐵蹄下呻吟、掙扎。國統區內，苛捐雜稅，多如牛毛，特務統治，遍於市井，勞動人民遭受著更

〔註 14〕叔本華：《作爲意志和表象的世界》，石沖白譯，商務印書館，1982 年，第 428 頁。

〔註 15〕叔本華：《作爲意志和表象的世界》，石沖白譯，商務印書館，1982 年，第 426～427 頁。

〔註 16〕林同濟：《寄語中國藝術人——恐怖·狂歡·虔恪》，重慶《大公報》，1942 年 1 月 21 日。

爲嚴酷的剝削、壓迫。在這種情況下，一切有作爲的藝術家都應揭露造成這種黑暗的罪惡根源，鼓舞人民爲驅趕黑暗、爭取光明而鬥爭，可是林同濟卻緘口不言給中國人帶來痛苦、災難的任何原因，要求藝術家把恐怖作爲人生的唯一本質來加以表現，這樣的美學主張無異於助紂爲虐，爲虎作倀。」〔註17〕事實上，這樣的責難和林同濟的本意相距甚遠。誠然，人世間的苦難和恐怖有社會的原因，例如社會的黑暗與不公等等。不過，黑暗和不公的社會制度是可以改進、改善的，林同濟所要談論是每一個個體生命所要遭受到的必然——死亡。也正是如此，林同濟才把死亡看作是能夠撼動人靈魂的恐怖。世界空間大到無窮，時間也在永恆地流逝，在這茫茫的無窮宇宙空間中，在這漫漫永恆的時間流逝裏，個人生命偶然地被拋擲於其間，必然地走向死亡。人生的意義究竟何在？正如林同濟所追問的，「我何所爲而生，生何所爲而去？」林同濟所追問的是人的終極意義和價值，所思考的是個體生命的有限和宇宙時空的無限之間的衝突。恐怖則是正視這種人的有限和宇宙無限之間的衝突，由此發現人的終極意義和終極價值。

在這種認識到自我有限、宇宙無限的恐怖中，個體靈魂受到前所未有的震顫，個體自我保存的機能迸發出前所未有的力量。受到恐怖震顫後的力量是最巨大的，發抖之後的追求是最具有創造力的。林同濟在前面談論中國大夫士人格的時候曾經強調整個的大夫士的人格型，最後關鍵的因素就在『死』這一個字上。並且談到「死可說是生力之志」。正因爲有死，有限的生命才顯得格外珍貴；正因爲死亡是最大的恐怖和壓迫，隨之而迸發的力量也是人最本質最偉大的力量。由此可見，力量的迸發，創造力的激發才是恐怖所帶來的審美愉悅之所在，才是恐怖的美學功用之所在。

此外，作爲審美範疇的恐怖和崇高既有聯繫又有區別，作爲審美意義上的恐怖和現實中的恐怖也不是一個概念。

上文已經探討過，中西美學界最初都是把恐怖放在悲劇和崇高的審美範疇中來討論。儘管不少人都認可悲劇和崇高中的恐怖情緒，但也只是把恐怖作爲情緒或者心理體驗的一種，並沒有把它作爲獨立的審美範疇。林同濟提出了恐怖範疇，也談到了恐怖能激發主體的巨大力量和崇高精神，

〔註17〕馮憲光：《「戰國派」美學思想的淵源——評〈寄語中國藝術人〉》，重慶地區中國抗戰文學研究會、四川省社會科學院文學研究所編：《國統區抗戰文藝研究論文集》，重慶出版社 1984 年 12 月，第 327 頁。

但是從林同濟的論述中，我們可以發現，恐怖和崇高這兩個美學範疇既有密切的關聯，也有一定的差別。林同濟把恐怖看做是人們「最深入、最基層」的感覺，言下之意，恐怖與崇高雖然都體現主體性的力量，但恐怖更是一種本質的力量。在悲劇和崇高的美學範疇中，我們都或多或少地感受到一種正義原則或道德原則：亞里士多德悲劇觀念中所說的好人由於過失而由福轉禍，從而引發人們的憐憫和恐懼；歌德強調崇高中不只是有恐怖，同時更需要「道德情感的素質」。鄧曉芒在解釋康德崇高中的恐怖和道德情感因素時說：「凡是有理性的人，也就是一般具有健全知性的人，都會向每個人建議並且向他自己也要求，對實踐理念應該有一種道德情感上的敬重，而這就是崇高判斷的根基。正是由於崇高的判斷把想像力與理性的理念相聯繫，所以它的前提是建立在人的道德情感之上的。」〔註 18〕由此可見，相比較而言，雖然崇高和恐怖都體現主體性力量，但前者要多一絲道德意味，而後者更接近於本能力量，更添一份驚異成分。有關驚異美的論述，上編關於陳銓的部分已有詳述。這也可看出，林同濟和陳銓以及整個戰國策派在審美趣味上的相近。總體來看，林同濟的思路有一貫性，他強調力爲本，力無善惡之別，他不滿中國傳統文化和哲學中對力做道德的判斷，因此，在美學範疇的構建上，他更看重恐怖，因爲在他看來恐怖能激發人最深入最基層的力量，也因爲他要剔除道德因素，就使得他傾向於脫離具有道德意味的崇高而將恐怖作爲獨立的審美範疇。所以，有人批判林同濟的美學觀念無正義和非正義之分，也並非全無道理。但與此同時，我們必須注意到林同濟所提出的作爲藝術上的恐怖和現實中的恐怖之間的差別。前面雖然提到抗戰中人們所面臨的種種恐怖和災難是構成林同濟恐怖美學範疇的外部背景，但這並不意味著我們對林同濟恐怖美學範疇的評判就得依據現實的考量。當時很多對林同濟批判的文章就指責林同濟鼓吹恐怖、宣揚恐怖，是典型的法西斯主義，這顯然是把現實層面的恐怖和藝術層面的恐怖混爲一談。

最後，恐怖審美範疇的提出，是對中國傳統的和諧、中庸美學觀念的一次巨大顛覆。

恐怖就是直面人最終不得不走向毀滅和死亡的有限性、悲劇性，恐怖

〔註 18〕鄧曉芒：《康德〈判斷力批判〉釋義》，生活·讀書·新知三聯書店，2008年，第 246 頁。

美學範疇的提出標誌著中國學界對悲劇觀念的進一步深化。在中國傳統的美學觀念中，悲劇沒有佔據主要的位置。事實上，這並不是說中國人沒有悲劇意識，恰恰相反，中國先哲們早早就察覺到個體的有限和外部宇宙的無限之間的矛盾。然而不論是儒家還是道家都極力迴避個體有限和宇宙無限之間的衝突，他們都講「和」，講「天人合一」。「和」就構成了中國傳統思想文化以及美學觀念的核心，和諧美也就成了中國傳統藝術的最高追求。正如有學者指出：「『和』是最古老、最傳統、最有中國特色的美學範疇之一。其基本涵義是諧調適中，不偏不倚，剛柔相濟。它基於生理上的諧調，合於科學上的適度，包含倫理上的中庸，哲理上的中和，心理上的和悅，表現爲和諧之美。」〔註 19〕在消解人的有限和宇宙的無限之間的衝突上，中國傳統美學有自己獨特的價值，但在另一方面，卻也禁錮了人的諸多本能力量和審美快感。李澤厚曾經在《華夏美學》中總結道：「奔放的情慾、本能的衝動、強烈的激情、怨而怒、哀而傷、狂暴的歡樂、絕望的痛苦、能洗滌人心的苦難、虐殺、毀滅、悲劇，給人以丑、怪、惡等等難以接受的情感形式（藝術）便統統被排除了。情感被牢籠在、滿足在、錘鍊在、建造在相對的平寧和諧的形式中。即使有所謂粗獷、豪放、拙重、瀟灑，也仍然脫不出這個『樂從和』的情感形式的大圈子。」〔註 20〕而恐怖作爲一種本能的力量和基層的感覺，作爲和優美的和諧相對立的東西，自然在中國傳統藝術和美學中被剔除。中國的傳統藝術即便描繪死亡之類的事情，也傳達不出恐怖的美學趣味；即便人物死後成鬼也免不了大團圓的結局，最終走向了和諧統一。看看中國藝術作品中的鬼魂，如竇娥、梁祝、杜麗娘等，沒有絲毫的恐怖意味，最終仍是個好人好報的歡喜結局；更有被屈死後反成仙來續前緣的，如白居易《長恨歌》中的楊貴妃。而西方文藝中的鬼魂，如莎士比亞悲劇中的大量鬼魂，全都讓人充滿恐怖的感受——那種混合著審美愉悅感的恐怖感受。

由此不難看出，林同濟的恐怖美學範疇強調的是主體與客體、生與死、有限與無限之間的衝突、鬥爭，凸顯出人的悲劇性和對悲劇性命運抗爭的力量。總的說來，林同濟以力爲支撐，提出恐怖這一審美範疇，這不但是對中國美學審美範疇的豐富，也是對中國悲劇理念和悲劇意識的深入。

〔註 19〕張皓：《中國美學範疇與傳統文化》，湖北教育出版社，1996 年，第 331 頁。
〔註 20〕李澤厚：《華夏美學》，中國文化出版公司，1989 年，第 27 頁。

第二節　狂歡——有限主體戰勝無窮客體時的創造力

狂歡是林同濟所要構建的第二個審美範疇，這是中國傳統美學史前所未有的一個新的審美類型。即便放眼同時期的西方美學界，狂歡審美範疇的獨立性也尚未確立，直到上世界60年代才由巴赫金系統地提出。此後，狂歡就成了美學界和文化界非常關注的一個命題，並隨著時代的推移，受到越來越多的矚目，直至當下。當然，林同濟在抗戰時期提出的狂歡審美範疇，還沒有學界當前所認識的那麼精細和系統，但無疑它有自己的特點、意義和價值。

首先，林同濟所提出的狂歡是在恐怖基礎上建立的，並最終形成對恐怖的超越。

不論是林同濟所提出的恐怖，還是狂歡，背後的哲學支撐都是他的力本體論。如果說，恐怖是主體的人在受到巨大威脅尤其是死亡的威脅時迸發出保全自我的力量，那麼狂歡就是對包括死亡在內的恐怖的一種藐視，它更體現出主體力量的積極和主動。林同濟所說的狂歡，是發自內心的一種剛強雄健的力量，一種無所顧忌的精神，是敞開胸懷的大笑。「微笑不可用，哈哈幾聲乾笑更表現出生命力的枯澀。半笑等於半啼，半啼不算爲笑。你們的需求：全副的笑或全副的啼！啼笑憑你們，但不可不全副。要全副的啼嗎？恐怖便是。要全副的笑嗎？那就是狂歡。」〔註21〕儘管恐怖是啼，狂歡是笑，也就是說狂歡是恐怖的對頭，但另一方面，林同濟認爲「狂歡必生於恐怖」，沒有經受巨大的恐怖，是無法享受全副的狂歡：

> 那正是你看到人生最後深淵的剎那，六根顫，汗滿身，血滿面，你認定了生命是「無能」，忽然間不知從哪裏刮過來一陣神秘之風，揭開了前面的一角黑幕，你恍惚有所見，見得了一線的晨光，見得了陸地的閃爍。並不是一切渺茫茫！如果時空無窮，此刻此地卻千眞萬實。「我思故我在」，我在故我能！「我能，我能」！拍案大叫，踢開門，大步走出來，上青天，下大地，一片無窮舞蹈之場。挺著胸呼吸，不發抖，不怕什麼，你把握著自家，你否認了恐怖。〔註22〕

恐怖是主體在時間的無窮、空間的無窮之中發現了自我的有限，自我的

〔註21〕林同濟：《寄語中國藝術人——恐怖·狂歡·虔恪》，重慶《大公報》，1942年1月21日。

〔註22〕林同濟：《寄語中國藝術人——恐怖·狂歡·虔恪》，重慶《大公報》，1942年1月21日。

必然毀滅和消亡，是在正視自我有限性的同時所激發的力量。「我何所爲而生，生何所爲而去？」〔註 23〕——這是恐怖產生的緣起，而狂歡則是品嘗到了人生的有限之後理直氣壯地爲自我存在找到了理由。「我思故我在」，林同濟引用了笛卡爾這句名言來爲主體的存在辯護。現在我們通常把笛卡爾的這句名言作爲他懷疑論哲學的觀點濃縮，但也許更爲合理的解釋是，我無法否認自我的存在，因爲當我否認、懷疑自我時，我已經存在了。笛卡爾其實看到了人所能接觸到的最眞實的存在，即「我」的存在：在「我思」之前已有我，有了這個「我思」之前我的存在，才有了「我思」的開始，才有了「我思」之後的萬事萬物的存在。姑且不論這是不是一種唯心主義的表現，但這至少表明了自我存在的第一性。恐怖是因爲人覺察到了自我存在的渺小和宇宙時空的無限，狂歡則表明自我的渺小和宇宙無限的存在都是以自我的存在和自我的思考懷疑爲前提的。既然我存在是第一性，是毋庸置疑的，那麼我也能爲我存在而展開一切活動。這就是林同濟的思路，在他援引了「我思故我在」之後，緊跟著推導出的是「我在故我能」。我的能動，我的表現，我的創造，也是自然合理的。換句話說，在狂歡中，自我存在就是一切，宇宙時空都因自我的存在而存在；同時自我的表現和創造就是一切，我存在所以我能爲所欲爲，也即我的生命力是飽滿的、流溢四射的。

由此可見，不論是恐怖還是狂歡，都具有形而上的意義，都是有關自我主體和宇宙客體之間關係的探討。在林同濟看來，「恐怖是無窮壓倒了自我，狂歡是自我鎮伏了無窮」〔註 24〕，在主體的人身上，對待自我和宇宙的關係具有雙重性，一邊是察覺自我的有限，宇宙的無窮，一邊又感到自我的無限，宇宙因人而在。由此，林同濟認爲，恐怖和狂歡相輔相成，沒有恐怖就沒有狂歡，越恐怖越狂歡，而越狂歡，就會有更加駭人的恐怖。

其次，雖然恐怖和狂歡都基於力且相輔相成，但狂歡是更積極，更雄健的藝術體現。

如果說林同濟提出恐怖審美範疇更多受到叔本華的啓示，那麼狂歡則更多來自尼采精神。事實上，作爲意志哲學和美學的兩大代表人物，叔本華和

〔註 23〕林同濟：《寄語中國藝術人——恐怖・狂歡・虔恪》，重慶《大公報》，1942 年 1 月 21 日。
〔註 24〕林同濟：《寄語中國藝術人——恐怖・狂歡・虔恪》，重慶《大公報》，1942 年 1 月 21 日。

尼采都發現了生命的悲劇性。可是尼采和叔本華的態度迥然不同，叔本華寄望藝術能給人的悲劇性帶來些許解脫，並未曾設想去戰勝生命的悲劇性，而尼采則反對叔本華的悲觀主義態度，力主一種正視悲劇、奮起抗爭和超於生命悲劇的精神。具體到藝術理念上，尼采強調酒神精神和酒神藝術。

林同濟吸收了尼采酒神精神和酒神藝術的眞諦，並把它歸納爲這麼幾個關鍵詞：笑、舞蹈、創造。笑的描述前面已經有所涉及。林同濟所提倡的笑，不是微笑，而是恐怖啼哭之後的大笑，全副的笑。笑是勇敢無畏，是對一切悲劇包括生命悲劇的無情嘲弄，尼采曾借查拉斯圖拉之口道：「我願有許多巨靈在我周圍，因爲我是勇敢的，勇敢驅除了邪魔，爲自己創造了巨靈！——勇敢將大笑。」「登了最高山峰的人，笑著一切的悲劇，無論悲劇的表演和悲劇的實際。」〔註 25〕

酒神精神的實質是肯定和享受人生，連同人的悲劇性一併肯定和享受。肯定和享受人生不僅僅需要堅強沉著，勇敢無畏；或者說在苦難以及人的悲劇面前堅強和陰鬱地站立著仍然是不夠的，這仍不是酒神精神的精髓，這只是恐怖的範疇。酒神精神體現在像查拉斯圖拉那樣的人身上，有著神聖明快的歡笑，「必須有著堅強的骨頭和輕捷的足」〔註 26〕，有著神聖而輕盈的舞蹈。尼采一再談到歡笑和舞蹈，以此來體現酒神式的態度。查拉斯圖拉在笑一切悲劇的同時，學習像蝴蝶等小精靈一樣起舞：「現在我輕鬆了，現在我飛颺了；現在我見我自己在我之下。現在神在我心中舞蹈」。〔註 27〕在《舞蹈之歌》和《第二舞蹈之歌》中，尼采更是明確提出了「神聖的舞蹈」，他認爲少女輕盈的舞蹈象徵著對生命和自我的超越。「舞蹈象徵一種高蹈輕揚的人生態度。在尼采筆下，酒神精神的化身查拉斯圖特拉是一個跳舞者，他有著寧靜的氣質，輕捷的足，無往不在的放肆和豐饒。尼采孕育這個形象的最初征兆是一條速記的附注：『超越人類和時代六千公尺。』它恰好揭示了舞蹈的象徵意義，便是超越性。」〔註 28〕毫無疑問，林同濟從尼采的神聖的舞蹈中獲得啓示，描

〔註 25〕尼采：《查拉斯圖拉如是說》，楚圖男譯，湖南人民出版社，1987 年，第 41～42 頁。

〔註 26〕尼采：《查拉斯圖拉如是說》，楚圖男譯，湖南人民出版社，1987 年，第 361 頁。

〔註 27〕尼采：《查拉斯圖拉如是說》，楚圖男譯，湖南人民出版社，1987 年，第 43 頁。

〔註 28〕周國平：《尼采：在世紀的轉折點上》，上海人民出版社，1986 年，第 65 頁。

繪了一幅輕快的歡喜的舞蹈場面：

你腳輕，你手鬆，你摸著宇宙的節拍。你擺腰前蹈，你聳身入空，你變成一隻鳥，一個駕翼的安琪兒，翩躚，旋轉。擺脫了體重的牽連。上下四方，充溢了陽光——豐草、花香、噴湧甘泉，俄聽得鈞天樂繞耳響。你眼花，你魂躁，你忍不住放聲叫，唱，唱出來你獨有之歌腔，追隨著整個宇宙奔馳、激起、急轉、滑翔！你四體膨脹，靈魂膨脹——膨脹到無極之邊。你之外，再無存在；你之內，一切油油生。你是個熱騰騰，你是個混亂的創造。〔註 29〕

酒神精神要肯定人生和享受人生，必須有一個前提，那就是生命力要足夠強勁。尼采曾經反覆強調酒神精神和酒神藝術所包裹著的生命強力，他明確地說道：「我是第一個人，爲了理解古老的、仍然豐盈乃至滿溢的希臘本能，而認眞對待那名爲酒神的奇妙現象，它唯有從力量的過剩得到說明。」〔註 30〕酒神式的滿足源自力量的充盈，源自創造的歡喜。林同濟顯然體會到這一點，並做了有力的闡發：「狂歡！狂歡！它是時空的恐怖中奮勇奪得來的自由亂創造！」「狂歡乃是征服恐怖的創造」。〔註 31〕這裡，林同濟說明了這樣的創造完全來自類似酒神那樣生命本能的充盈，不是爲著現實的目的，而是生命力飽滿的象徵。總之，從林同濟的論述和闡發中不難看出，他所提出的狂歡是一種更積極、更富有生命力的審美形態。

第三，林同濟認爲狂歡中的酒醉和異性伴侶是爲了彰顯生命力的充盈，是對充盈著本能力量的人的美學想像。

我們已經指出，林同濟的狂歡審美範疇的提出主要源自尼采酒神精神和酒神藝術。尼采在酒神精神中談到了生命本能的力量和衝動，他正是以酒神狄奧尼索斯本能衝動力量來反對蘇格拉底的理智主義。尼采借用希臘神話中的酒神和日神來歸納出兩種心理體驗和藝術類型。在尼采看來，酒神精神更加原始，更加本能。這種精神是由酒的麻醉或春天的到來而喚醒的，是一種類似酩酊大醉的精神狀態。在酒神精神的影響下，人們盡情釋放自我的原始本能，與同伴們一起縱情歡樂，痛飲狂歌狂舞，尋求性欲的滿足。人與人之

〔註 29〕林同濟：《寄語中國藝術人——恐怖・狂歡・虔恪》，重慶《大公報》，1942 年 1 月 21 日。

〔註 30〕尼采：《偶像的黃昏》，周國平譯，湖南人民出版社，1987 年，第 123 頁。

〔註 31〕林同濟：《寄語中國藝術人——恐怖・狂歡・虔恪》，重慶《大公報》，1942 年 1 月 21 日。

間的一切界限完全打破，人重新與自然合爲一體，融入到那神秘的原始時代的統一之中去。他如醉如狂，像多動的孩子一樣。他不斷建造，又不斷破壞，永遠不滿足於任何固定的程序。他充分發洩自己過於旺盛的精力。對他來說，人生就是一場狂舞歡歌的筵席，幸福就是不停的活動和野性的放縱。林同濟的狂歡審美範疇也抓住了尼采酒神精神的沉醉和縱慾。他聲稱「狂歡必須大酒醉，雖然大酒醉不必是狂歡」;「狂歡必須異性伴，雖然異性伴不必是狂歡」。〔註32〕

林同濟指出狂歡審美範疇的兩個重要的內容：酒醉和異性伴侶（這兩者本源自尼采酒神精神中重肉體、重感性的特徵）。這在當時被批爲腐朽文藝觀念的體現〔註33〕，後來也有研究者談到了林同濟美學觀故弄玄虛背後的腐朽與墮落:「在國難當頭，民不聊生之時，作者公然鼓吹『縱慾』的藝術，除了用以消磨人們抗日的鬥志以外，最主要的還直接爲國統區大小官員花天酒地、醉生夢死的腐朽生活提供美學服務。用恐怖、痛苦的深淵來嚇唬勞動人民，又把聲色犬馬、美酒佳餚貢獻給達官貴人，這就是『戰國派』的美學」。〔註34〕

顯然，這是對林同濟美學觀念的極大誤解。林同濟所倡導的異性伴侶，不是提倡醉生夢死的生活，而是著眼於作爲個體的人的快樂與滿足，是從生命美學層面對身體的一種肯定。正如尼采對肉體的肯定是出自對生命力量的肯定一樣，林同濟對異性伴侶的提倡同樣著眼於人的生命力的提升。尼采批判基督教對人性的壓抑，渴望一種超人式的強健生命力，而林同濟批判中國傳統文化中的滅人欲，批判這種文化對人的主體生命力的壓制。擁有著異性伴侶的狂歡折射出林同濟對充盈著本能力量的人的美學想像，與現實層面的生活作風無太大關涉。從某種意義上講，林同濟對酒醉和異性伴侶狂歡的美學想像，比尼采的肉體因素還要更重些，正如我們前面提到的，林同濟不僅受益於非理性主義的叔本華、尼采，而且還從弗洛伊德學說中汲取養料，對

〔註32〕林同濟：《寄語中國藝術人——恐怖・狂歡・虔恪》，重慶《大公報》，1942年1月21日。

〔註33〕詳見歐陽凡海《什麼是「戰國」派的文藝》，《群眾》週刊，7卷7期，1942年4月15日。

〔註34〕馮憲光：《「戰國派」美學思想的淵源——評〈寄語中國藝術人〉》，重慶地區中國抗戰文學研究會、四川省社會科學院文學研究所編：《國統區抗戰文藝研究論文集》，重慶出版社，1984年12月，第329頁。

弗氏的肉體力量，本能衝動充滿著濃厚興趣。總的來說，林同濟對酒醉和異性伴侶的倡導，都是爲了彰顯生命力的充盈，都是建立在他的力本體論哲學和美學基礎之上並爲其服務的。

最後，狂歡審美範疇的提出，是對中國傳統「樂從和」和「樂而不淫」的美學觀念的巨大顛覆。

「樂從和」是中國傳統美學中最爲核心的理念，意謂音樂、舞蹈、詩歌等藝術應達於和諧，發揮協和作用。事實上，所謂的「樂從和」只不過是爲「禮」服務，也就是傳統中常常強調的禮樂並舉。禮和樂的目的，都是爲了等級秩序的和諧穩固。「樂者天地之和也；禮者，天地之序也。和，故百物皆化；序，故群物皆別。樂由天作，禮以地制。過制則亂，過作則暴。明於天地，然後能興禮樂也。」「律小大之稱，比終始之序，以象事行，使親疏、貴賤，長幼、男女之理，皆形見於樂。」〔註 35〕很顯然，中國的樂從和思想與禮本質相同，都是爲了維持上下尊卑的等級秩序。然而，林同濟基於尼采酒神精神而提出的狂歡，則體現生命力的充溢，精神的飽滿飛揚，使人消除恐懼，突破束縛。在酒神的狂歡亂舞中，各種等級觀念，禮教束縛全然被推翻，人類進入團結、融洽、平等的理想狀態。由此可見，林同濟所提出狂歡，實際上旨在構建一種肯定生命力，消滅等級秩序，戰勝恐怖的美學理想。爲了達到「樂從和」的目的，中國傳統美學確立了這樣的情感標準：「直而不倨，曲而不屈；邇而不逼，遠而不攜；遷而不淫，復而不厭；哀而不愁，樂而不荒；用而不匱……」〔註 36〕這是典型的中庸之美、中和之美，也就是所謂的「樂而不淫，哀而不傷，怨而不怒」。從這些情感標準可看出，中國傳統美學是要削平人的各種情感的過分張揚，尤其到了後來，更是成了壓制人本原衝動的工具。「是故先王之制禮樂也，非以極口腹耳目之欲也，將以教民平好惡而反人道之正也。」〔註 37〕林同濟的美學觀念和傳統這些標準則大不同。前文已經提到過他所倡導的「嫉惡如仇」、「恐怖的顫動」等情感的張揚，在狂歡這種審美範疇中，他又強調了酒醉和異性伴侶，這是對人的肉體所蘊藏的勃勃生命力的肯定，是對傳統中庸美、等級和諧美的極大顛覆。

〔註 35〕《禮記・樂記》。

〔註 36〕《左傳・襄公二十九年》。

〔註 37〕《禮記・樂記》。

第三節　虔恪——有限主體和無窮客體相融合一的審美境界

虔恪是林同濟所創建的第三個審美範疇，它在中西美學史上都是首次出現。如果說恐怖和狂歡是在西方審美範疇基礎之上的中國化轉換，那麼，虔恪則是中國傳統美學範疇的現代性轉型。

虔恪在現代漢語詞典中解釋爲恭敬而謹慎。這一詞語最早出自漢代蔡邕的《朱公叔鼎銘》：「虔恪機任，守死善道。」唐代著名道教學者杜光庭在《莫庭乂青城山本命醮詞》中寫道：「恐乖彝法，更積過尤，唯夙夜在公，敢忘虔恪！」明李贄在《禮誦藥師經畢告文》中寫道：「齋素既久，喘病癒痊；喘病既痊，齋素益喜。此非佛力，我安能然？雖諷經眾僧虔恪無比，實藥王菩薩憐憫重深。」從上述古代典籍中有關虔恪的例句看，它除了具有恭敬謹慎的意思之外，還和宗教的虔誠相關聯。

林同濟選擇了和宗教情懷相關的「虔恪」一詞作爲他提出的第三個審美範疇，這就表明他提出的這一審美範疇具有濃厚的宗教意識。宗教意識也就成了「虔恪」審美範疇最突出的特徵。

我們曾多次談到尼采對於林同濟的巨大影響，尤其是前章的狂歡審美範疇，可謂是對尼采的酒神精神的完美推衍。然而，在宗教情懷和宗教意識上，林同濟卻和尼采徹底分手了。眾所周知，尼采竭力要破除的就是西方的基督教傳統：他大聲宣告上帝死了；在他的文集和談話中，常常對基督教冷嘲熱諷。不僅如此，尼采對一切形而上的絕對體都持諷刺、批判態度。正是他對酒神式的生命本能和衝動的極力張揚，宣告了古希臘以來蘇格拉底式的理智主義，以及基督神聖在內的一切邏各斯中心主義開始走向終結。而林同濟一直都相信絕對神聖體的存在，不僅如此，他反而覺得中國人太缺乏神聖了。林同濟如此感歎和批評中國人：「虔恪！哎，世上民族再也找不出比你們更缺乏虔恪了。然而呵，缺乏虔恪的民族，如何可以常留於世上？」〔註 38〕林同濟解釋道，虔恪就是因爲在自我之外發現了絕對神聖：「虔恪是自我之外發現了存在，可以控制時空，也可以包羅自我……自我與時空之上，發現了一個絕對之體！它偉大，它崇高，它聖潔，它至善，它萬能，它是光明，它是整

〔註 38〕林同濟：《寄語中國藝術人——恐怖・狂歡・虔恪》，重慶《大公報》，1942年1月21日。

個！面對著這個絕對體，你登時解甲投降，你邪念全消，自認渺小，你不敢侵犯、不敢褻瀆，你願服從、願自信、願輸誠、願皈依，你放棄一切盤問、請求，你把整個生命無條件地交出來，在兢兢待命之中，嚴肅肅屏息崇拜！什麼是虔恪呢？那就是神聖的絕對體面前嚴肅肅屏息崇拜。」〔註 39〕

由此可見，林同濟所倡導的絕對神聖體正是尼采所要竭力破除的。尼采殺死了上帝，而林同濟則把中國人間的「禮」提升到天上。林同濟對抗戰時期重新倡導「禮」、「祭」的熱潮，明確表示社會性的或倫理性的「禮」「是沒有希望打出我們一向婆婆媽媽式的腐儒圈套的」，應該「由『純宗教』的認識來規定它的範圍與形式！」〔註 40〕林同濟的目的是要恢復中國人的「神聖之感」、「至大之感」，因爲在他看來，這種神聖之感、至大之感正是對生命有限的超越，正和文學藝術以及審美的功效相同。中國人太過俗利，缺乏審美的超越和宗教的超越。要建立一種超越生命苦難和悲劇的審美需要，同時也就需要張揚宗教之於中國和中國人的價值、意義。「宗教揚棄了一向摻雜進來的若干題外因素而窮究到它的核心意義之所在，也就像文學、藝術等等，是人類心身必有而必需的一部，與人類的生命俱來的，也只有與人類的生命俱去。取消宗教是不可能的，就譬如取消文學、藝術是不可能的。不可能亦不討好。」〔註 41〕林同濟反對五四時期用實驗哲學的狹隘眼光攻擊宗教，也不滿當時用膚淺的唯物哲學詆毀宗教，他認爲當時的中國應該重視宗教。正是在這樣的思維主導下，林同濟提出了具有宗教意識的「虔恪」審美範疇，並把它作爲審美的最高境界。

那麼，虔恪和恐怖、狂歡是怎樣的關係？在林同濟看來，虔恪是在恐怖和狂歡的基礎上建立的，因而超越了恐怖和狂歡，是一種更高的審美境界。

恐怖、狂歡、虔恪三個審美範疇構成的是一種遞進的關係。林同濟說，「不有恐怖，無由狂歡。不有恐怖與狂歡，也必定無由虔恪！你們要體驗虔恪嗎？先爲我嘗遍了一切恐怖與狂歡！」〔註 42〕恐怖、狂歡、虔恪之所以能被放在一起，就在於它們都是對自我和無窮之間關係的探討。用林同濟自己的話來

〔註 39〕林同濟：《寄語中國藝術人——恐怖・狂歡・虔恪》，重慶《大公報》，1942 年 1 月 21 日。

〔註 40〕林同濟：《民族宗教生活的革創——議禮聲中的一建議》，《時代之波》，上海大東書局，1946 年，第 97～98 頁。

〔註 41〕林同濟：《民族宗教生活的革創——議禮聲中的一建議》，《時代之波》，上海大東書局，1946 年，第 99 頁。

〔註 42〕林同濟：《寄語中國藝術人——恐怖・狂歡・虔恪》，重慶《大公報》，1942 年 1 月 21 日。

說就是：「恐怖是時空毀滅自我，時空下自我無存在」；「狂歡是自我毀滅時空，自我外不認爲有存在」；「虔恪是自我之外發現了存在，可以控制時空，也可以包羅自我，即自我與時空的「互契或合」。〔註43〕在林同濟看來，自我的感覺率先產生，原始先民在漠漠大自然中自尋衣食，逐漸地有了自我的感覺。經過文化「自覺」運動後，經一批先覺的「天才」的闡發之後，「人們到此確切發現了心靈深而又深處有著一個最後基本的眞實——就是『自我』」〔註44〕。自我的存在也就成了一切存在的基礎。就在人確認自我的刹那間，「無窮」同時產生。也就是說，自我和無窮相反相成。「看到了『原子化』的自我單位，必定同時也看到了相對而立的包羅萬有的無窮。」〔註45〕自此之後，自我和無窮之間便開始了永無休止的鬥爭，恐怖是無窮的時空壓倒自我，自我卻激發出抗爭的力量；狂歡是自我壓倒了無窮的時空，展現出一種藐視一切的創造力量；而虔恪是自我和無窮的合一。林同濟認爲：「自我對無窮，勢必評定出一種關係。兩雄對立必有高低！人生最苦惱最困難的場遭在這裡，最歡忭最得意的成就也在這裡。」〔註46〕林同濟緊接著描繪了如何從恐怖到狂歡再到虔恪的審美境界的遞進：「畢竟無窮偉大！相形之下，幻夢頓醒，自我何曾眞實！留下來的是一副不忍多看的諷刺畫：幻僞對永恆，渺小對遍在，無知無能對萬知萬能。蒼茫孑立，不僅要懊惱、生羞、沮喪——恐怖！」〔註47〕「但，如果還有勇氣支撐下去，征服了恐怖，則恐怖下可以漸透出笑容」〔註48〕，這就是我們上述所論證的狂歡。最後，自我對無窮，小體對大體生出一種愛慕和嚮往，「於是而謳歌之，膜拜之，奔赴而皈依之，到了最後，一種融融混混的至妙，意境可以呈現」。〔註49〕這就進入了宗教的境界，「在耶教叫

〔註43〕林同濟：《寄語中國藝術人——恐怖・狂歡・虔恪》，重慶《大公報》，1942年1月21日。

〔註44〕林同濟：《民族宗教生活的革創——議禮聲中的一建議》，《時代之波》，上海大東書局，1946年，第100～101頁。

〔註45〕林同濟：《民族宗教生活的革創——議禮聲中的一建議》，《時代之波》，上海大東書局，1946年，第101頁。

〔註46〕林同濟：《民族宗教生活的革創——議禮聲中的一建議》，《時代之波》，上海大東書局，1946年，第102頁。

〔註47〕林同濟：《民族宗教生活的革創——議禮聲中的一建議》，《時代之波》，上海大東書局，1946年，第102頁。

〔註48〕林同濟：《民族宗教生活的革創——議禮聲中的一建議》，《時代之波》，上海大東書局，1946年，第102頁。

〔註49〕林同濟：《民族宗教生活的革創——議禮聲中的一建議》，《時代之波》，

作『互契』(communion),在佛教叫作證會,就是合一」〔註50〕,這種境界也即是「一即一切,一切即一」〔註51〕的絕對神境。在林同濟看來,自我與無窮的互契或合一,是宗教純淨的核心意義,也是虔恪的審美意義。它們的目標簡單點說,「在『一』追求(unit oneness of things)」〔註52〕。林同濟接著談道,「求一」的用處就同「求眞」、「求美」一樣,「儘管本身可以沒有功利的價値,但永遠是人類心靈上與生俱來的不斷活動的一部。必要說個用處來,那恐怕就是『至大之感』」〔註53〕。

這種至大之感、神聖之感的追求既是最高的人生境界,也是最高的審美境界。在當時,有人批判林同濟所倡導的對絕對體的崇拜,認爲是在鼓吹民眾臣服於統治者,臣服於法西斯。〔註54〕這實際上是極大的誤解,林同濟並非是在倡導生命本體之外的世俗崇拜,這裡他所說的絕對體不是哪個領袖,也不是哪個個人或者集團,而是生命本身,是自我和無窮融爲一體時生命的審美境界。林同濟以這樣優美的筆調描繪虔恪的審美境界:

> 現在,弟兄們,準備好,要準備體驗虔恪了嗎?我告訴你們吧!你們還需要齋戒,還需要洗澡——你們太不洗澡了!洗三日澡,跟我步行,渡過水,翻過山,來到大荒之野。人世遠,塵念消,躺地上,過個露天夜。醒回來,無邊的黑色與岑寂正凝佇著整個宇宙。驀然間,東方之下,輻射出一陣紫紅紅浪,一層一層蕩漾,好像一副展開的羅裙、一個起舞的孔雀,倒撒上天空,愈來愈豔。緊跟著,一輪黃金之球,地底湧出,莊嚴華麗,天后之容,上下四方,反映著都是光,都是熱,都是顏色!你和我不由自主地張著口,呆著目,一齊站起來迎駕。萬籟無聲,一輪高耀——這刹那我們認識了她—

上海大東書局,1946年,第102頁。

〔註50〕林同濟:《民族宗教生活的革創——議禮聲中的一建議》,《時代之波》,上海大東書局,1946年,第102頁。

〔註51〕林同濟:《民族宗教生活的革創——議禮聲中的一建議》,《時代之波》,上海大東書局,1946年,第102頁。

〔註52〕林同濟:《民族宗教生活的革創——議禮聲中的一建議》,《時代之波》,上海大東書局,1946年,第103頁。

〔註53〕林同濟:《民族宗教生活的革創——議禮聲中的一建議》,《時代之波》,上海大東書局,1946年,第102～103頁。

〔註54〕詳見歐陽凡海《什麼是「戰國」派的文藝》,《群眾》週刊,7卷7期,1942年4月15日。

—絕對，這剎那我們嚴肅肅合掌皈依！這叫作虔恪！〔註 55〕

這裡林同濟用黑色的暗夜形容人生的恐怖和局限，展開的羅裙、起舞的孔雀暗示狂歡的舞蹈，莊嚴華麗的霞光、萬籟無聲的寂靜則是虔恪審美境界的象徵性描述。不論是恐怖、狂歡還是虔恪都關涉到自我和無窮的關係問題，都具有形而上的意義。但在這三種審美範疇中，虔恪是最高的境界，要到達這種境界，必須經歷恐怖和狂歡，而恐怖和狂歡中有關自我和無窮的鬥爭最終也要走向虔恪的融合，才算是圓滿。虔恪的境界既是人生命的最高境界，也是審美的最高境界，它全然無功利，糅合了恐怖和狂歡，只有審美的愉悅。人生要達到具有宗教和審美境界的虔恪，必須經歷林同濟所說的「大悔」。「所謂大悔者，是由『行爲』的檢查而進到自己整個的『生命本體』的估量」〔註 56〕。小悔只能檢查到日常的「行爲」，始終不出「人的境界」，大悔「不僅限於『知過』，乃達到於『知天』，其心靈上所體驗的，不僅是『謙沖』，乃是一種迹近矛盾的神秘感」〔註 57〕，林同濟把這種神秘感稱之爲「謙憫」。林同濟這樣解釋謙憫：「謙憫者，一方面自感身世的有限性，一方面又肯定生命是個大可能，是個大機會。自感有限，故曰謙；肯定可能，故曰憫。謙中含幹惕；憫中帶希望。幹惕是懼，希望是喜。謙憫者，可說是人們搜到人生最後價值所得著的一種『自我喜懼感』。」〔註 58〕經歷了大悔，獲得「自我喜懼感」，這就是到達了對人生本體的終極探討，而『神的境界』乃無形中托出。「任你叫它爲絕對、爲上帝、爲自然、爲道，那無限性的體相，剎那間要掠過了你的靈魂，是極偉大極莊嚴的剎那。經過了這剎那，你乃覺得有了『無所不能』的一物在，所以自我畢竟渺小；卻又覺得有了『無所不能』的一物在，所以自我仍爲其物的一部，而仍不失爲宇宙的必需。蓋所謂無能而不敢不有能，不圓而不禁要求圓者。」〔註 59〕

由此可見，林同濟是把虔恪視爲生命審美境界的追求，這就是虔恪這一審美範疇的最大意義之所在。很顯然，它與西方的美學、哲學思想觀念距離較遠，而與中國傳統美學的「意境」命題有關，尤其與道家思想有關。林同濟自己也

〔註 55〕林同濟：《寄語中國藝術人——恐怖・狂歡・虔恪》，重慶《大公報》，1942 年 1 月 21 日。
〔註 56〕林同濟：《請自悔始》，《時代之波》，上海大東書局，1946 年，第 92 頁。
〔註 57〕林同濟：《請自悔始》，《時代之波》，上海大東書局，1946 年，第 92 頁。
〔註 58〕林同濟：《請自悔始》，《時代之波》，上海大東書局，1946 年，第 93 頁。
〔註 59〕林同濟：《請自悔始》，《時代之波》，上海大東書局，1946 年，第 93 頁。

曾說：「的確，人間三部書，我百讀不厭：莊子的《南華經》、柏拉圖的《共和國》，尼采的《薩拉圖斯達》。莊子談自然，柏拉圖談正義，尼采談最高度生命力的追求。」〔註60〕1947年，林同濟訪美期間，在美國著名的《思想史雜誌》，發表論文《中國心靈：道家的潛在層》，強調中國知識分子看似受儒家思想影響之深，但實際上潛在層面都是由道家思想所主控。「文革」結束後，1980 年林同濟再次訪美，在他的母校加利福尼亞大學伯克利分校作了題爲《中國思想的精髓》的演講，仍然強調道家思想對中國人尤其是知識階層的巨大影響。從林同濟一生的論著言說來看，他一向推崇道家尤其是老莊思想，現在也有不少學者談及林同濟和道家思想的密切關聯，並認爲虔恪表明了林同濟擺脫德國思想回歸到中國道家的天人合一。〔註61〕但是，林同濟的「虔恪」和道家思想依然有很大區別，在中國美學史上具有獨特的價値和意義。

首先，虔恪雖然涉及了包括宗教情懷在內的人生境界，但其出發點和目的仍然是審美和藝術，即虔恪更多是對超越人生悲劇的審美境界的追求。包括老莊在內的道家思想追求絕聖棄智，追求無功利的人生超越，這種人生態度恰與審美態度相似，因爲關於「美」的本質，西方尤其是康德以來的美學家都明確表達了審美的無概念、無目的、無利害性。這就是目前很多中國學者由此推導老莊爲首的道家思想的審美特質的緣由。但很顯然，道家思想更主要的是在追求一種全方位的人生態度，而並非是審美的情感愉悅。道家從不強調甚至是壓抑情感的表達，如莊子所提倡的「形如槁木」、「心如死灰」，這全然與審美心理過程背道而馳。然而，林同濟倡導的虔恪，是經由恐怖的震顫、狂歡的歡騰，達到的一種「自我喜懼感」的絕對神聖的境界，這裡顯然是審美心理和審美情感的變動，最終到達的是一種審美的愉悅。另外，林同濟談論虔恪，並非著眼於人的思想層面，而是始終把它作爲藝術母題，是從創造藝術和欣賞藝術的角度來展開的。因此，我們可以說，林同濟所提出的虔恪，所追求的主客、天人互契或合一的虔恪，和老莊爲首的道家思想相比，其價値更體現在純粹的美學意義上，或者說，虔恪確有老莊思想的影響，但它消除掉了老莊思想中反藝術的成分，使其成爲最高的審美命題。

〔註60〕林同濟：《我看尼采——〈從叔本華到尼采〉序言》，載陳銓《從叔本華到尼采》，上海大東書局，1946年。

〔註61〕詳見許紀霖《林同濟的三種境界》，見《天地之間——林同濟文集》序言，復旦大學出版社，2004年6月。另見白傑《異邦借鏡與返本開新——重評〈寄語中國藝術人〉》，《石家莊鐵道學院學報》，2009年6月。

其次，林同濟所提出的虔恪，同樣以他的力本體論哲學、力本體論美學爲支撐。

前面我們談論恐怖和狂歡這兩個審美範疇時，都強調了它們背後的力本體論哲學和力本體論美學基礎。而虔恪呢，看似與力本哲學和力本美學有一定距離，事實上，只要我們細細考究，就不難發現，虔恪審美中具有同樣的尚力因素。因爲，要達到虔恪，必須首先經歷恐怖所激發出的抗爭力量，經歷狂歡所展示的酒醉式的本能創造力量。從林同濟對虔恪的象徵性的描述也可窺一斑：那一輪充滿光和熱的太陽湧出地底，我們刹那間認識了絕對，體悟了虔恪。

虔恪和尼采美學思想的不同，是虔恪中帶有了絕對體崇拜和道家的天人合一思想；虔恪和道家思想的不同，是虔恪中帶有了尼采的酒神精神和尚力意志。換句話說，虔恪體現出林同濟對接尼采和老莊思想的意圖。正是因爲虔恪體現出二者的對接，所以它顯得既不同於尼采美學，也不同於老莊思想。林同濟既喜歡尼采又喜歡莊子，二者對他影響都很大，這就使得他在構建新的審美範疇時，總想極力把二者糅合起來。因此，對於道家思想，林同濟極力用尼采的方式進行解讀。林同濟說：「道家思想可以被定義爲經過尼采口中的『偉大的不信任』之火洗禮的浪漫個人主義。」〔註 62〕林同濟認爲，道家信徒同樣具有尼采式的批判，但他們的批判和反抗不會轉化到革命情緒，而是體現出狄俄尼索斯式的叛逆。狄俄尼索斯式的叛逆最典型地體現在竹林七賢和李白身上。竹林七賢是遭遇精神危機時，「很快就轉變爲狄俄尼索斯式的酩酊大醉。他開始在情感上自我放縱。他既沒有抓住無我境界，又沒有掌握好自我，他索性自暴自棄了。他不再反抗，只是無視一切。他有點心醉神迷，既覺得有點痛苦，又覺得有幾分喜悅，他找到了一種非常道家的發洩方式——酒醉之人辛辣的笑聲」〔註 63〕。林同濟接著說：「狄俄尼索斯式的酩酊大醉經常會昇華成一種充滿活力的藝術形式。它體現半清醒狀態下的人的超凡力量和風度，但沒有半點竹林七賢的過渡粗野。李白的個性和詩篇也許是這種

〔註 62〕林同濟：《中國心靈：道家的潛層》，原載美國《思想史雜誌》1947 年 6 月，第 3 卷 3 期。見《天地之間——林同濟文集》，第 184 頁，吳曉眞譯，復旦大學出版社，2004 年 6 月。

〔註 63〕林同濟：《中國心靈：道家的潛層》，原載美國《思想史雜誌》1947 年 6 月，第 3 卷 3 期。見《天地之間——林同濟文集》，第 185 頁，吳曉眞譯，復旦大學出版社，2004 年 6 月。

狄俄尼索斯式的活力最健康、最崇高的表現。」〔註 64〕林同濟認爲，道家精神正是和這種狄俄尼索斯的精神相通。「中國人最崇拜的就是這樣一種狄俄尼索斯式的叛逆。在他們眼裏，他超凡脫俗，善惡標準和社會制約在他身上不起作用。他處於一種唯美的精神恍惚狀態。」〔註 65〕如果說，竹林七賢和李白還只能算是叛逆加隱士型，他們只是體現出酒神式的衝動力和創造力的話，那麼道家中的「回歸主義者」〔註 66〕更具有超人式的強力意志。「這種道家信徒在斷然出世後又決定重返社會。他曾經批判自我和所有形式，帶著火燃盡後的餘灰退隱山間；現在又像虔誠的鬥士一樣高舉形式的火把衝進山谷。經過大膽的否定之否定，這位道家信徒用意志力使自己成爲最積極的人。」〔註 67〕這樣，從酒神精神到超人意志，林同濟都在道家思想和道家精神中找到了對應物。實際上，林同濟這樣做的目的，是極力剔除道家精神中的「柔」、「不攖」，顯示道家的積極性和戰鬥性。顯然，這是對中國道家思想極具創見的、富於現代性的解讀。正是有了尼采眼光所觀照的道家思想，林同濟所提出的虔恪中主客互契的審美境界處處包含著酒醉式力的衝動和創造，超人式的強力意志。因此，虔恪是一種至高審美境界，它既包含著宗教的神聖，也包含著強力的因素。

總之，虔恪是一種全新的審美範疇，在中西美學史上都是獨一無二的，它標誌著林同濟融合中西美學的努力。虔恪審美範疇既有對叔本華、尼采美學思想的吸收，也有對尼采反宗教和絕對體傾向的揚棄；既有對以老莊爲代表的中國傳統美學思想尤其是天人合一的意境的借鑒，也有對中國傳統美學思想中力的缺失的批判，另外虔恪顯然比老莊更著眼於藝術和審美，即虔恪是更徹底的美學範疇。

〔註 64〕林同濟：《中國心靈：道家的潛層》，原載美國《思想史雜誌》1947 年 6 月，第 3 卷 3 期。見《天地之間——林同濟文集》，第 185 頁，吳曉眞譯，復旦大學出版社，2004 年 6 月。

〔註 65〕林同濟：《中國心靈：道家的潛層》，原載美國《思想史雜誌》1947 年 6 月，第 3 卷 3 期。見《天地之間——林同濟文集》，第 185～186 頁，吳曉眞譯，復旦大學出版社，2004 年 6 月。

〔註 66〕「回歸主義者」指的是那些起初歸隱山林，後又積極入世的道家知識分子。見林同濟《中國心靈：道家的潛層》一文。

〔註 67〕林同濟：《中國心靈：道家的潛層》，原載美國《思想史雜誌》1947 年 6 月，第 3 卷 3 期。見《天地之間——林同濟文集》，第 191 頁，吳曉眞譯，復旦大學出版社，2004 年 6 月。

結　語

林同濟不僅有力本體論的哲學觀和美學觀，不僅有對崇高的尚力人格和審美主體的呼喚，更重要的是，林同濟還爲中國美學提供了新的審美範疇，那就是恐怖、狂歡、虔恪。林同濟的美學體系由此完整呈現出來。這三個審美範疇的提出，標誌著林同濟和戰國策派在中國美學史上地位的確立。不論是恐怖還是狂歡，抑或是虔恪，都帶有形而上的哲學意義，都是向生命悲劇的挑戰，都是有關人的有限和客體無窮之間矛盾衝突的探討。這三個審美範疇的提出根源於林同濟的力本體論，經由以力爲美的審美主體的闡發，達到了對人生悲劇的強力應對和藝術超越的高度。恐怖美體現出有限的主體被無限的客體壓倒時所激發出的抗爭力；狂歡美體現出有限主體戰勝無限客體時藐視一切的創造力；虔恪美體現出有限主體和無限客體經由恐怖、狂歡之後所達到的一種相互交融的至高審美境界。恐怖、狂歡、虔恪三個審美範疇是林同濟對中西美學理念的有機融合，既吸取尼采等酒神美學理念又對其有所疏離，既吸收中國傳統天人合一審美觀又對其有所批判，展示出林同濟以及戰國策派對中國現代美學的卓越貢獻。

餘　論

戰國策派是一個比較寬泛的流派，它不像其他流派那樣有嚴密的章程和理論綱領。儘管如此，作爲這一流派的核心人物陳銓和林同濟，他們的美學思想在很大程度上可以被看作戰國策派美學思想的代表。不論是陳銓的強力意志美學思想，還是林同濟的力本體論美學觀念，他們的共同點都在於以力爲核心，以力爲美。在此基礎上，我們仔細深入下去，會發現他們帶給中國現代美學一些新的審美範疇，那就是陳銓的「英雄崇拜」、「驚異美」和「浪漫悲劇」等，林同濟的「恐怖」、「狂歡」、「虔恪」等；同時，上述審美範疇基本上都暗含著以力爲基礎的「崇高」觀和「悲劇」觀。所有這些，恰恰都是中國現代美學較之於傳統美學的突出特點。我們大致可以得出這樣的結論：在抗戰的特殊年代，以陳銓和林同濟爲代表的戰國策派結合他們的人生體驗，展開了對中國傳統美學的批判，並以西方哲學和美學爲理論資源，提出了以力爲本、以力爲美的新的美學思想，全方位觸及了崇高與悲劇這兩個美學主題，拓展和豐富了中國現代美學思想體系。

作爲一群頗有學養的知識分子群體，戰國策派大多數成員的出發點和落腳點都在學術上。讓學術從屬於政治，爲現實的政權服務，尤其是爲專制政權服務，這是他們所不齒的。林同濟一直不遺餘力地批評中國傳統文人在皇權專制下人格萎縮，批判中國學術在專制體制下淪爲毫無創造性的「官樣文章」。林同濟等人一直在反思中國兩千年來專制制度對學術自由和學術獨立的戕害，力主文人擺脫官僚政治習氣，呼籲知識分子朝著「專家」、「學者」的方向努力，培育一種「技術傲氣」和「職業道德感」。〔註 1〕他們極力構建一種超越政治評價、道德評判的審美標準。尤其是林同濟，他所構建的恐怖、狂歡、虔恪三大審美範疇，都是關乎形而上的，超越了現實的政治功利，是對純粹的美學學術層面的貢獻。可見，致力於學術是戰國策派學人的共同追求；捍衛學術的自由與獨立，是戰國策派學人的奮鬥目標。正如戰國策派的另一代表人物賀麟所說：「假如一種學術，只是政治的工具，文明的粉飾，或者爲經濟所左右，完全爲被動的產物，那麼這一種學術，就不是眞正的學術。」〔註 2〕他還說：「學術失掉了獨立自由等於學術喪失了它的本質和它偉大的神聖使命。」〔註 3〕林同濟也曾反覆說：「抗戰的最高意義必須是我們整個文化的革新。戰勝是不夠的（更莫說因人成事的戰勝）。打倒人家侵略主義，收復一切淪陷河山，是無意義的——如果重新佔了那金甌無缺的神州之後，我們，尤其是有智力有才力的分子，還是依舊地憒憒嬉嬉，依舊欺人自欺，還是一味肮髒、混亂、愚昧、貪污。抗戰歷程中的種種浩大犧牲，若要有眞正的代價的話，我們竟無可逃地必定要在那座收復回來的江山之上，培養一個健康的民族，創造一個嶄新的——有光有熱的文化。」〔註 4〕

儘管戰國策派的同仁都把學術貢獻，文化思想的更新，美學價值的構建看做終極目標，但在終極目標實現之前，抗戰勝利這一現實目標也是他們急切關注的。林同濟的思路頗有代表性，抗戰的最高意義不是戰勝，但是戰勝毫無疑問是抗戰最必須有的目標之一。當戰國策派學人們投身到現實的民族抗戰時，他們就不可能不參與到現實的政治中來，而這又不可避免地和他們的終極目標、終極理念發生矛盾。這有點類似五四以後「救亡壓倒啓蒙」的矛盾。五四以來，知識分子懷抱的長遠目標是啓蒙，他們引入了一個又一個的西方觀念，但是許多觀念最終都服務於救亡，啓蒙思想觀念的獨立價值始終未能實現。抗戰時期，這一民族救亡最迫切的時期，戰國策派學人必然要在現實的政治和學術之間做出艱難的取捨，放棄任何一方都是他們所不樂見的，因而這就不可避免地形成了他們在學術和政治之間的複雜糾纏。過去學

〔註 1〕詳見林同濟的《士的蛻變——由技術到官術》，重慶《大公報》，《戰國副刊》第 4 期，1941 年 12 月 24 日。

〔註 2〕賀麟：《學術與政治》，《文化與人生》，商務印書館，1988 年，第 247 頁。

〔註 3〕賀麟：《學術與政治》，《文化與人生》，商務印書館，1988 年，第 247 頁。

〔註 4〕林同濟：《嫉惡如仇——戰士式的人生觀》，重慶《大公報》，1942 年 4 月 8 日。

界是從政治的標準來評價戰國策派的學術，這就帶來了這樣那樣的曲解，但是，當我們談論戰國策派的學術，談論他們的美學思想時，我們又不能不注意到他們的現實政治情懷所帶來的干擾。陳銓和林同濟儘管反覆倡導哲學、美學、文學藝術的獨立價值，甚至去追求形而上的意義，但他們又是愛國的知識分子，以獨特的方式投入到民族抗戰中去，這就造成了他們美學觀念上的悖論以及他們當時和其後的悲劇性遭遇。

陳銓借德國的唯意志論對《紅樓夢》進行解讀和評價，特別是以尼采的唯意志美學來審視《紅樓夢》，進而構建了他的強力意志美學思想。這種美學思想的核心是尼采的強力意志，它以強力爲美，鑄造了一種嶄新的現代美學觀。然而陳銓所吸收的尼采的強力意志思想本身就是一個雙面體。一方面，它包含著對個體生命意志的重視，強調不受束縛的個體生命力量的張揚，提倡生命意志的不斷超越、不斷進取的積極精神，這很鮮明地體現在陳銓的「天才」、「英雄崇拜」等美學觀念上。另一方面，尼采的超人說本身就具有讓人，尤其是普通人，匍匐、臣服在強力英雄下的意味。這也體現在陳銓的「英雄崇拜」以及他的戲劇創作中。這無疑表明，陳銓的思想和尼采一樣具有強烈的「貴士」傳統，儘管我們不斷強調「天才」觀、「英雄崇拜」的審美意義，但它們在現實層面所形成的權力和等級壓迫卻是不言而喻的。林同濟也有同樣的思路，他提倡的也多是貴族大夫士、超人式主體的張揚。這也是陳銓和林同濟他們及其理論不斷遭受批判的原因所在。

陳銓、林同濟以及其所在的戰國策派的另一個爲人所質疑的，是他們對五四個性主義的批判。這和叔本華的個人意志和種族意志的關係有關。站在強力意志、生命意志的等級次序上，個人哪怕是天才，也是低於民族和國家的。陳銓和林同濟都不約而同地對五四的個性主義進行了反思和批判，其理由就在於五四時期的個性主義不利於國家。陳銓把中國人英雄崇拜的衰退歸結爲「五四運動以來個人主義的變態發達」，而這種過分注重個性的行爲，使得「社會一切都陷於極端的紊亂」。〔註5〕林同濟在他構建的力本體論哲學和美學中，強調個人主體生命力，肯定崇高，但是他也反覆強調，「你我的力不容任意橫行」，「你我的力必須以『國力』的增長爲它的活動的最後目標」。〔註6〕林同濟在評

〔註 5〕陳銓：《論英雄崇拜》，《戰國策》第4期，1940年5月15日。

〔註 6〕林同濟：《柯伯尼宇宙觀——歐洲人的精神》，重慶《大公報》，1942年1月14日。

價五四以來的思潮時談到，五四是「自由」與「個人」，而抗戰大時代是「共存」和「民族」，因此他強調抗戰的「大戰國」時代，「國」是關鍵詞，「所以不能有個人之硬挺挺自在自由，也不能有階級之亂紛紛爭權奪利」。〔註 7〕在陳銓和林同濟看來，「國力」、國家的意志理所當然地大於個人之力，個人的意志。這就既造成了他們思想上的混亂，也形成了他們在美學觀念上的自相矛盾。在哲學基礎上，他們希望以尼采式的個人主義，強力主義，去突破傳統的犬儒主義，但抗戰時期又強調以「國」爲先，個體的自由和生命力都必須受到束縛，固然我們能理解他們的民族情懷和集體意識，但顯然這和他們的哲學基礎有所牴牾；在美學觀念上，他們強調生命的感性力量，本能力量，以此來衝破中國傳統的德感主義束縛，可是當他們一次次強調以「國」爲先時，感性之美、力之美不又陷入一種新的道德和政治觀念的束縛之中嗎？

戰國策派哲學和美學的自相矛盾不僅體現在像陳銓、林同濟這樣的個體身上，還體現在戰國策派的各個成員之間。例如，陳銓和林同濟對待尼采的態度就有不少差異，上文就論述過林同濟如何吸收中國老莊思想來改造尼采的美學觀念，而陳銓吸收了尼采的強力意志論，同時將它形而下化，少了哲理色彩，多了現實因素。又如，陳銓和賀麟對待「英雄崇拜」這一美學範疇的觀點也大相徑庭。賀麟批評陳銓英雄崇拜說中的反「民治主義」、反「理智活動」，也公開批評陳銓的英雄崇拜有太多政治威權的因素。賀麟指出：「英雄概括來說，是偉大人格，確切點說，英雄就是永恆的價值的代表者或實現者。永恆價值乃是指眞善美的價值而言，能夠代表或實現眞善美的人就可以叫做英雄。」〔註 8〕由此可見，賀麟同樣注重英雄崇拜的審美意義，但他顯然和陳銓的思路有所不同。此外，賀麟對人格與審美的關係的闡述，對道德價值和美學價值的評析，和林同濟也有不少差異。

正是由於賀麟和陳銓、林同濟在哲學和美學觀念上有所差異，現在學界也越來越認可賀麟自成體系，把他視爲「新儒學」的代表人物之一。因此，本書在談論戰國策派美學思想時，考慮到賀麟和抗戰時期「尚力」的美學思想關聯不大，所以並未著重論述他的美學觀念。此外，還有一些圍繞在戰國策派周圍的外圍人物，如朱光潛、吳宓等，他們或者是在融合中西哲學和美

〔註 7〕林同濟：《第三期的中國學術思潮——新階段的展望》，《戰國策》第 14 期，1940 年 11 月 1 日。

〔註 8〕賀麟：《英雄崇拜與人格教育》，《戰國策》第 17 期，1941 年 7 月 20 日。

學方面有獨到的見解，或者本身已是自成一家的大師，因此在戰國策派「尚力」的美學框架中對他們的美學思想也未做涉獵。不過，賀麟以及戰國策派外圍的美學家如朱光潛等人，他們和陳銓、林同濟美學觀念的關聯和差異，將成爲本人以後繼續研討的一個方向。

總之，本書題爲「戰國策派的美學思想初探」，亦即表明，作爲初步探索，本書選取了陳銓和林同濟作爲代表，以期通過對他們美學思想的勾勒和梳理，來消除我們對戰國策派美學觀念的誤解，去除我們對戰國策派美學價值的遮蔽，進而初步總結戰國策派對中國現代美學的貢獻。本書的寫作既是一個小小的終結，更是一個新的起點。戰國策派的美學思想值得我們更進一步關注和研究。

參考文獻

一、著　作

1. 江沛：《戰國策派思潮研究》，天津人民出版社，2001 年出版。
2. 〔美〕本尼迪克特・安德森（Benedict Anderson）：《想像的共同體——民族主義的起源與散步》，吳叡人譯，世紀出版集團上海人民出版社，2005 年 4 月第 1 版。
3. 閔抗生：《尼采，及其在中國的旅行》，當代中國出版社，2000 年。
4. 殷克琪：《尼采與中國現代文學》，南京出版社，2000 年。
5. 李均：《超人哲學淺說：尼采在中國》，南昌：江西高校出版社，2009 年。
6. 金惠敏：《評說「超人」：尼采在中國的百年解讀》，北京社會科學文獻出版社，2009 年。
7. 黃懷軍：《中國現代作家與尼采》，湖南師範大學出版社，2009 年。
8. 彭峰：《引進與變異——西方美學在中國》，首都師範大學出版社，2006 年 7 月。
9. 聶振斌：《中國近代美學思想史》，中國社會科學出版社，1991 年。
10. 魯迅：《魯迅全集》，人民文學出版社，1981 年版。
11. 呂啓祥、林東海主編：《紅樓夢研究希見資料彙編》，北京：人民出版社，2001 年 8 月。
12. 王國維：《王國維文學美學論著集》，北嶽文藝出版社，1987 年 4 月。
13. 王國維：《王國維文集》第 3 卷，中國文史出版社，1997 年。
14. 王國維：《王國維遺書》第 5 冊，上海古籍書店，1983 年版。
15. 叔本華：《作爲意志和表象的世界》，石沖白譯，商務印書館，1982 年版。
16. 叔本華：《愛與生的苦惱——生命哲學的啓蒙者》，陳曉南譯，中國和平出版社，1986 年版。

17. 叔本華：《愛與生的苦惱》，金玲譯，華齡出版社，1996 年版。
18. 杜夫海納：《審美經驗現象學》，文化藝術出版社，1996 年版。
19. 柏克：《自由與傳統：柏克政治論文選》，蔣慶等譯，北京：商務印書館，2001 年。
20. 康德：《判斷力批判》，鄧曉芒譯，北京：人民出版社，2002 年 5 月。
21. 楊義：《中國現代小說史》（第 2 卷），北京：人民出版社，1988 年 10 月。
22. 葉朗：《中國美學史大綱》，上海：上海人民出版社，1985 年 11 月。
23. 周來祥：《再論美是和諧》，廣西師範大學出版社，1996 年 11 月。
24. 李醒塵：《西方美學史教程》，北京大學出版社，2005 年 9 月。
25. 許紀霖、李瓊編：《天地之間——林同濟文集》，復旦大學出版社，2004 年 6 月。
26. 《美學譯文》（二），中國社會科學出版社，1982 年版。
27. Thomas Kuhn（托馬斯・庫恩）：《科學革命的結構》，傅大爲、程樹德、王道還譯，臺灣允晨文化實業股份有限公司，1985 年。
28. 李約瑟：《中國古代科學思想史》，江西人民出版社，1999 年。
29. 弗洛依德：《論創造力與無意識》，孫愷祥譯，中國展望出版社，1986 年。
30. 朱光潛：《悲劇心理學》，人民文學出版社，1983 年。
31. 鄧曉芒：《康德〈判斷力批判〉釋義》，生活・讀書・新知三聯書店，2008 年。
32. 張皓：《中國美學範疇與傳統文化》，湖北教育出版社，1996 年。
33. 李澤厚：《華夏美學》，中國文化出版公司，1989 年。
34. 尼采：《悲劇的誕生》，三聯書店，1986 年版。
35. 尼采：《查拉斯圖拉如是說》，楚圖男譯，湖南人民出版社，1987 年。
36. 尼采：《偶像的黃昏》，周國平譯，湖南人民出版社，1987 年。
37. 周國平：《尼采：在世紀的轉折點上》，上海人民出版社，1986 年。
38. 重慶地區中國抗戰文學研究會、四川省社會科學院文學研究所編：《國統區抗戰文藝論文集》，重慶出版社，1984 年 12 月。
39. 賀麟：《文化與人生》，商務印書館，1988 年。
40. 勃倫蒂涅爾：《尼采哲學與法西斯主義之批判》，段洛夫譯，潮鋒出版社，1938 年。
41. 倪偉：《「民族」想像與國家統制——1928～1948 年南京政府的文藝政策及文學運動》，上海教育出版社，2003 年 9 月第 1 版。
42. 赫胥黎：《天演論》，嚴復譯，鄭州：中州古籍出版社，1998 年版。
43. 《禮記》。

44. 《左傳》。

二、文獻資料

1. 昆明：《戰國策》（1～17 期），1940 年 4 月至 1941 年 7 月。
2. 重慶：《大公報》，1940 年至 1943 年。
3. 重慶：《民族文學》第 1 卷，1943 年至 1944 年。
4. 林同濟主編：《時代之波》，上海大東書局，1946 年。
5. 林同濟：《大政治時代的倫理——一個關于忠孝問題的討論》，《今論衡》1 卷 5 期，1938 年 6 月 15 日。
6. 陳銓：《從叔本華到尼采》，上海大東書局，1946 年。
7. 陳銓：《戲劇人生》，重慶：在創出版社，1947 年。
8. 陳銓：《文學批評的新動向》，重慶：正中書局，1943 年 5 月。
9. 重慶師範學院中文系《國統區文藝資料叢編》編輯組編：《國統區文藝資料叢編：「戰國派」》二冊，重慶：1979 年 10 月版。
10. 陳銓：《天問》：南京：江蘇文藝出版社，1985 年 12 月第一版第一次印刷。
11. 陳銓：《彷徨中的冷靜》，上海：商務印書館，1935 年版。
12. 陳銓：《狂飆》，重慶：正中書局，1942 年 10 月初版。
13. 陳銓：《再見，冷荇》，上海大東書局，1946 年 11 月初版。
14. 陳銓：《野玫瑰》，上海：商務印書館，1942 年 4 月版。
15. 陳銓：《叔本華與紅樓夢》，《今日評論》4 卷 2 期，1940 年 7 月 14 日。
16. 陳銓：《青花（理想主義浪漫主義）》，《國風》半月刊第 12 期，1943 年 4 月 16 日。
17. 賀麟：《英雄崇拜與人格教育》，《戰國策》第 17 期，1941 年 7 月 20 日。
18. 嚴復：《原強》，龔書鐸主編：《中國通史參考資料》近代部分下冊，北京：中華書局，1965 年 8 月，第 53～72 頁。
19. 胡繩：《論反理性主義的逆流》，重慶《讀書月報》第 2 卷 10 期刊，1941 年 1 月 1 日，收入《理性與自由——在抗日戰爭時期的文化思想批評論文集》，生活・讀書・新知三聯書店出版，1946 年，第 1～9 頁。
20. 歐陽凡海：《什麼是「戰國「派的文藝》，《群眾》7 卷 7 期，1942 年 4 月 15 日。

三、學位論文

1. 宮富：《民族想像與國家敘事——「戰國策派」的文化思想與文學形態研究》，博士論文，浙江大學人文學院，2004 年。

2. 路曉冰：《文化綜合格局中的戰國策派》，博士論文，山東大學，2006 年。
3. 魏小奮：《戰國策派：抗戰語境裏的文化反思》，博士論文，北京大學，2002 年。
4. 易前良：《國家主義與中國現代文學》，博士論文，南京大學，2004 年。
5. 賀豔：《「戰國策派」：關於國家和民族的敘述和文學想像》，碩士論文，西南大學，2003 年。

四、學術期刊

1. 郭國燦、吳慶華：《「力」的省思——淺談近代尚力思潮》，《體育博覽》，1990 年第 5 期。
2. 王本朝：《閒適與尚力：中國現代審美價值的裂變》，《貴州社會科學》（第 12 期），2009 年 12 月。
3. 王本朝：《論近現代尚力美學思潮》，《湖北大學學報》，1993 年 4 期。
4. 王本朝：《論中國現代尚力文藝思想》，《中州學刊》，1995 年第 4 期。
5. 許紀霖：《緊張而豐富的心靈：林同濟思想研究》，《歷史研究》，2003 年第 4 期。
6. 白傑：《異邦借鏡與返本開新——重評〈寄語中國藝術人〉》，《石家莊鐵道學院學報》，2009 年 6 月。
7. 葉朗：《中國的審美範疇》，《藝術百家》，2009 年第 5 期。